법보다 주먹!

법보다 주먹! 7

사략함대 장편소설

초판 1쇄 찍은 날 § 2016년 6월 8일
초판 1쇄 펴낸 날 § 2016년 6월 15일

지은이 § 사략함대
펴낸이 § 서경석

편집책임 § 이재림

펴낸곳 § 도서출판 청어람
등록번호 § 제387-1999-000006호
등록일자 § 1999. 5. 31
어람번호 § 제1-2450호

주소 § 경기도 부천시 원미구 부일로 483번길 40 서경B/D 3F (우) 14640
전화 § 032-656-4452 팩스 § 032-656-4453
http://www.chungeoram.com
E-mail § chungeorambook@daum.net

ISBN 979-11-04-90835-4 04810
ISBN 979-11-04-90634-3 (세트)

사락함대 장편소설

FUSION FANTASTIC STORY

7

법보다 주먹!

도서출판 청어람

법보다 주먹!

목차

제1장

검사, 왜 이렇게 벌금을 세분화합니까?

내일이면 황수성 사건의 첫 공판이 있어 수집한 정보를 종합해야 했기 때문에 오늘은 야근해야 했다.

"알아보라고 한 것은요?"

나는 조 수사관을 봤다.

"검사님은 검사님 그만두시고 점집 차리셔야겠습니다. 제가 황씨도 희귀 성씨가 있다는 것을 알았네요."

조명득의 말에 뭔가 걸렸다는 생각이 들었다. 나도 지시해놓고 인터넷을 뒤져봤지만 군산 황씨는 검색되지 않았다. 그리고 황수성 친인척의 계좌를 추적하면서 친인척이 몇 없다는 것도 알게 됐다.

정확히는 사촌 이상의 친척은 없었다. 황수성에게는 동생인 황수찬이 있고, 그 아래 남동생이 한 명 더 있는데 그 역시 변호사로 서울에서 일하고 있었다. 그렇게 유명한 변호사는 아닌데 원로 변호사로 꽤 유명했다. 한마디로 황수성 말고는 모두 법조계에 몸을 담고 있는 집안이었고, 스스로 법을 통제할 수 있다고 생각하는 것 같았다.

"예, 군산 황씨는 신성인데요."

조명득의 말에 수사관들과 조사관, 그리고 최 사무관이 조명득을 봤다.

"신성?"

"새롭게 만들어진 성 말입니다. 외국인이 한국으로 귀화하면 본관을 받고 성을 만들잖습니까? 그런 성입니다."

예상한 대로다. 여기는 군산, 일제강점기 때 꽤 많은 일본인이 군산에 살았다. 그리고 군산은 대표적인 수탈 항구로 수출이라는 명목하에 꽤 많은 양의 곡물이 일본으로 넘어갔다.

"그런데 뭔가 좀 이상합니다. 나이가 안 맞아요. 황수성, 현재 나이 69세입니다. 지금은 2007년이니까… 광복이 1945년이잖아요. 황수성 씨는 광복을 맞이할 때 일곱 살입니다. 그런데 그런 사람이 이미 군산에서는 유명한 갑부였습니다."

"재산을 물려받았을 수도 있죠."

최 사무관이 말했다.

"제가 탐문 수사한 결과 황수성 씨가 군산 유지로 이름이 난 것은 광복 이전이랍니다."

"다른 이야기로 돌리지 말고 결론만 말하자면 우선 황수성 씨가 일본인이라는 거죠?"

"그렇습니다. 확실히 제가 인터뷰한 분들은 황수성 씨가 일본인이라는 것을 기억해 냈습니다. 그것도 아주 악질적인 일본인이었습니다."

"악질?"

"그렇습니다."

"일곱 살짜리가 악질 소리를 들을 수는 없죠?"

"그분은 청년 황수성을 기억하고 있었습니다."

"그래요?"

"예. 그래서 나이가 다르다는 겁니다."

그렇다면 둘 중 하나다. 호적을 속였거나, 아니면 황수성이 아닌 존재가 황수성처럼 살고 있다는 것. 그런데 후자는 더 이해가 안 된다. 광복을 맞이한 이 땅에서 한국인이 일본인 행세를 하면서 산다는 것은 말이 안 되었다.

"결국 호적을 고친 것 같습니다."

그 당시엔 면 서기에게 뇌물을 주면 나이를 고칠 수 있었을 것이다.

"그런데 수십 년 전의 일을 어떻게 지금까지 기억하죠?"

최 사무관이 의구심이 드는지 조명득에게 물었다.

"절대 못 잊을 것 같더라고요."

"왜요?"

"자신은 군함도로 끌려가고, 동생은 그전에 위안부로 끌려갔다면 절대 못 잊죠. 그래서 죽이려고까지 했다고 하네요."

"죽이려고 했다면 미수 사건이겠군요."

"그 할아버지는 살인 미수로 12년 형을 받으셨습니다. 여기 복역 기간과 관련 서류가 있습니다."

“그런데 검사님, 이번 황수성 씨 사건과 황수성 씨가 일본인이었다는 것은 연관성이 없습니다.”

우리 중에서 가장 객관적으로 상황을 판단하는 사람은 최 사무관일 것이다.

“그렇죠. 하지만 황수성 씨의 재산 축적 과정을 밝혀내야 합니다.”

“하지만 밝혀낸다고 해도 지금은 빈털터리잖아요.”

“황수성 씨의 아내와 자식들의 계좌 추적은 어떻게 됐습니까?”

계좌 추적은 최 사무관이 담당했다.

“오순연, 1982년 사망. 슬하에 장남인 황근철 씨와 차남인 황상철 씨가 있고, 그들은 현재 일본에 거주하고 있습니다. 일본으로 귀화했습니다.”

“일본인이 일본인으로 돌아간 거군요.”

“그렇습니다. 그래서요?”

“…추적이 불가합니다.”

“그렇겠죠.”

국내 계좌는 추적할 수 있지만 외국인의 계좌를 추적하기란 거의 불가능했다. 최 사무관이 시원시원하게 이야기하기에 뭔가 나올 줄 알았지만 아무것도 없었다.

“그런데 황수성 씨한테 아내들이… 아내라고 표현하기가 그러네. 이런 것을 뭐라고 하죠?”

최 사무관이 오 수사관에게 물었다.

“축첩! 옛날 사람들은 많이 했지. 첩질이라고 하지.”

"옛날이 남자들 살기 좋았던 게 확실하네요."

"논점으로!"

내 말에 최 사무관이 살짝 미소를 지었다.

"한국에 거주하고 한국 국적을 가진 황수성 씨의 여자는 총 세 명인데 다들 상당한 재력가입니다. 제 생각으로는 황수성 씨의 증여를 통해 재산을 확보했고, 그 돈을 기초로 부를 축적한 것 같습니다."

"그렇다면 그쪽으로 돈이 흘러갔겠군요."

"그렇습니다. 그런데 세 여자에게 돈이 흘러간 시기가 금융실명제가 실시되기 직전입니다."

"…그냥 한 살림 떼어 준 거네."

"그런 건가요?"

"그렇지."

"그럼 그 여자들에게 자식은 있나요?"

"자식들이 있는데, 모두 다른 성을 쓰고 있습니다."

아마 그쪽으로 꽤 많은 자금이 흘러 들어갔을 것이다. 그리고 엄마의 성을 따른 것 같다. 그럼 황수성과는 법적으로 남이 된다. 결국은 현금이 오갔을 것이고, 증여세도 내지 않았을 것이다. 아마 황수성이 돈을 빼돌렸을 때는 금융실명제 전의 일이고, 금융실명제가 공포되기 전에 사전에 정보를 입수하고 재산을 분할해서 은닉했을 것이다.

아마도 김영삼 전 대통령이 금융실명제를 전격적으로 선포하지 않았다면 이런 일은 아직도 비일비재하게 일어났을 것이다.

"그렇다면 좀 친 거네."

"그런 것 같습니다."

결국 또 아무것도 없는 오리무중이다

2,000억대 황수성의 재산이 다 사라진 것이다. 물론 황수성의 재산에 관심은 없다. 지금은 벌금 360억을 환수하기 위해 조사하고 있는 것이다.

어떤 면에서 이번 일은 국세청이 해야 할 일이다. 하지만 국세청은 지금까지 황수성의 벌금을 한 푼도 회수하지 못했다.

물론 그들도 엄청나게 노력하고 있을 것이다. 하지만 검찰이 못 찾고 있는 재산을 국세청이라고 해서 찾을 수 있는 것은 아니다. 그리고 그렇게 찾을 수 있다면 전직 어르신 환수금은 벌써 환수 조치되었을 것이다.

"…쉽지 않네요."

"그렇죠. 재산을 찾아서 환수 조치하는 것이 가장 어려운 것 같습니다. 그게 쉬우면 전직 어르신 2,000억도 벌써 환수됐겠죠."

돈을 숨긴 사람의 돈을 찾는 것도 정말 쉽지 않다.

결국 다시 원점이라는 것이다.

"그럼 벌금, 못 받아낸다는 겁니까?"

"지금으로써는 방법이 없습니다."

답답하게도 우리의 공식 결론은 돈을 못 찾는다는 것이다.

"더 털어봅시다. 무조건 찾아내야 합니다."

"예, 검사님."

말은 그렇게 했지만 쉽지 않을 것 같다. 저렇게 노역으로 까자고 배를 째라는 사람이니 더 쉽지 않을 것이다.

"방법이 정말 없나?"

이건 보물찾기보다 더 어려운 것 같다.

"그런데 일본인이던 황수성 씨가 어떻게 재산을 축적할 수 있었죠?"

사실 대한민국에는 많은 음모론이 있다. 그중 하나로 해방 후 한국에 수많은 일본인이 남았고, 6.25전쟁을 통해 신분 세탁을 한 그들은 이승만 정부를 도와 일을 수행하여 권력자들의 비호를 받으며 재산을 지켰다는 말이 있다.

"친일 재산, 몰수 가능할까요?"

내 뜬금없는 말에 모두 다 나를 봤다.

"검사님, 현재 재산이 없다니까요."

최 사무관이 내게 미련을 버리라는 투로 말했다.

"그럼 거꾸로 가봅시다."

"예?"

"3년 전까지 황수성 씨는 대야수산 대표로 2,000억대 재산가였습니다. 그러니 주가 조작과 분식 회계에 의한 사문서 조작, 그리고 횡령 등의 범죄를 저지를 수 있었습니다."

"그렇죠."

"그렇다면 어떤 회사의 주식을 조작했을까요?"

대야수산은 비상장 수산 회사이다. 그러니 다른 회사의 주식을 조작하다가 걸린 것이다.

또한 대야수산의 회계 장부를 조작해서 불법 대출을 받은 혐의도 있다. 그런 과정에서 불법 대출이 드러났고 회사가 부도 처리됐다.

"주가 조작에 가담한 회사는 인터넷 전화를 만들어서 큰 이슈가 된 이니셀이죠."

그렇다. 내가 아직까지 기억하고 있는 회사이다.

이니셀!

주식 작전의 전설이 바로 이니셀이다.

주당 만 원도 안 하던 주식이 300만 원까지 폭등했고, 그 주식의 가격은 핸드폰을 만드는 그룹보다 더 주식이 비쌌다.

그 주식의 중심에는 대야수산의 황수성이 있었다.

'그 사건의 개미들 피해액만……'

"이니셀이면 개인 투자자들 피해액만 30조 아니었어?"

오 수사관이 아는 듯 끼어들었다.

"아세요?"

"친척 몇이 그 주식 샀다가 패가망신했습니다."

우 실장 사건이 있었다.

그때도 파면 팔수록 양파 같다는 생각을 했는데, 이건 더하면 더했지, 덜하지 않았다.

"그래서요?"

"거기에 투자했다가 돈을 날렸답니다."

그때 머리에 번뜩 뭔가가 스쳤다.

"거기서 한몫 제대로 뻥튀기를 하고 사고팔면서 이익을 챙긴 후 폭풍 하한가에 걸린 척을 하면서 알거지 코스프레를 한 거군요."

"맞습니다."

"황수성 씨의 자산 중 1,500억이 그렇게 증발했습니다."

최 사무관은 그렇게 말했지만 증발이 아니라 뻥튀기를 해서 일본으로 넘긴 것이다.

그리고 그때는 금융실명제도 아니었고, 그러니 돈의 행방을 찾을 수 없을 것이다.

"미치겠네."

나도 모르게 울분이 터졌다.

심증은 있다. 황수성은 우리가 생각한 것처럼 2,000억대 자산가가 아니라 최소 5,000억 이상의 재산을 은닉하고 있는 것이다.

거기다가 단 한 푼의 증여세나 상속세 없이 상속했다.

이것이 모두 금융실명제를 실시하지 않았을 때 일어난 일이다.

"무기명채권으로 교환했겠군요."

마 수사관이 짜증스러운 표정으로 내게 말했다.

"그럴 수도 있죠."

"그런데 증명할 방법이 현재에는 없습니다."

다시 냉정해진 것은 최 사무관이다. 우리는 울분을 터뜨리고 있는데 말이다.

"포기하세요. 황수성 씨 재산이 얼마나 있는지는 중요하지 않아요. 찾아낼 수 없으니까요. 그 대신에 어떻게든 당면 과제인 황제노역부터 바로잡아야 해요."

최 사무관의 말에 모두 다 고개를 끄덕였다.

"찾아야죠. 어떻게든 찾아볼 생각입니다."

"어떻게 찾으실 건데요?"

"방법이 있을 겁니다."

물론 그 방법을 찾는 것은 결코 쉬운 일이 아니다. 아니, 지금은 거의 불가능하다.

“참, 검사님도 고집이 대단하시네요.”

최 사무관이 답답하다는 눈으로 나를 봤다.

“일본 사람이 이 땅에서 부를 축적했다면 그만큼 세금을 내야 하고 또 벌금을 내야 합니다. 다각도로 파봅시다. 방법이 있을 겁니다.”

“있으면 저도 좋겠네요.”

“조 수사관.”

“예, 검사님.”

“황수성 씨에게 다른 친족이 있는지 확인해 보세요.”

“있다면요?”

“털어봐야죠.”

털고 털었는데 방법이 없다.

그런데 자꾸 털어보고 싶다.

“또 촉이 오십니까?”

“예, 촉이 옵니다.”

내 말에 최 사무관은 비과학적으로 수사를 한다는 표정을 지어 보였다. 하지만 지금은 과학적인 수사 방법으로 접근해도 방법이 없었다.

그래서 답답했다.

*　　*　　*

"털어보겠습니다."

"특히 여자관계에 대해 더 조사해 보세요. 꽤나 건강하시더라고요."

"알겠습니다."

병문안(?)을 갔을 때 황수성은 꽤나 건강해 보였다.

그러니 아주 가끔은 여자가 필요할 것이다. 그리고 만약 그 여자에게서 아이가 생긴다면 꽤 많은 재산을 물려줄 수도 있다는 생각이 들었다.

하지만 현실성이 없는 생각이기도 했다.

"검사님은 항상 너무 사건을 확대하시는 것 같습니다."

최 사무관이 나를 보며 충고하듯 말했다

"그러게요."

요즘처럼 일이 풀리지 않은 적도 없다.

뭐 하나 증거가 될 수 있는 것이 없다. 계좌 추적을 해도 소득이 없고 허점이라고는 없다.

그저 내가 알게 된 사실은 황수성이 일본인 출신이라는 것뿐이다.

그리고 어느 순간 한국인으로 둔갑했다.

하지만 그게 죄가 되지는 않는다.

죄가 된다고 해도 공소권 역시 지났을 것이고.

'과거의 망령이네. 젠장!'

나도 모르게 지그시 입술을 깨물었다.

'친일파 재산 환수법으로 몰아가야겠어.'

정확한 법명은 친일반민족행위자 재산의 국가 귀속에 관한 특별법으로 러일전쟁 이후부터 1945년 광복 이전까지의 친일 행위로 축재된 재산에 대해 국가로 귀속시키는 것에 대한 법령으로 2005년에 재정된 특별법이다.

그러나 선의의 목적으로 취득했거나 정당한 대가를 지급하고 취득한 경우에 대해서는 예외이다.

'징용에 관련이 있을 거야.'

악명이 높았다고 했으니까.

그렇게 되면 첩들에게 땡처리하는(?) 기분으로 떼어준 재산을 환수할 수 있을 것 같다.

사실 땡처리(?)를 한 것 같지도 않다. 재산 분할 은닉이다.

그리고 남자는 절대 자신이 소유(?)하던 여자를 버리지 않는다. 욕심 많은 황수성이라면 더더욱 그럴 것이다. 아마 재산을 그런 식으로 은닉한 것 같다.

그리고 이쪽으로 파내야만 360억의 벌금을 회수할 수 있을 것이다. 거의 불가능에 가까운 일이지만 말이다.

'그런데 애매하네. 결국 일본 사람인데…….'

친일의 대가로 받은 재산을 몰수하는 법으로 과연 일본인이던 사람에게 적용할 수 있을지가 의문이다.

하지만 다른 방법은 없다.

철저하게 3년 동안 자신의 재산을 주식을 통해, 또 분식 회계를 통해 숨겼으니까.

"우선 황수성 씨, 출국 금지되어 있죠?"

"벌금을 다 납부할 때까지는 풀리지 않을 겁니다."

벌금 360억을 납부하기 전까지는 결코 일본으로 도망칠 수 없을 것이다.

“그런데 이 사람, 본명이 뭐랍니까?”

“야마모토 신지랍니다. 징용에 끌려가셨던 할아버지가 분명하게 기억하고 계더라고요.”

“그래요? 일단 판을 바꿉시다.”

“예?”

수사관들이 모두 나를 봤다.

“내일 첫 공판까지는 황제노역에 대한 재판이 될 것이고, 모레부터는 친일파 재산 몰수로 변경할 겁니다.”

그럼 360억이 문제가 되지 않을 것이다.

“알겠습니다.”

“전 수사관님은 이 사건만 조사합니다. 저는 야마모토 신지를 선택했고, 그 사건에 집중합니다.”

“예, 알겠습니다.”

“그럼 산더미처럼 쌓여 있는 다른 사건들은 어떻게 하죠?”

가장 이성적이고 객관적인 최 사무관이 현실적인 말을 꺼냈다.

요즘은 죄인도 많고 검사가 담당하는 사건도 많다.

“현 수사관님.”

“예, 검사님.”

“최 사무관님이랑 검사실 특별수사팀 꾸리세요.”

“예?”

“크게 문제되는 사건이 없으니까 두 분이 잘 해결해 주실 거라고 믿습니다.”

“검사님, 저는 수사권이 없어요.”

"현 수사관님을 지원하셔야죠."

내 말에 현 수사관도 최 사무관도 황당한 표정을 지어 보였다.

'둘이 잘 어울릴 것 같네.'

그리고 우리 검사실 전 수사관은 이제 내가 선택한 야마모토 신지를 끌로 팔 것이다.

"오 수사관님."

"예, 검사님."

"징용에 끌려가셨다가 돌아오셨다는 그 할아버지와의 녹취 부탁드립니다."

"예, 알겠습니다."

"조 수사관님은 야마모토 신지의 혈육들 재산을 다시 파악해 주십시오."

이건 공권력을 이용하라는 소리가 아니다.

아무도 모르는, 나만 아는 조명득의 능력을 적극 활용하라는 이야기다.

해커 조명득이 다시 세상에 나오는 순간이다.

"예, 알겠습니다."

"마 수사관님은 야마모토 신지의 동생인 황수찬 변호사와 주변을 살피십시오."

"예, 알겠습니다."

"꼬투리 하나 잡으면 끌로 파는 것이 우리 좌우명이죠?"

"그렇습니다."

"판이 바뀌었으니 그 판에서 다시 한 번 칼춤을 추자고요."

"얼쑤~"

내 말에 조명득이 아닌 오 수사관이 추임새를 넣었다.

"이상하게 힘이 생기네요."

"뭐가 말입니까, 오 수사관님?"

"친일파 때려잡는다니까 마치 독립운동을 하는 느낌입니다."

"받아낼 것이 있으니 받아내는 겁니다. 일본 사람 돈이 아니잖아요?"

"예, 검사님."

나는 이 순간부터 황수성을 야마모토 신지라고 명명할 것이다.

그는 태생부터 일본인이니까.

"판 갈이 합시다."

* * *

병원 특실.

밤이 깊었고, 황수성은 동생 황수찬과 정종을 마시고 있었다.

병실에는 은은하게 엔카가 흐르고 있었다.

"이런 것도 참 오랜만이다."

"이상하지 않습니까, 형님?"

"뭐가?"

"경찰들이 배치를 풀었습니다."

"아무리 꼴통이라고 해도 나올 것이 없으니까. 그리고 네가 언론사에 압력을 넣어서 과잉 대응이라고 난리를 치니 어쩔 수 없는 거지."

황수성의 말대로 경찰 감시가 풀렸다. 어떻게 되었든 병보석으로 풀려났고, 가석방 상태이다.

그리고 연로한 환자 코스프레를 하는데 도주 위험이 있다고 경계를 세우는 것도 이상했고, 지역 언론들은 황수찬의 돈을 받고 대대적으로 신문에 때렸다.

기레기들은 돈이면 어떤 사건이든 돈을 주는 쪽 위주로 쓴다.

박동철 검사의 꼴통 짓 같은 압박이 꽤나 먹혀들고 있었는데 말이다. 그리고 신문에 보도가 되자마자 박동철 검사는 지검장에게 불려갔다.

"조용히, 조용히 처리하세요. 유난 떨지 말고."

지검장은 자신의 소신을 다시 한 번 박동철에게 강조했다.

"모가지를 확실히 비틀어 버리기 전까지는 조용히 행동하세요, 조용히. 내가 적극 지원할 테니까."

계좌 추적 영장이 발부된 것도 박동철 검사가 영장 판사에게 꼴통 짓을 한 것도 이유이기는 했지만 지검장의 지원도 꽤 컸다

물론 지검장은 박동철보다 더 꼴통 짓을 영장 판사에게 했다. 그것도 조곤조곤 조리 있게 말로 말이다.

지금 영장 발부 안 해주면 조세호 판사 꼴 납니다.

이렇게 협박 아닌 협박과 함께 내사를 해보겠다는 소리도 했다.

박동철이 요란한 꽹과리라면 지검장은 은은한 징이었다.

물론 둘 다 스타일은 다르지만 꼴통인 것만은 확실했다.

"예, 하여튼 내일이 첫 공판입니다."

물론 첫 공판은 아니다.

황제노역으로 불리는, 일당 3억으로 노역을 확정 지은 것이 이슈가 되어서 모든 조사가 다시 진행됐다.

하지만 박동철 검사가 담당한 첫 공판이다.

저들도 잘 알고 있을 것이다.

저번처럼 자신의 뜻대로 되지는 않을 것이라는 것을.

판사도 새로운 사람이고, 검사도 검사 중에서 가장 다혈질이고 꼴통이라는 박동철이니까.

"달라질 것은 없잖아?"

"그래도 저번처럼 판결이 나지는 않을 겁니다."

황수찬 변호사의 말에 황수성이 고개를 끄덕였다.

"내가 얼마나 더 살까?"

"오래 사실 겁니다, 형님."

"내가 민증상으로는 67살인데 니도 알다시피 83이다."

역시 박동철의 예상대로 나이까지 세탁한 황수성이었다.

"조센징 말 그대로 산전수전 다 겪었다."

"그렇죠, 형님. 6.25 전쟁 때 죽을 뻔도 했으니까요."

"그때가 제일 어려웠다."

"예, 형님. 그때 형님이 바로 부산으로 피난을 서두르지 않았다면 저희 일가족은 몰살당했을 겁니다."

"맞다. 우리가 왜 본토로 돌아가지 않고 여기에 남았냐."

황수성은 회한에 잠긴 눈빛으로 동생을 봤다.

"가봐야……."

"아무것도 없지."

"그렇죠."

"아무것도 없는 본토로 가는 것보다는 미개한 조센징 위에 군림하면서 사는 게 낫지. 동양척식주식회사에서 받은 토지하고 또 귀국하는 동포들한테 헐값으로 산 땅으로 여기까지 왔다. 그걸 왜 내가 조센징한테 바쳐! 그걸 바치면 빠가야로지."

역시 황수성은 골수 쪽발이가 분명했다.

"예, 맞습니다."

"요즘은 살기 힘들어졌어. 옛날이 좋았는데. 친일파라고 소리만 쳤지, 뭐 하나 위협이 되는 것이 없었어."

"그렇죠. 원래 한국 사람들이 목소리만 크죠."

"하지만 지금은 달라. 법도 달라졌고."

황수성의 눈빛이 살짝 변했다.

"이제 고향 나가시마로 돌아가고 싶다."

"가셔야죠."

"그 망할 놈의 출국 금지가 안 풀리잖아."

"곧 풀릴 겁니다. 그런데 형님."

황수찬 변호사가 황수성을 무거운 눈빛으로 바라보며 불렀다.

"왜?"

"꼴통 짓을 많이 하지만 끝로 파는 검사랍니다. 지금까지 수사해서 실패한 적이 없답니다."

"그래서?"

"벌금을 납부하시고 고향으로 금의환향하시는 것은 어떻습니까? 자식들도 좀 보시고 사셔야죠."

"내가 왜? 이 나라에 돈을 바쳐야 하는데? 나는 돈 없다. 아니, 있어도 없다. 그리고 없잖아."

"예, 없죠. 하지만……."

"하지만 뭐?"

"다른 형수님들 재산까지 들쑤시면……."

"그건 20년도 더 지났어. 그리고 나랑 남이야."

"예, 알겠습니다, 형님."

"나는 죽어도 못 내. 아니, 안 내!"

황수성도 똥고집이 있었다. 일명 곤조 말이다.

"내일 재판은 잘 되겠지?"

"다시 벌금이 책정될 겁니다."

"노역으로 다 갚고 이 지긋지긋한 반도를 떠주지. 이제는 더러워서 못 있겠다. 옛날이 좋았어. 독재가 좋았어."

황수성은 정종을 들이켰다.

* * *

군산 외곽의 허름한 집.

"할아버님, 녹취를 하겠습니다."

정정해 보이는 노인이 오 수사관을 담담히 바라보고 있다. 하지만 그의 눈빛에는 회한이 가득하다.

"해요."

"예, 그럼 황수성 씨에 대해 아시는 대로 말씀해 주십시오."

오 수사관의 부탁에 지옥도라고 불리는 군함도로 끌려갔다가 구사일생으로 돌아왔다는 그의 눈빛이 찰나지만 사납게 변했다.

"황수성이 아닙니다. 동양척식주식회사 서기 야마모토 신지지. 그놈은 쪽발이야, 쪽발이!"

"황수성 씨가 야마모토 신지, 즉 일본인이라는 말씀이시죠?"

"일본인이 아니라 쪽발이라니까! 내가 그 인간 때문에 지옥도로 끌려가서 갱저에서 죽을 뻔한 것만 생각하면 치가 떨리네. 우리 분이도……."

할아버지는 증언을 시작하자마자 흥분을 가라앉히지 못했다.

"진정하십시오, 할아버지."

"내가 조선에 다시 돌아왔을 때 그 인간을 죽이려고 했지."

할아버지의 눈에 살기가 감돌았다.

"그러셨군요."

"그런데 순사들이 그놈 집을 지키고 나를 개처럼 패더라고. 다 한통속이야. 일본 순사 밀정하던 놈이 경찰이 됐고, 조상 팔아먹고 이름까지 바꾸고 일정 때 순사 하던 놈은 경찰서장이 됐고, 일본 헌병 따라다니던 놈이 총 차고 군인이 됐는데 내가 맞아도 싸지."

친일파 청산을 하지 못한 것에 대해 울분을 토해내는 할아버지였다.

"그랬습니까?"

"그랬지. 내가 그 인간 몽둥이로 때려죽이려다가 12년 징역 살았어."

"들었습니다. 그런데 황수성, 아니, 야마모토 신지는 어떻게 돈을 번 겁니까?"

이게 중요했다. 친일파라고 해도 공정한 거래를 통해 획득한 재산은 압수할 수 없었다.

그게 친일파 재산 몰수법의 맹점이기도 했다.

그 시대에 돈을 가진 사람은 친일파일 것이고, 권력을 가진 놈도 친일파나 일본인일 것이다.

그러니 당연히 권력과 돈을 이용해 재산을 증식했을 텐데 그렇게 축재한 재산을 몰수하지 못했다.

다시 말해 뒤늦게 만들어진 좋은 법이기는 했지만 맹점이 많았다.

법에 대해 공부만 하던 사람들이 만든 법이라서 그럴 것이다. 조선의 독립을 위해 모든 것을 바친 독립운동가들이 그 법을 만들었다면 전액 몰수가 기본일 테니까.

독립운동을 하면 3대가 망한다.

나라에 충성하면 그 아들은 대학도 못 간다.

이게 옛날부터 내려오는 참혹한 현실이고 이 대한민국이 똑같은 상황에 놓일 때 과연 누가 이 나라를 위해서 자신을 바치고 나라를 위해 싸울지 의심스러운 순간이다.

"야마모토 신지가 동양척식주식회사한테 땅을 많이 받았어."

"왜요?"

"정신대, 아니, 이제는 위안부라고 하지?"

"예, 어르신."

"그거 많이 잡아다 바치면 땅을 줬어."

"정말입니까?"

"정말이지. 이상하게 그렇게 악착같이 모은 땅을 줬다고 했어. 지금 생각해 보니까……."

"예, 어르신."

"쪽발이들은 그때부터 패망할 줄 알았던 거야. 그래서 본토로 땅은 못 가지고 가니까 막 뿌린 거지."

듣고 보니 그럴 수도 있겠다는 생각이 드는 오 수사관이다.

* * *

재판장.

피고석에 앉은 황수성, 아니, 야마모토 신지는 중환자 코스프레를 하고 앉아 있었다.

돈 많고 권력 높은 사람들이 꼭 저 자리에 앉으면 저랬다. 재벌 회장님들이 저랬고, 또 정권이 바뀌어 정치 보복을 당한 정치인들이 저랬다.

물론 정치 보복이라고 말하기는 그렇다.

권력의 힘으로 눌러놨던 비리들이 권력을 잃게 되면 터져 나오는 거니까.

'닭의 모가지를 비틀어도 새벽은 온다.'

문뜩 어느 대통령이 한 말이 나도 모르게 떠올랐다. 아니, 나는 다시 말하고 싶었다.

모든 죄악은 아무리 꼭꼭 숨겨도 새벽이 오는 것처럼 밝혀진다고.

"검사, 추가 심문 있습니까?"

재판은 꽤나 형식적이었다.

판사도 달라질 것은 없다는 생각인 것 같다.

형량의 변경도 없고, 벌금에 대한 변경도 무의미하다고 생각하는 것 같다.

내가 탈탈 털어도 십 원 한 푼 나오지 않으니까.

하지만 나는 이 재판장에서 다시 한 번 꼴통 짓을 할 참이다.

"예, 재판장님!"

나는 천천히 일어나 중환자 코스프레를 하고 있는 황수성을 봤다. 아픈 척을 하고 있지만 나를 보고 있는 그는 아무리 개지랄을 떨어도 달라질 것은 없다는 눈빛이다.

나이를 떠나, 국적을 떠나 저런 눈깔은 확 파버리고 싶다.

"대부분의 판례를 보니 벌금 미납분에 관한 노역의 평균 금액은 5만 원이었습니다."

내 말에 황수성의 변호사인 황수찬이 왜 그런 소리를 하느냐는 눈빛으로 인상을 찡그렸다.

"대부분의 판례가 그런데 왜 황수성 씨는 마치 사법부가 특혜를 주는 것처럼 하루 노역의 대가가 3억인지 모르겠습니다. 이해가 안 되는 부분입니다."

"이의 있습니다, 재판장님!"

황수찬이 바로 이의를 제기했다.

"검사는 지금 이 사건과 관계가 없는 자신의 의견을 피력하고 있습니다."

"기각합니다."

이 재판에서 판사가 완벽하게 내 편은 아니겠지만 그렇다고 해서 황수성의 편을 들 수도 없다.

여론이, 아니, 대한민국 전 국민이 인터넷을 통해 이 재판을 관심 있게 보고 있으니 자신의 경력에 오점을 남기고 싶지 않은 판사는 최대한 공정하게 재판을 할 것이다.

이래서 국민의 관심이 무서운 법이다.

사실 헌법 소원을 할 때도 대법관들은 두 부류의 눈치를 본다. 파란 기와에 사는 분의 눈치를 보고 또 일반 국민의 여론에 민감하게 반응한다.

그러니 지금 재판을 주도하는 판사 역시 다르지 않을 거라는 생각이 들었다.

"제한된 노역 일수에 의해 마치 1/n으로 노역 일당을 정하는 것은 무리가 있습니다. 교도소에서 어떤 일을 하기에 일당을 3억씩이나 차감시킬 수 있습니까?"

이건 여론 몰이다.

이 재판은 공개적으로 진행되고 있으니까.

내 말에 방청객 모두 고개를 끄덕였다.

"존경하는 재판장님, 이의 있습니다. 현 법률에 의해 정해진 판결을 무시하는 발언입니다."

"변호사!"

"예, 재판장님!"

"나중에 변론 기회가 있을 겁니다."

"…예."

* * *

나는 다른 것은 다 뒤로하고 황수성의 벌금과 추징금에 대해 세부적으로 나눠서 구형했다.

"검사."

매번 내가 재판장에 설 때마다 판사가 따로 나를 불렀다.

"예, 판사님."

"왜 이렇게 벌금과 추징금을 세부적으로 나눈 겁니까?"

내가 벌금과 추징금에 대해 첫 구형을 할 때 황수성은 어이가 없다는 표정을 지어 보였고, 황수찬은 인상을 찡그렸다.

"피고가 법의 맹점을 이용하는 것 같아서 세부적으로 나눴습니다."

황제노역이 가능한 것은 노역 일수에 제한이 있기 때문이다.

그래서 N/N으로 나눠 벌금을 노역으로 까기에 일당 수억 짜리 말도 안 되는 황제노역이 가능해지는 것이다.

"이건 법리적 해석이 필요한데……."

판사가 인상을 찡그렸다.

"그건 판사님의 몫입니다."

"나는 되도록이면 검사랑 재판을 하고 싶지 않네요."

방청객이 들을 수 없게 조용히 말했다.

그러자 방청객들이 무슨 말을 하는지 궁금해하며 웅성거렸다.

"예."

다시 재판이 진행됐다.

"본 법정은 검사가 구형한 벌금과 추징금에 대한 법리적 요건이 충족되는지 판단하여야 하기에 휴정을 선언합니다."

탕탕탕!

'내 뜻대로 되고 있네.'

내 목적은 재판을 길게 끄는 것이다.

그리고 판사의 머리를 아프게 하고 황수성을 압박하는 것.

* * *

판사의 호출에 검사인 나와 변호사인 황수찬이 서로 마주 보고 앉았다.

"변호사."

"예, 재판장님."

"의뢰인에게 벌금과 추징금을 납부하고 정리할 것을 종용하는 것이 어떻겠습니까?"

이렇게 따로 불러서 합의 아닌 합의를 종용하는 것을 보니 판사는 여론의 압박을 받고 있는 것 같다.

"하지만 제 의뢰인은 벌금과 추징금을 낼 돈이 없습니다."

황수찬 변호사가 나를 힐끗 보고 말했다.

'저런 것을 변변이라고 하지.'

똥 변호사.

돈만 좇는 변변 말이다.

물론 황수찬은 자신의 형의 일이기에 변호를 하는 거겠지만, 많은 변호사가 돈을 좇아 날아다니는 똥파리다.

'그래서 내가 변호사 개업 안 한다.'

"그럼 형제애가 남다르신 황수찬 변호사님께서 대신 납부해 주시면 안 되겠습니까?"

내 말에 판사가 나를 봤다. 아무리 형제라고 해도 360억을 대신 내주는 것은 무리가 있지 않느냐는 눈빛이다.

"내가요?"

"형님 되시는 피고께서는 만수무강하실 것 같습니다. 5천만 국민과 3천만 교포가 합심해서 욕을 하니까요. 욕 많이 먹으면 오래 산다면서요?"

"검사!"

내 이죽거림에 판사가 제지했다.

한마디로 이성적으로 행동하라는 뜻이다.

하지만 저런 것들에게 이성적으로 행동하면 진다는 것을 나는 누구보다 잘 알고 있었다.

"죄송합니다. 제가 연수원을 실업계 나와서요."

내 말에 판사가 피식 웃었고, 황수찬은 나를 죽일 듯이 노려봤다.

"저도 의뢰인인 형님을 대신해 벌금과 추징금을 내고 싶습니다. 참 모진 검사가 영치금까지 압류하고 보내드린 내복도 압류해서 공매 처분하니까요. 제 의뢰인이신 형님이 구치소에서 쓰러지신 것도 따지고 보면 검사의 도발 때문일 겁니다."

"콩밥 알레르기가 계셔서 못 드신 걸로 아는데요. 영양실조라고 하던데."

"이 사람이 정말 상식이 없네!"

황수찬이 내게 상식을 운운했다.

"황제노역 3억 일당은 상식에 맞습니까? 나는 그런 돈은 만져 보지도 못했네요."

"뭐요?"

"아니, 대부분의 국민이 그렇습니다. 한 번에 3억은커녕 3천만 원도 구경 못해 본 국민이 대부분입니다. 더 이상 만수무강하지 마시고, 의뢰인을 설득해서 노년은 따뜻한 고향으로 가서 지내십시오. 그럼 출국 금지는 바로 풀릴 겁니다."

"검사, 지금 무슨 소리를 하는 겁니까!"

황수찬의 눈빛이 찰나지만 떨렸다.

'찔리나 보네.'

나는 나를 노려보고 있는 황수찬 변호사를 봤다.

"그렇다는 겁니다. 서울에 친인척은 아니지만 대신 벌금 내어 줄 분 몇 분 계신 걸로 아는데요."

"뭐요?"

"아닙니까?"

"지금 검사가 내 의뢰인 뒷조사를 했다는 겁니까?"

"제가요? 하하, 설마요!"

내가 무슨 말을 하는지 황수찬 변호사는 잘 알 것이다. 황수성의 첩들과 첩들의 자식을 말함을 그대로 알아들은 것 같다.

"아닙니까?"

"서울에도 변호사 동생이 계시잖습니까? 합심하셔서 벌금과 추징금을 내십시오."

"돈이 없다고요."

황수찬이 답답한 표정으로 말했다.

"판사님!"

나는 황수찬 변호사를 무시하고 판사를 봤다.

"말하세요, 검사."

"…국민이 지켜보고 있습니다."

"전 재판의 벌금 구형에 대해 말하는 겁니까?"

"아닙니다. 그저 이 재판을 국민이 관심을 가지고 보고 있다는 것을 말씀드리는 겁니다."

"…알고 있어요."

판사가 인상을 찡그렸다.

* * *

"검사의 구형에 대한 법리 해석 때문에 시일이 거릴 것으로 판단되어 공판을 연기합니다. 다음 공판은 2월 5일로 하겠습니다."

탕탕탕!

"일동 기립!"

판사가 일어나 재판장을 빠져나갔다.

결국 재판은 연기됐다.

"황수성 씨!"

나는 휠체어를 타고 법원을 빠져나가는 황수성을 불렀다.

"뭡니까?"

황수성은 나만 보면 두드러기가 날 것이다.

꼴통 짓도 대놓고 하면 겁이 나니까.

"아직도 벌금을 낼 생각이 없으십니까?"

마지막으로 물어보는 것이다.

"아, 이 검사 양반, 정말 답답하네. 내가 이 나이에 뭘 더 숨기겠소? 벌금을 낼 돈이 없다고요. 나에 대해 조사를 했겠지만 내가 공금 횡령을 해서 이니셸이라는 망할 놈의 주식을 샀다가 쫄딱 망했어요."

물론 파악했다. 그리고 사람들은 그렇게 다 알고 있다.

황수성이라는 건실한 기업가가 주식 투자를 잘못해서 회사가 부도가 났고, 1,500억이라는 재산을 날렸다. 하지만 이면에 숨겨진 진실은 모른다.

"정말 이니셸 주식 사서 망하셨습니까?"

"뭐요?"

황수성이 나를 째려봤다.

"제가 최후통첩을 하죠. 벌금과 추징금을 납부하지 않으면 후회하실 겁니다."

"뭔 후회? 내가 돈이 있어야 내지!"

"그러시겠죠. 황수성 씨는 돈이 없으시겠지만, 황수성 씨의 자제분들은 상당한 재력가들이던데."

"나는 아들이 없소. 망할 놈들이 일본에 보내놨더니 귀화를 했소. 나는 그놈들과 의절했소."

"그게 귀화라고 할 수 있나요?"

"뭐요?"

"그냥 그렇다는 겁니다."

살짝 신경이 쓰이게 만들어주면 된다.

'증거만 확보하면 판 갈이 한다.'

이제 내 목표는 벌금 360억이 아니다.

조선 백성의 고혈을 빨아 부를 축적한 가짜 한국인들의 가증스러운 실체를 밝히고 그 죄악의 대가로 받은 모든 것을 국고에 환수하는 것이 내 궁극의 목표로 변했다.

'만주를 달리셨던 투사의 마음으로!'

나는 황수성, 아니, 야마모토 신지를 보며 다짐했다.

"그리고 그놈들이 대신 벌금을 내줄지는 의문스럽지만 내준다면 나도 좋겠소."

"그러십니까?"

"그렇소. 나도 이제는 지긋지긋하오. 이곳이!"

"그럼 따뜻한 나라로 가셔야죠. 제가 벌금과 추징금만 내면 바로 출국 금지 풀겠습니다."

"으음……."

"혹시 야마모토 신지라는 분을 아십니까?"

던졌다.

첫 번째 폭탄을.

그리고 황수성의 표정이 굳어졌다

"…나는 그런 사람 모릅니다."

"알겠습니다. 일이 커지기 전에 벌금 꼭 내십시오. 저도 황수성 씨 뒷조사를 하는데 변호사한테 제 뒷조사도 좀 해보라고 하세요. 절대 저는 스톱이 없습니다. 무조건 고입니다."

"으음……."

제2장

밀당? 협박!

검사실.

—야마모토 신지가 동양척식주식회사에서 땅을 많이 받았어.

—왜요?

—정신대, 아니, 이제는 위안부라고 하지?

—예, 어르신!

—그거 많이 잡아다 바치면 땅을 줬어.

—정말입니까?"

—정말이지. 이상하게 그렇게 악착같이 모은 땅을 줬다고 했어. 지금 생각해 보니까…….

—예, 어르신!

—쪽발이들은 그때부터 패망할 줄 알았던 거야. 그래서 본토로 땅은 못 가지고 가니까 막 뿌린 거지.

딱!

녹취된 내용을 다시 한 번 들었다.

이런 것을 보고 정황 증거는 잡았다고 말하는 거다.

이것을 토대로 이제는 증거만 확보하면 된다.

"조 수사관님."

"예."

"야마모토 신지가 보유하고 있던 토지대장 확인하시고요."

"예, 알겠습니다, 검사님."

"마 수사관님."

"예, 검사님."

"오만복 할아버지 신변 보호 요청하시고, 마 수사관님이 직접 담당하세요."

앞으로 내가 할 일이 현실이 되면 아마모토 신지가 엉뚱한 짓을 할지도 모른다는 생각이 들었다.

그리고 조명득을 보자 조명득이 알았다는 눈빛을 보였다.

청명회가 다시 움직이는 것이다.

오만복 할아버지를 경호하는 일에 청명회가 나설 참이다.

"예, 알겠습니다, 검사님."

"오 수사관님."

"예."

"제가 오만복 할아버지를 좀 만나 뵈어야겠습니다."

"바로 가실 거죠?"

"예, 저 성격 급하잖습니까."

"그러시죠."

"최 사무관님."
"전 바빠요. 현 수사관님하고 나머지 사건 다 처리하고 있어요."
"힘을 내요~ 수퍼 파워~"
미래의 유행어로 분위기를 밝게 만들었다.
"힘내야죠."
"특별한 사건은 없죠?"
"특별한 것은 없는데 친자 소송 관련 형사고발이 있네요."
"어떤 내용이죠?"
"시어머니가 며느리를 사기로 고소했어요."
중요한 사건이 아니라는 생각이 들었다.
"나중에 이번 사건 해결하고 보죠. 증거만 확보하세요."
"예."
"현 수사관님, 힘드시죠?"
"죽을 맛입니다, 검사님. 다섯 개 사건을 동시에 수사를 하려니까 미칠 것 같습니다. 경찰들은 말도 잘 안 듣고."
"낮추세요."
"예?"
"검찰 수사관이라고 고개를 들지 마시고 숙이세요."
내 말에 오 수사관과 마 수사관이 고개를 끄덕였다.
사실 검찰은 대부분 은연중 경찰 위에 있다는 생각을 한다.
그리고 의식하지 않은 상태로 나온다.
물론 검찰은 그것을 의식하지 못하지만 경찰은 은연중에 나오는 검찰 수사관이나 검찰의 행동을 바로 감지한다.
그러다 보면 수사를 방해하는 것은 아니지만 적극적으로 돕지 않는다.

상하 관계가 그런 것이다.

협조 관계가 되어야, 그리고 수사의 주체가 검찰이 아닌 자신들이라고 인식해야 열정적으로 움직인다. 이런 것을 주인 의식이라고 할 수는 없지만, 그런 인식이 있어야 책임감 있게 일한다.

"전 강압적으로 지시하지 않습니다."

"그러시죠. 하지만 경찰들에겐 그렇게 보일 겁니다. 같이 목숨 걸고 나랏일 하시는 분이잖습니까."

내 말에 현 수사관이 잠시 나를 봤다.

"예, 검사님."

"소주도 한잔하시고요."

"하하하! 알겠습니다."

"그럼 저희는 나가보겠습니다. 두 분이서 이 좁은 사무실에서 머리 맞대고 잘 부탁드립니다."

남녀가 오랜 시간 같이 있으면 정이 쌓인다.

그리고 그 정이 어느 순간 정분이 된다.

나는 그렇게 생각한다.

"나가자고."

오 수사관이 현 수사관의 어깨를 툭 쳤다.

오 수사관도 눈치로 내가 현 수사관과 최 사무관을 밀어주고 있다는 것을 아는 것이다.

"잘해라. 밀어줄 때."

"예?"

"잘하라고."

"아, 예, 열심히 수사하겠습니다."

"쯧쯧쯧!"

눈치 없는 현 수사관에 대해 오 수사관이 혀를 찼고, 나는 그 모습에 웃음이 나왔다.

* * *

검찰청 건물 앞.

망할 흡연자의 권리는 점점 더 사라지고 있었다.

이렇게 수사를 나가기 전에 야외 흡연실에서 담배를 피워야 하니 말이다.

그리고 다른 형사부나 검찰청 사람들은 내가 담당하고 있는 형사 2부를 흡연충이라고 부른다.

최 사무관 말고는 미흡연자가 없으니까.

"담배를 끊어야 하는데……."

오 수사관은 담배를 피울 때마다 저런다.

"끊으세요."

"다 피우셔서……."

변명이다.

"변명이시네요."

"하하하! 그렇죠. 이번 설날 이후론 끊습니다."

"그러고 보니 설날이 며칠 안 남았네요."

"그러게요. 고향은 다 갔고……."

마 수사관이 말했다.

검찰청 사람 중에 설날을 고향에서 보내는 사람은 드물다.

"다 가세요."

"예?"

"휴일에는 재판 없잖습니까?"

"그러다가 지검장님한테 엄청 욕 드십니다."

"저는 갈 겁니다. 고향으로 고고씽 할 겁니다. 검사가 됐는데 고향 가서 어깨 한번 펴야죠."

"…하여튼 대단하십니다."

"그건 그렇고, 조 수사관님."

"예, 검사님."

"요즘 조상 땅 찾기 프로젝트가 유행이라면서요?"

서울시가 잃어버린 조상 땅을 찾아주는 프로젝트를 했고, 부동산에 대한 인기가 워낙 높은 나라이다 보니 그게 전국적으로 확산됐다.

"예, 저도 인터넷에서 들었습니다."

"야마모토 신지가 보유했던 땅에 대한 토지대장을 확인하시고, 동양척식주식회사 이전의 소유주 자손들을 찾으세요."

"예?"

"성동격서로 한번 두드려 보려고요."

"아! 이슈를 만드시겠다는 거군요?"

"전 방위로 압박해야죠."

"그렇게 하면?"

"벌금은 내겠죠."

"그러고 나면 끝입니까?"

마 수사관이 내게 물었다.

"그럼 제가 박동철이 아니죠."

나는 모두를 보며 씩 웃었다.

"무슨 말씀인지 알겠습니다."

"탈탈 텁시다. 야마모토 신지가 일본으로 가면 그 자체가 국부 유출입니다."

물론 지금까지 엄청난 돈이 일본으로 흘러갔을 것이다.

하지만 이제는 막아야 한다.

그리고 환수해야 한다.

'그 어르신 추징금도 내가 담당하면 탈탈 털어낼 수 있는데…….'

나도 모르게 머리 벗겨진 전직 군인을 떠올렸다.

"그런데 검사님."

"예, 오 수사관님."

"오만복 할아버지 만나서 뭐 하시려고요?"

"제대로 한번 압박을 넣어보려고요."

* * *

병원 특실.

"그 망할 놈의 빠가야로가 어떻게 야마모토 신지를 알아?"

황수성이 버럭 소리를 질렀다.

"잘 모르겠습니다, 형님."

"이러다가 괜히 일이 꼬이는 거 아냐?"

"꼬일 일도 없습니다. 형님에 대해서 아는 사람은……."

없다고 장담을 못하는 황수찬이다.

"있을까?"

"형님!"

"왜?"

"기억하십니까? 한 30년 전에……."

"30년 전 뭐?"

"형님을 테러한 그 미친놈 말입니다."

황수찬의 말에 황수성도 인상을 찡그렸다.

"그 미친놈이 왜?"

"그런 놈이 몇 있을 수도 있습니다."

"그래서?"

"그 빠가야로는 미친놈이랍니다. 수사를 위해서는 뭐든 한답니다."

"그러니까 어떻게든 막아야지."

"그러지 마시고……."

"뭐?"

"벌금과 추징금을 내고 고향으로 금의환향하시는 것이 어떻습니까? 나가사키에 대저택을 지어놓으셨는데 그곳에서 여생을 마무리하시는 것이……."

"수찬아."

"예, 형님."

"너는 미야모토라는 이름이 더 익숙하냐, 아니면 수찬이라는 이름이 더 익숙하냐?"

"예?"

"이게 지랄 같지 않냐? 나는 이상하게도 이제는 수성이라는 이름이 더 익숙하다."

황수성이라는 이름으로 수십 년을 살았다.

그러니 그럴 수도 있을 것이다.

"저도 사실……."

"그래도 가기는 가야지. 나가사키의 낭인이 대저택의 주인이 됐으니까."

묘한 미소를 보이는 황수성이다.

"그러니까 벌금과 추징금을 내시고……."

사실 박동철이 오기 전부터 황수찬은 박동철에 대해 뒷조사를 했다.

그리고 박동철이 고등학교 때부터 알아주는 꼴통이며 검사가 된 후 대한민국 3대 조직 중 하나인 칠승파의 최고 계파 우 실장을 교도소에서 노년을 보내게 만든 장본인이라는 것을 알았다.

그리고 국제 인신매매 사건도 거침없이 해결했다는 것도 알고 있다. 그래서 혹시나 하는 마음에 이렇게 형에게 벌금을 내고 끝을 내자고 종용하는 것이다.

"돈 있어? 없다고 잡아뗐는데 벌금을 내면?"

"벌금과 추징금을 내면 끝날 수 있습니다."

"내가 그 망할 빠가야로 새끼에게 질 수는 없지. 곤조가 있지. 절대 못 내, 절대!"

* * *

달리는 자동차 안.

"저번에 말씀드린 것처럼 첩들 중 첫째인 이을년 씨는 요식업계에서 꽤나 이름을 날리고 있습니다."

"요식업계요?"

"궁중뒤뜰이라는 요식 체인점 아시죠?"

"알죠. 몇 번 먹었는데요."

"거기 대표입니다. 아들인 이천수는 사업 수완이 좋아서 프랜차이즈 업체로 거듭나고 있습니다."

황수성에게서 흘러간 돈이 궁중뒤뜰이라는 뷔페 체인점 종자돈이 되었을 것이다. 그리고 지금까지 번창한 것이다.

"그렇군요."

"그리고 둘째인 최다복은 사망했고, 그의 아들인 최무선은 학습지로 유명한 대한문고 대표입니다."

친일 재산으로 대한민국에서 꽤나 잘 먹고 잘살고 있었다.

"이러니 나라를 팔아먹어야 팔자를 고친다는 소리가 정답이 되는 세상이라는 거죠."

"예, 검사님."

"그럼 마지막 여자는?"

"우두순이라고 작년에 사망했습니다. 슬하에 아들은 없고 딸이 둘 있는데, 한 명은 제선방직 사모님이고 또 한 명은 오천명 의원의 와이프입니다."

외외다.

오천명!

내가 알고 있기로는 5선 국회의원이다.

결국 황수성은 5선 국회의원의 장인이기도 한 것이다.

"판사 사위에 국회의원 사위… 아주 엄청난 일본인이시네요."

"그렇기는 합니다. 물론 법적으로는 남이죠."

"사진 한 장도 없을까요?"

아무리 공식적으로 남처럼 지낸다고 해도 가족은 가족이다. 그러니 비밀 모임 같은 것은 있을 것이다.

"찾아보겠습니다."

"아무리 모른 척을 해도 연결되는 끈이 있을 겁니다. 장학사업 같은 것으로 위장할 수도 있으니까요."

"그러네요. 그쪽으로 조사해 보겠습니다."

오 수사관이 대답했다.

'어디부터 털어볼까?'

이제부터는 내 인맥을 동원해 볼 참이다.

대한민국은 인맥의 사회이다. 그리고 학연의 사회이고.

우리 학교 선배들, 꽤 높은 곳에 전 방위로 자리를 차지하고 있다.

물론 나쁜 사람도 많지만 좋은 분도 많다.

그러니 최대한 이용해 볼 참이다.

"전화 좀 하겠습니다."

따르릉~ 따르릉~

나는 바로 고검장이 되신 선배님께 전화를 걸었다.

—박동철이, 나한테 전화를 다 했네.

"잘 계셨습니까, 선배님! 제가 날 잡아서 한번 찾아가 장어라도 대접해…….”

―뭐 필요한데?

“아시는 분 중에 국세청에 계신 분 있으십니까?”

―그렇지. 쩝! 네가 이유가 있어서 전화했지.

“다 그렇죠. 하하하! 있습니까?”

―청장님이 우리 학교 선배시잖아.

나도 알고 있다. 그래서 전화한 것이다.

“청장님이요?”

―몰랐냐?

“알고 있었습니다.”

―또 무슨 청탁인데?

“궁전뒤뜰이라고, 요식 프랜차이즈 회사가 있습니다.”

―거기 맛나데. 역시 한식이 최고야.

“거기 전 방위적으로 세무 조사 좀 부탁해 주십시오.”

세무 조사라는 말에 잠시 고검장님이 말이 없었다.

―동철아, 범죄자들한테는 검찰청이 지옥이지만, 사업하는 사람들한테는 국세청 세무 조사가…….

잘못 건드리면 일파만파로 일이 커진다는 의미다.

“제가 담당한 황제노역 사건 말입니다.”

나는 고검장에게 자초지종을 설명했다.

―정말?

“예. 벌금, 꼭 받아낼 겁니다.”

―알았다. 부탁은 해볼게. 형님하고 나하고 같이 부른 임을 향한 행진곡이 몇 곡인데, 해주실 거다.

"감사합니다."

다시 말해 고검장님도 시워 좀 했다는 것을 돌려 말했다.

—더 할 말 없지?

"예."

—끊어라! 메이저리그 할 시간이다. 박찬호 멋지네. 최고다, 박찬호!

"일과 시간에 TV 보고 그러시면 직무유깁니다. 하하하!"

—휴가다, 휴가, 망할 자슥아!

뚝!

그렇게 통화가 끝났다.

전 방위 압박?

이제부터는 전 방위 협박이다.

'벌금을 내는지 안 내는지 두고 보자.'

벌금과 추징금부터 받아내고 시작할 참이다.

* * *

오만복 할아버지의 집.

"검사님이십니다."

오 수사관이 나를 소개했다.

"할아버지, 안녕하세요? 박동철이라고 합니다."

"검사님이시라고요?"

"예, 부탁드릴 것이 있어서 왔습니다."

"높으신 검사님이 저한테 부탁할 일이 뭐가 있습니까?"

오만복 할아버지는 황수성을 죽이려다가 실패해서 살인미수로 12년을 복역한 분이다.

개인적인 원한이 사무쳐 있는 분이기에 내 부탁을 들어줄 것이다.

"제가 야마모토 신지를 때려잡을 생각입니다."

"예?"

찰나지만 오만복 할아버지의 눈동자가 번뜩였다.

* * *

검사실.

현 수사관과 최 사무관은 사건에 거의 파묻혀 있다고 봐야 할 것이다. 박동철과 나머지 수사관들이 황수성 사건에 매달려 있으니 말이다.

"이건 어떻게 봐야 하죠?"

현 수사관은 이제 막 검찰수사관이 된 사람으로, 의욕은 넘치지만 업무적인 측면에서 부족한 점이 많았고, 최 사무관은 박동철 검사보다 검찰청 짬밥이 많기 때문에 능수능란했다.

"뭐가요?"

"친자 확인 소송에 의한 사기 고소 사건이요."

현 수사관이 내민 서류를 최 사무관이 한참이나 봤다.

"이거 완전히 나쁜 년이네."

"예?"

"뻐꾸기 아세요?"

"알죠. 뻐꾹뻐꾹 울잖아요."
"그 뻐꾸기는 자기 둥지가 아닌 다른 새의 둥지에 알을 낳아요."
"그런가요?"
"예, 그럼 다른 새는 자기 새끼인 줄 알고 지극정성으로 키우죠. 결국 뻐꾸기는 손도 안 대고 코를 푸는 격이죠."
"그래서요?"
"대한민국 남자 중에 자기 자식이 아닌 아이를 자기 자식인 줄 알고 키우는 남자가 엄청 많대요."
"아……."
현 수사관의 표정이 어두워졌다. 마치 결혼하기 무섭다는 생각을 하는 것 같다.
"고소를 한 시어머니가 꽤 재력가네요."
"결국은 자기 손자가 아니라는 거네요?"
"그렇죠. 그래서 친자 확인을 한 거고, 여자를 사기죄로 고소를 한 건데… 왜 사기지?"
사기라고 하기에는 좀 그렇다는 생각이 드는 최 사무관이다.
"예?"
"불륜에 의한 가정 파탄으로 유책 배우자로 민사소송을 하면 100퍼센트 이기는데 왜 사기죄로 고소한 걸까요?"
"그러게요."
보통 이런 경우는 민사소송을 하고 재판을 통해 이혼 청구 소송을 한다. 그런데 시어머니는 사기로 며느리로 고소했다.
최 사무관은 그게 이상했다.
"뭐, 검사님이 피의자 심문을 하면 나오겠죠."

보통 피의자 심문은 검사가 한다.

그러기 전까지 현 수사관과 최 사무관은 열심히 증거를 확보하면 된다.

"그런데 친자 소송 당사자인 아이가 인공수정으로 태어났네요."

"그래요?"

현 수사관이 새로운 사실을 확인해서 최 사무관에게 보여줬다.

"참 엉뚱한 사건이네요."

꾸르륵~ 끄르륵~

그때 현 수사관의 배에서 꼬르륵 소리가 났다.

"출출하세요?"

"점심시간이네요. 같이 나가서 드시죠."

"그럴까요? 뭐 좋아하세요? 저는 수제비 엄청 좋아하거든요."

"저는 밀가루 음식 별로입니다."

현 수사관이 인상을 찡그렸다.

노총각인 이유가 다 있는 법이다.

"아, 그러세요?"

"그래도 최 사무관님이 수제비라면 저도 수제비입니다."

현 수사관이 최 사무관을 보며 웃었다.

"저는 괜찮은데……."

"가시죠, 선배님."

두 사람의 거리가 어느 순간부터 조금은 좁혀진 것 같은 느낌이 든다.

* * *

조명득은 박동철과 헤어진 후 바로 군청 토지과로 향했다.

그리고 황수성이 보유했던 토지에 대해 토지대장을 열람했다.

사실 검찰 인력으로만 황수성이 보유했던 토지대장을 확인한다는 것은 역부족이기에 조명득은 바로 청명회를 이용했고, 또 피시방에서 전산대장을 해킹했다.

그렇게 해서 황수성이 보유했던 토지를 모두 찾아냈고, 군산과 인근 도시에서 황수성의 땅을 밟지 않고는 군산으로 들어올 수 없을 정도로 대지주였다는 것 역시 확인했다.

"1944년 11월부터 엄청나게 땅이 늘었네."

그 시기는 일본이 패망을 향해 브레이크 없이 달리고 있는 시점이었다.

"동양척식주식회사 이전의 명의자는……."

조명득은 찾아낸 낡은 토지대장 복사본을 보면서 동양척식주식회사에게 수탈당한 토지 소유자들을 찾았다.

"이제부터는 자손을 찾아야 해."

토지대장을 확인했으니 이제는 전 소유자들의 후손을 찾아야 했다. 그리고 조명득은 그것만 찾아내면 박동철이 전 방위적으로 압박을 가할 거라는 것을 잘 알고 있다.

"히히히! 재미있겠네."

"협박을 하라고요?"

오만복 할아버지는 내 부탁에 한동안 멍해졌다가 정신을 차렸고, 오 수사관은 여전히 멍한 상태이다.

검사의 신분으로 저럴 수 있느냐는 눈빛이다.

"예, 12년 징역살이하신 것을 보상 받아야죠."

"검, 검사님!"

오 수사관이 걱정되는지 나를 불렀다.

"예, 오 수사관님."

"그건……."

"증거가 없으면 죄가 안 됩니다."

"하지만……."

"어디까지나 압박용이죠."

"그러다가 일이 잘못되면……."

"제가 옷 벗는 거죠."

어쩌면 나는 오버하고 있는지도 모르겠다.

"그러니까요."

오 수사관은 한없이 나를 걱정스러운 눈으로 봤다.

"한번 찾아가 보시라는 겁니다. 어떻게 나오는지 보게요."

"검사님!"

오만복 할아버지가 나를 빤히 봤다.

"예, 할아버지."

"정말 그 망할 놈의 야마모토 신지를 때려잡을 수 있습니까?"

"제가 법치국가 대한민국에서 야마모토 신지를 때려잡을 수야 있겠습니까? 그 대신에 이 땅에서 사악한 방법으로 축재한 재산을 환수할 수는 있을 겁니다."

내 말에 오만복 할아버지가 고개를 끄덕였다.

"예, 하겠습니다. 하죠. 아직까지 내 동생이 어디에 있는지도 모르는데, 합니다. 하고말고요."

"예, 할아버지. 고맙습니다."

이건 황수성이 아닌 야마모토 신지에게는 엄청난 압박이 될 것이다.

"앞으로는 우리 마 수사관이 지켜드릴 겁니다."

"예?"

"놈들이 무슨 짓을 할지 모르니까요."

만약 무슨 짓을 하려고 덤빈다면 어떤 면에서는 땡큐하다. 죄가 추가되니까.

그리고 마 수사관 말고도 오만복 할아버지를 지킬 청명회 경호팀이 원격 경호를 시작했을 것이다.

"그렇죠. 그놈은 사람도 아닙니다."

"예, 제가 아주 철저하게 응징하겠습니다."

하나는 끝을 냈다.

이제 어떻게 나오는지 지켜보면 된다.

"그리고 할아버지, 이거……."

나는 할아버지의 옷깃에 녹음과 촬영 기능이 되는 몰래카메라를 끼워줬다.

"이게 뭡니까?"

"그냥 볼펜입니다."

몰카라고 하면 행동이 자연스럽지 않을 것이다.

'오만복 할아버지가 협박하고 시간 차를 두고 국세청이 궁중뒤뜰을 압박하면 전화를 하겠지. 그리고 내가 나타나면…….'

잘하면 우선 추징금과 벌금 모두 회수할 수 있을 것이다.

조명득도 따로 준비하고 있으니까.

'황수찬, 어떻게 나오는지 보자.'

대놓고 뒷목을 잡게 만들어줄 것이다.

*　*　*

오만복 할아버지를 만난 지 이틀이 지났다.

바로 오만복 할아버지를 보낼까 생각도 했지만 이틀 정도가 지나야 내 청탁을 받은 국세청이 움직일 것이다.

협박과 압박은 한꺼번에 밀려들어야 위협이 된다.

정신을 차릴 시간을 주면 안 된다.

"조명득은 잘하고 있으려나."

나는 이틀 동안 황수성에 대한 압박용 포석을 깔고 나머지 사건을 확인하기 위해 검사실에서 서류를 확인하고 있었다.

'꽤 친해졌네.'

두 청춘 남녀가 며칠 붙어 다니더니 꽤나 친해진 것 같다.

"꺼억!"

그런데 현 수사관이 아침부터 속이 거북한지 계속 트림을 했다.

"현 수사관님, 체하셨습니까?"

"아닙니다. 제가 요즘 과식을 좀 해서요."

현 수사관이 힐끗 최 사무관을 봤다.

"벌써 점심시간이네요. 검사님, 식사하러 나가셔야죠?"

최 사무관이 내게 형식적으로 물었다.

느낌이 딱 왔다. 식사는 해야겠지만 절대 나랑은 같이 먹고 싶지 않다는 느낌이다.

"먹어야죠. 먼저 가세요. 저는 서류 좀 확인하고요."

"예, 검사님."

최 사무관은 두 번 물어보지도 않고 현 수사관을 봤다.

"오늘은 국수 어떠세요? 밀면 잘하는 집이 있는데."

"좋죠."

별로 좋은 표정이 아닌 것 같은데 좋단다.

그렇다는 것은 가까워지고 있다는 의미다.

그럼 된 거다. 어디로 가든지 서울만 가면 되니까.

그렇게 현 수사관과 최 사무관이 밖으로 나갔고, 나는 사기로 며느리를 고소한 시어머니에 대한 사건 서류를 확인했다

"…정말 사건 사고가 너무 많네."

정말 검사는 일에 치이는 직업이다.

가끔은 내가 이러려고 죽어라 공부해서 사법고시를 합격했나 하는 생각도 들었다.

그리고 이런 것 때문에 변호사 중에 변변들이 많아지는구나 하는 생각도 들었다.

자질구레한 사건 몇 개를 수임하는 것보다 돈 되는 파렴치한 사건 하나를 수임하는 것이 더 이익일 테니까.

"죽으면 썩을 몸, 굴려야지."

나는 사건 서류를 살폈다.

"인공수정이네."

친자 확인을 했고, 그 결과 자신의 손자가 친손자가 아니라는 것을 안 시어머니가 며느리를 고소했다.

"보통 이러면 민사소송을 할 텐데……."

나는 고소인의 고소 내용을 확인하고 역시 여자는 무섭다는 생각이 들었다.

"…내연남이 있었네."

어이가 없는 순간이다.

"이건 과학적으로 빼꾸기가 된 거네."

세상 여자들 참 무섭다는 생각이 들었다. 그런 면에서 나는 행운아일 것이다.

우리 은희는 나만 바라보는 참하디참한 여자니까.

* * *

유명 호텔 커피숍치고는 무척이나 한산했다.

아니, 최은희와 최은희 앞에 앉아 있는 남자 말고는 아무도 없었다.

"여기 조용하네요."

"제가 저희 회사 광고에 출현해 주신 은희 씨를 위해서 오늘 휴업시켰습니다."

"아~ 이 호텔도 계열사죠?"

"예, 저희 아버님의 계열사 중 하나죠."

은희의 앞에 앉아 있는 남자는 은희에게 무척이나 관심을 보이고 있었다.

최은희는 광고 전속 계약에 대한 고마움을 표현하는 자리인 줄 알고 나왔는데, 재벌 3세의 표정이 맞선을 보는 것 같은 표정이라 어이가 없었다.

그리고 매니저를 보며 눈을 흘겼다.

"실장님 계열사는 아니시네요."

"예?"

"호호호! 그렇다고요."

"아! 그렇죠. 하지만 제 회사가 될 겁니다."

"아, 그러시구나."

"예."

"은희 씨."

재벌 3세가 살짝 느끼한 눈빛으로 최은희를 불렀다.

"예."

커피를 마시던 은희가 재벌 3세를 봤다.

"저, 은희 씨한테 관심 있습니다."

"아~ 그러시구나. 그런데요?"

"처음 만난 자리에서 이런 말씀 드리기 좀 그렇지만……."

"그럼 하지 마세요."

재벌 3세가 말도 꺼내기 전에 자리에서 일어나며 최은희가 말했다.

"예?"

"제가 매력이 있다는 것은 세상 사람이 다 아는 사실이고, 그게 제 경쟁력이에요. 실장님은 어떤 경쟁력이 있나요?"

당돌한 최은희의 말에 재벌 3세는 어이가 없었다. 마치 최은희에게 무시당하는 것 같은 느낌이다.

"저야… 이 호텔도 있고 그룹의 후계자로서……."

재벌 3세는 이런 말까지는 하지 않으려고 했는데 자신도 모르게 해버렸다.

그만큼 재벌 3세는 최은희에게 관심을 가지고 있었다.

"그래요? 하지만 지금 당장은 아니잖아요. 적어도 이 호텔 물려받고 나서 전화하세요. 지금은 실장님 몫이 아니잖아요. 그리고 스스로의 능력으로 돈 벌어보신 적 있으세요?"

"뭐라고요?"

최은희의 말에 재벌 3세가 얼굴을 붉혔다.

"나는 있는데 실장님은 없으신 것 같아서."

살짝 미소를 보이는 최은희였다.

"야!"

재벌 3세가 순간 흥분하며 벌떡 일어섰고, 최은희의 매니저가 따라 자리에서 일어났다.

"왜?"

절대 성깔로는 질 최은희가 아니었다.

"이… 딴따라 주제에!"

쫙!

최은희는 마치 한 대 칠 것 같은 분위기의 재벌 3세에게 마시던 커피를 얼굴에 뿌렸다.

"앗, 뜨거!"

"딴따라도 노는 물이 전 세계면 달라지는 거야!"

"이게 미쳤나!"

재벌 3세가 손을 올렸다.

그 순간 매니저가 뛰어갔고, 재벌 3세의 보디가드도 뛰었다.

순간 분위기가 험악해졌다.

"뭐 하는 겁니까?"

매니저가 버럭 소리를 질렀다.

"흥분하지 마세요."

도리어 최은희가 매니저를 말렸다. 그리고 핸드폰을 꺼내 어디론가 전화를 걸었다.

"회장님, 잘 지내시죠?"

놀라운 사실은 이 호텔의 실제 경영자이면서 그룹의 회장과 최은희가 아는 사이라는 거였다.

—최은희 씨가 전화를 다 하시고, 무슨 일입니까?

전화기에서 자신의 아버지 목소리가 흘러나오자 재벌 3세는 살짝 긴장했다.

"호텔, 둘째 아드님한테 물려주실 건가요?"

—예?

전화를 받은 회장의 입장에서는 황당할 것이다.

"저한테 준다는데요?"

—…뭐라고요?

목소리가 차갑게 변했다.

그리고 대충 감을 잡았다는 목소리다.

—무례했다면 미안하게 됐습니다.

"저도 이 호텔에 지분이 있는데 좀 그러네요."

몇 년 전 박동철은 최은희에게 호텔의 주식을 사라고 했다.

이런 부분에 꽤나 단순한 최은희는 버는 족족 호텔의 주식을 샀고, 지금은 무려 4.98퍼센트의 지분을 보유한 최은희였다.

0.02퍼센트만 더 보유하면 공시까지 해야 할 입장이다. 그리고 따지고 보면 호텔 경영자보다 지분이 많은 최은희였다.

"제 동의 없으면 이 호텔, 경영 못하시죠?"

—…송구하게 됐습니다.

그룹에서는 지분이 곧 힘이다.

그리고 최은희는 힘을 가지고 있었다.

놀랍게도 최은희는 딱 8년 만에 박동철의 도움을 받아 엄청난 재력가가 되어 있었다.

"그럼 전 이만!"

최은희는 바로 전화를 끊고 재벌 3세를 봤다.

"바로 뛰어가야 하지 않겠어요? 회장님, 엄청 화나신 것 같은데."

최은희의 말에 재벌 3세의 표정이 굳어지더니 바로 뛰어나갔다.

"남자가 없네. 내가 이래서 한눈을 못 판다니까. 우리 자기만한 남자가 없어서."

최은희는 박동철을 떠올리며 미소를 머금었다.

*　　*　　*

병원 특실.

"뭐라고?"

황수성이 핏대를 세우며 전화를 받고 있다.

—아버지, 그러니까 궁전뒤뜰에 국세청 세무 조사가 시작됐습니다.

"오천명이가 있는데 누가 궁전뒤뜰에 세무 조사를 해?"

황수성이 버럭 소리를 질렀고, 황수찬 변호사는 인상을 찡그렸다.

"형님, 혈압을 생각하십시오."

"닥쳐! 내가 혈압 생각하게 됐어? 내 재산이 거기에 1/3이 들어가 있어!"

"그렇기는 하죠."

—어떻게든 해야 합니다. 아버지, 어머니는 벌써 쓰러지셨습니다.

지금 황수성과 전화 통화를 하는 사람은 아버지를 아버지라고 내놓고 부르지 못한 홍길동과 다름없는 신세인 이천수였다.

"네 애미는 사업할 능력 없으니 됐고, 어떻게든 세무 조사에 꼬리를 집히지 않게 해."

—예, 아버지. 노력하고 있습니다. 하지만…….

"하지만 뭐?"

—탈세에 대한 증거라도 잡히는 날이면…….

"또 추징금 소리야? 추징금에 벌금이라면 지금도 지긋지긋해!"

황수성은 이 순간 박동철이 떠올랐다. 그리고 현재 벌어진 이 상황도 박동철이 국세청을 움직였다는 어처구니없는 생각이 들었다.

"끊어! 언제까지 이 애비가 다 해줘야 해? 이제는 네가 알아서 일 처리를 좀 해. 알았어?"

—예, 아버지!

"안 되면 일본에 있는 네 형들한테 경영권이 넘어갈 수도 있어."

—아, 아무 문제 없도록 하겠습니다. 형님은 본국에서 일식 체인점을 하시잖습니까? 아직 정서적으로 안 좋습니다.

"그렇다는 거다. 하지만 일식이 궁전뒤뜰을 경영하지 말라는 법도 없다. 알았어?"

—예, 아버지. 어떻게든 이번 고비를 넘기겠습니다.

하지만 국세청 세무 조사가 시작되면 기업은 그 자체로 휘청하게 된다.

무슨 일이든 모두가 사람이 하는 일이니 말이다.

"끊어! 변변치 못한 놈!"

황수성은 그렇게 전화를 끊었다.

"도대체 요즘은 되는 일이 없어."

쫘아아악, 쾅!

그때 문이 부서지도록 열리며 오만복이 들어섰다.

"뭐야?"

황수성이 버럭 소리를 질렀다.

"야마모토 신지!"

오만복 할아버지의 차가운 눈빛이 살기를 머금고 황수성, 아니, 야마모토 신지를 쳐다보았다.

"너는 또 뭐야?"

황수성은 오만복 할아버지를 기억하지 못하는 눈빛이다. 하지만 황수찬 변호사는 똑똑하게 오만복을 기억하고 있었다.

그리고 갑작스럽게 나타난 오만복의 등장이 절대 우연이 아닐 수 있다는 생각이 들었다.

*　　　*　　　*

군산 외곽의 한 다방.

"예?"

양복을 잘 차려입은 남자 앞에 앉아 있는 남자는 어부 작업복을 입고 있었다. 그리고 그 맞은편에 다방 레지와 장난을 치고 있는 조명득의 모습이 보인다.

"그러니까 다시 말씀을 드리면 조상 땅 찾기 사업이라는 것이 있습니다."

"그런데요?"

"여기를 보시면 해방 전에 고객님의 할아버지께서 1913년에 동양척식주식회사라는 일본 정보의 주구 회사에게 땅을 강제로 빼앗겼습니다."

"정, 정말입니까, 변호사님?"

"예, 정확한 팩트입니다."

"팩트가 뭔데요?"

"사실이라는 뜻입니다. 그건 중요한 것이 아니고, 보십시오, 이 서류를."

동양척식주식회사는 영국의 동인도회사와 같이 일본 정부의 직접적 지배하에서 그들의 특권에 기초한 독점적 특수 회사로 조선 수탈의 대명사로 불리는 존재였다.

일제는 1908년 의회에서 동양척식주식회사법을 통과시키고 이를 한국 정부에 강요하여 1,000만 원 자금으로 한국에서 척식사업을 목적으로 회사를 설립했다.

설립 목적은 진보된 농법을 이전함과 동시에 기업가에 대해서도 이자가 싼 자금을 공급하여 조선 농업에 이바지하게 한다는 명목이었으나, 실제로는 조선을 식민지화할 수탈이 목적이었다.

그리고 1913년까지 토지 4만 7148정보를 헐값으로 매입하는 과정에서 토지 조사에 응하지 않은 토지를 국유지로 편입시키면서 그 토지를 다시 조선 정부로 강제로 불하 받는 형태로 엄청난 땅을 소유했다.

이와 같이 강제로 빼앗은 토지를 소작인에게 빌려주어 50%가 넘는 고율의 소작료를 징수하고, 영세 소작농에게 빌려준 곡물에 대해서는 20% 이상의 고리를 추수 때 현물로 거둬들였다. 즉 조선 농민 수탈을 시작한 대표적인 악마적 기업이라는 것이다.

또한 일본은 각종 특혜를 주고 1910~1926년 사이에 17회에 걸쳐 일본인 이민 희망자 약 1만 명을 엄선하여 조선 수탈의 담당자로 활용했다.

이들 이주민은 경기, 경상, 전라, 황해, 충청도에 가장 많았는데, 그들은 조선 민중을 착취, 압박한 일제의 대변자이며 앞잡이가 되었다. 이에 따라 1926년까지 조선인 빈농 약 29만 9천 명이 토지를 상실하고 북간도로 이주하는 참담한 현상이 벌어졌고, 야마모토 신지 역시 17차 이민자로 군산에 와서 수탈에 동참했다.

그렇기에 동양척식주식회사와 황수성은 떼려야 뗄 수 없는 관계였다.

"여기 보시면 고객님의 할아버지 토지가 1913년에 이뤄진 3차 토지 조사에 사유지가 아닌 국유지로 전환됐고, 그 토지를 동양척식주식회사가 조선 정부에게 불하 받았습니다."

"그렇습니까?"

한자로 적혀 있기에 보고도 알 수가 없는 어부였다.

"예, 그리고 이 토지를 1935년 1월에 동양척식주식회사가 무상으로 야마모토 신지라는 일본인에게 무상으로 증여했습니다."

"무상이라면 공짜로 줬다는 거죠?"

"그렇습니다. 공정한 거래라고 볼 수가 없죠. 저희가 알아본 바로는 야마모토 신지라는 일본인은 1943년부터 1945년 3월까지 근로정신대, 아니, 군위안부 군산 모집 총책으로 활동했고, 그에 대한 보상으로 받은 것으로 추측할 수 있습니다."

"그럼 어떻게 되는 거죠?"

"친일 재산이 되는 거죠."

"일본인이라면서요?"

"요 근래 저희가 알아낸 사실로는 야마모토 신지라는 사람이 황수성이라는 이름으로 귀화했다고 합니다. 물론 그 시절에는 귀화와 같은 절차가 없기에 새로운 족보를 만든 거죠. 그리고 어수선한 시절에 지금으로 말하면 주민등록증인 공민증을 받은 겁니다."

자세하게 설명을 해줘도 무슨 말인지 잘 모르는 눈빛이다.

"그런데요?"

"저희 법무법인에 맡겨주신다면 저희가 친일파 재산 환수에 관한 특별법에 의거해 빼앗긴 토지를 찾아드리겠습니다."

"그거 하려면 돈 많이 드는 거 아닙니까?"

땅을 찾아주겠다고 하는데 어부는 돈 걱정부터 했다.

보통 이런 일이 있으면 사기일 수도 있다는 생각이 드는 것이 보통이니 말이다.

"비용은 저희 법무법인이 부담합니다. 그리고 빼앗긴 토지를 찾게 되면 성공 보수로 돈을 받으면 됩니다."

"땅을 찾은 후에 받는다고요?"

"예, 보통은 30퍼센트 정도 받습니다."

"그 말은 제 돈은 절대 안 들어가는 거죠?"

"물론입니다."

사실 이 어부의 조상 땅이 꽤나 면적이 넓어서 인지대만 2억 정도 들어가는 소송이다.

하지만 이것만으로도 야마모토 신지인 황수성을 압박하기에 충분했다. 그리고 이 어부 소유의 땅은 돌고 돌아서 궁중뒤뜰의 이사로 있는 이천수의 명의로 되어 있었다.

그리고 돌고 도는 과정에선 황수성의 첩들을 통해서 팔고 샀으며, 결국 이천수에게 돌아간 것이다.

이렇게 황수성은 은밀하게 재산을 숨겼다.

"여기에 서명만 하시면 됩니다."

"알겠습니다."

공짜로 잃어버린 조상 땅을 찾아주겠다고 하는데 마다할 사람은 없었다. 그렇게 어부는 사인을 하고 다방을 나섰다.

"지금까지 열두 명입니다."

변호사가 조명득에게 보고했다.

"세 명 정도는 황수찬 변호사한테 보냅시다."

"예?"

"깜짝 놀라게."

"그럼 소송에 대비하지 않겠습니까?"

"벌금과 추징금부터 회수해야 해서."

조명득의 말에 이해가 안 되는 변호사였다.

이 사람 역시 고액 연봉을 받는 청명회 회원이었고, 조명득에게 치명적인 약점을 잡힌 사람이기도 했다.

놀라운 사실은 그가 사법고시 준비를 때 지원 받은 단체가 자신도 모르는 상태에서 조총련 계열이었고, 그건 한국 사회에서 치명적인 약점이었다.

물론 현재 조총련 관련 단체는 그 힘이 약해졌고 직접 지원 받은 그 단체는 폐쇄됐지만 오고 간 문서를 해킹을 통해 조명득이 확보하고 있기에 어쩔 수 없이 조명득의 명령을 따라야 했다.

아마 이런 존재들이 많을 것이다.

그리고 믿기지 않게도 이런 일이 비일비재하게 일어나고 있다는 것이다. 그리고 그런 존재를 조명득은 철저하게 이용하고 있었다.

"그럼 이번 일이 끝나면……."

"증거 자료를 달라고요?"

"예."

변호사가 조명득을 봤다.

"끝까지 같이 갑시다. 우리가 연봉도 많이 드리잖아요."

"그래도……."

"서로 약점을 쥐고 있어야 끝까지 가죠."

물론 서로라는 말은 문제가 있었다.

변호사만 조명득에게 약점이 잡혀 있으니까.

"…예."

그저 인상만 찡그릴 수밖에 없는 변호사였다. 이래서 궁핍하다고 아무 돈이나 덥석덥석 받으면 안 된다. 그 돈이 자신의 발목을 잡는 날이 언젠가는 오니까.

* * *

병원 특실.

"검사님이 왔더라고."

오만복 할아버지의 입에서 박동철 검사가 나오자 황수성의 표정이 굳었다.

"무, 무슨 소리를 하는 거야?"

"가보라고 해서 왔다."

"뭐라고?"

"얼굴이 맞는지 확인해 보라고. 맞네, 황수성! 야마모토 신지! 동양척식주식회사 군산지부 서기! 망할 놈의 근로정신대 모집책! 그리고 나를 지옥도로 보낸 놈이 맞네!"

자신의 비리가 오만복 할아버지의 입에서 술술 흘러나왔다.

그리고 그 사실이 박동철 검사의 귀로 들어갈 것이 뻔했기에 황수성은 처음으로 두려움을 느꼈다. 아니, 이승만 정부 때 반민족특위가 발족되었을 때 느낀 그 두려움을 다시 한 번 느꼈다.

물론 그 반민족특위는 좌절됐고, 그럼에도 야마모토 신지는 이렇게 황수성으로 이름을 바꾸고 잘 먹고 잘살고 있지만 말이다.

"원, 원하는 것이 뭐야?"

"원하는 거?"

"그래, 원하는 것이 뭔데 이러는 거야?"

황수성이 버럭 소리를 질렀다.

"형님, 진정하십시오."

"어서 말해! 원하는 것이 뭐냐고!"

"형님, 제가 알아서 하겠습니다."

황수찬 변호사는 흥분한 황수성을 진정시켰다.

"원하는 것이 뭡니까?"

"내가 12년 징역살이를 했다. 내가 여기 오면서 뉴스를 들으니 너 감옥소에서 일당으로 3억 받으면서 노역한다며?"

"뭐, 뭐라고요?"

"12년. 하루에 30만 원만 계산해 주라. 그럼 아무 소리 안 할게."

순간 황수성의 표정이 굳었다.

"그래봐야 고작 13억 조금 넘는다. 무슨 말인지 알겠지, 야마모토 신지?"

"으음……."

황수성은 이 순간 박동철 검사의 얼굴이 떠올랐다.

"아니면 내가 네 담당 검사님한테 찾아가고."

결국 박동철이 말한 것은 이거였다. 그리고 이제는 이런 압박과 협박이 지속적으로 이어질 것이다.

"지금 변호사 앞에서 공갈 협박을 하는 겁니까?"

황수찬은 끌에 변호사라고 오만복 할아버지에게 말했다.

"협박죄가 몇 년을 감옥에서 살아야 하는 죄인지 압니까?"

"내가 저 인간 때문에 지옥도에서 2년을 살았고, 내 죄이기도 하지만 12년을 징역 살았다. 까짓것, 감옥소에서 죽지, 뭐."

"으음……."

저렇게까지 나오니 할 말이 없는 황수찬이다.

"수찬아."

"예, 형님."

"…줘라."

벌금과 추징금 360억을 낼 돈이 없다던 황수성이지만, 오만복 할아버지에게 13억은 줄 수 있는 모양이다.

이건 다시 말해 오만복 할아버지가 알고 있는 내용을 박동철 검사가 안다면 또 일이 곤란해질 거라는 생각을 한 황수성이었고, 궁전뒤뜰 세무 조사로 인해 충격을 받아 냉정하게 대처할 수 없는 것도 한몫했다

"줄 거면 지금 바로 줘."

"형님, 13억이 당장 어디에 있습니까?"

"싫으면 말고. 나는 돌아가면 되니까."

똑똑!

그때 노크 소리가 들렸다.

황수성과 황수찬 형제는 노크 소리에 기겁했다.

* * *

병원 특실 밖에서 들으니 더 가관이었다.

지금 내가 등장해 줘야 바로 일이 해결될 것 같았다. 또한 압

박을 더 받을 것이고.

"들어가 볼까?"

똑똑! 똑똑!

나는 정중하게 병원 특실 문을 두드리고 문을 열었고, 내 예상대로 황수찬과 황수성은 나를 보고 마치 저승사자라도 본 것 같은 표정이 됐다.

그리고 본능적으로 오만복 할아버지와 나를 번갈아 봤다.

"잘 지내셨죠? 드릴 말씀이 있어서 왔습니다."

나는 차분하게 말하며 오만복 할아버지를 보고 놀란 표정을 지어 보였다.

물론 저들이 보라고 이러는 것이다. 마치 오만복 할아버지에게 배신당했다는 그런 뉘앙스를 풍기면 된다.

"나가서 이야기합시다."

내 예상대로 황수찬은 오만복 할아버지를 병실 밖으로 데리고 나가려고 서둘렀다.

"어떻게 할 건데?"

오만복 할아버지가 내 시선을 피하며 황수찬에게 말했다.

"알았으니까 나가서 이야기합시다."

"…손님이 계셨네요. 다음에 오겠습니다."

나는 그렇게 말하고 문을 닫고 나갔다.

이 정도면 된다. 이번 장면에 카메오 출현으로 충분히 임팩트를 준 거니까.

'내일쯤 할아버지가 돈 받았다는 소식을 듣고 오면 되겠네."

나는 씩 웃고 돌아섰다.

황수찬 변호사 사무실.

“젠장! 아무리 형님 돈이라지만 내 주머니에서 나가니 어이가 없네…….”

박동철의 예상대로 오만복 할아버지는 황수성에게 10억을 받았다.

물론 이건 범죄다. 하지만 그 범죄를 통해 충분히 황수성을 압박할 카드를 손에 쥔 박동철이다.

“변호사님.”

황수찬 변호사의 사무장이 조심스럽게 들어왔다.

“무슨 일 있습니까?”

“혈색이 안 좋으십니다.”

“신경 안 써도 됩니다. 무슨 일입니까?”

“생각보다 큰 민사소송 의뢰가 들어와서요.”

“뭔데요?”

“토지 반환 소송인데, 소송 비용이 400억 정도 될 것 같습니다. 의뢰인이 밖에서 변호사님을 뵙고 싶어합니다.”

“400억이라고요?”

“예, 변호사님.”

“모시세요.”

황수찬 변호사는 형의 일을 처리하면서 자기 일도 해야 했고, 이게 박동철의 압박 카드 중 하나라는 것을 그는 알아차리지 못했다.

* * *

“그러니까 이 서류를 보시면 알겠지만 동양 척식주식회사에게 제 할아버지가 산을 빼앗겼습니다. 그리고 그 산을 동양 척식회가 야마모토 신지라는 사람에게 무상 양도했습니다. 이렇게 되면 친일 재산이라고 할 수 있죠? 찾을 수 있겠죠? 불법적으로 빼앗긴 제 할아버지의 땅이니까요.”

의뢰인의 말에 황수찬 변호사는 숨이 막히는 것 같은 느낌이 들었다.

“그게, 100퍼센트 친일파 재산이라고는 할 수 없고…….”

“어렵습니까? 어려우면 다른 곳으로 가고요. 서울의 엄청나게 큰 로펌에서는 해결할 수 있다고 하던데요.”

의뢰인은 더 이상 말하지 않고 바로 자리에서 일어났다.

“하하, 일단 앉으십시오. 서울 대형 로펌도 좋지만 해당 임야가 군산 지역에 있으니 제가 맡는 게 더 유리합니다. 법 집행도 결국 사람이 하는 거니까요.”

황수찬의 말에 의뢰인은 마지못해하며 다시 자리에 앉았다.

“부탁드립니다. 제가 어떻게든 증거를 더 찾아보겠습니다. 아는 친척 중에 검사도 있고 하니 부탁하면 증거를 더 찾을 수 있을 겁니다.”

검사라는 말에 황수찬은 박동철 검사가 떠올랐다.

“제가 어떻게든 빼앗긴 조상님의 땅을 찾아드리죠.”

“감사합니다.”

의뢰인은 자리에서 일어나 악수를 하고 나갔고, 황수찬은 바로 황수성이 있는 병원으로 향했다.

*　　*　　*

병원 특실.

"뭐? 야마모토 신지가 빼앗아간 땅을 찾겠다는 놈이 나왔다고?"

박동철의 압박이 착착 진행되고 있었다.

"그렇습니다. 일이 곤란해졌습니다. 이러다가는 더 크게 일이 번질 수도 있을 것 같습니다. 오만복 그 인간은 입막음을 했다고 치더라도, 이번 일로 민사소송이 발생하면 정말 일이 곤란해집니다. 지금도 여론이 형님한테 안 좋습니다."

"그래서?"

"벌금을 내시고 출국 금지가 풀리면 바로 고향으로 가시는 것이 최선일 것 같습니다."

"그 소송이 어디 하루 이틀 걸리는 소송이야?"

사실 이완용 등 친일파 후손이 국가를 상대로 토지 반환 소송을 냈고, 그 사실이 알려져 국민들이 분노했다.

그래서 만들어진 것이 친일파 재산 환수에 의한 특별법이다.

그게 황수성에게도 적용될지는 의문이지만, 그런 재판 과정에서 많은 문제가 발생할 거라는 것은 황수성도 짐작이 됐다.

"제게 의뢰한 놈이 형님에 대해 꽤 많이 알고 있습니다."

"알기는 뭐를 알아?"

"형님께서 근로정신대 군산 모집 총책이셨던 것도……."

황수찬의 말에 황수성의 표정이 어두워졌다.

"으음……."

똑똑!

그때 노크 소리가 들렸다. 물론 모든 압박이 진행되고 있는 것을 아는 박동철이 마지막 밀당(?)을 위해 방문한 것이다.

스르륵!

문이 열리며 박동철이 들어섰고, 황수성과 황수찬의 표정이 굳어졌다.

"검사님, 지금 몸 상태가 안 좋습니다. 다음에 이야기하시죠."

"야마모토 신지 씨더군요."

내 말에 황수성의 표정이 굳었다. 그의 눈동자가 파르르 떨리는 것을 보니 꽤나 충격을 받은 모양이다.

"지, 지금 뭐라고 했소?"

"제가 어제 그 늙은이한테 뒤통수를 제대로 맞았네요. 하, 정말… 여기로 올 줄은 몰랐습니다. 연락이 안 되네요. 얼마나 쓰셨는지는 모르겠지만, 그렇다고 해서 모든 죄가 가려지는 것은 아닙니다."

내 말에 황수성이 나를 빤히 봤다.

"이야기 다 들었다는 겁니까?"

"들었으니 야마모토 신지라는 것을 알죠, 야마모토 신지 씨!"

"그, 그래서요?"

"2005년에 특별법이 생겼더라고요."

친일파, 혹은 친일파의 자손이라면 어떤 법인지 다 알고 있다. 자신한테 치명적인 법이니까.

"무슨 말을 하고 싶은 겁니까?"

"저에 대해서 좀 알아보셨습니까? 제가 황수찬 변호사를 통해서 알아보라고 했는데……."

살짝 색다른 뉘앙스를 풍겼다.

다시 한 번 나는 피의자에게 사기를 칠 생각이다.

"지금 뭐 하자는 겁니까?"

황수찬 변호사가 버럭 소리를 질렀다.

"조용히 하십시오. 지금 피의자와 이야기하잖습니까?"

"가만히 있어."

"형, 형님!"

그는 본능적으로 내 눈빛이 달라졌다는 것을 읽은 것 같다.

나는 이곳으로 오기 전에 수백 번도 더 내게 암시를 걸었다.

변변처럼 사악한 놈이 되자고.

내년 총선에 출마하는 놈이 되자고 암시를 걸었다.

그게 약간 통한 것 같다.

남을 속이기 위해서는 나부터 속여야 한다. 물론 완벽하게 속일 수는 없겠지만, 이렇게 이미지트레이닝을 하면 달라진다.

생각이 몸을 움직이게 하니까.

"그래서요?"

황수성이 나를 보며 물었다.

"둘이서만 이야기하고 싶습니다. 황수성 씨 입장에서도 많은 사람이 알아서 좋을 것은 없잖습니까. 형제애가 남다르다고 해도 말입니다."

"…나가 있어."

"예, 형님."

황수찬이 나를 노려보곤 밖으로 나갔다.

"하던 말 계속하세요."

"저는 이번 사건을 아주 잘 해결해야 합니다. 국민들이 저를 보고 있으니까요."

"정치를 할 생각이오?"

역시 나에 대해서 알아본 모양이다.

인터넷에 박동철 검사를 치면 제일 먼저 열혈검사가 나온다.

그리고 우천재가 나오고, 국제인신매매단이 나온다.

그 다음으로 나오는 것이 총선 출마이다.

인터넷만 뒤져도 알 수 있는 부분이다.

그러니 황수찬도 나에 대해 조사했다면 다 알 것이고, 황수성에게도 말했을 것이다.

그런 확신으로 이번 밀당을 하면 된다.

어떻게 가던 우선은 서울부터 가보는 거다.

"기회가 되면요. 저는 우선 스타검사가 되고 싶습니다, 야마모토 신지 씨."

"…그래서요?"

"저를 위해서라도 360억 벌금과 추징금을 내셔야겠습니다."

이제 비릿하게 웃으면 된다.

"내가… 돈이 없다고……."

"마지막으로 동양척식주식회사의 이민정책으로 군산으로 오셨더라고요. 군산지부 담당자가 되셨고요. 그리고 그 시절 표현으로는 근로정신대 모집책으로도 활동하셨죠. 아까 그 늙은이가 법정에서 증언하기로 했는데, 제게 거짓말을 하고 여기로 왔네요. 이래서 사람은 믿을 수 없는 존재인 모양입니다."

"지금 나를……."

"협박하는 거냐고요? 에이, 아니죠. 정확히는 거랩니다. 저는 야마모토 신지 씨가 어떻게 사시든, 무엇을 하시든 상관없습니다. 저도 그 정도면 벌금 내기 싫을 겁니다. 하지만 보는 눈이 있고, 제가 국제인신매매단 사건으로 한창 주가가 올랐는데 이번 사건을 해결하지 못하면 그 인기가 떨어지겠죠. 그런데 적어도 내년까지는 상한가 가야 하지 않겠습니까?"

"벌, 벌금만 내면……."

"예, 눈 딱 감아드리죠. 저도 다른 사건으로 머리 아픕니다. 그리고 그 재산 몰수 사건이 내년까지 끝날 것 같지도 않고."

이건 밀당이고 사기다.

"…생각할 시간을 주시오."

"여기서 담배 피우시는 것 같은데 저도 딱 한 대만 피우죠. 군산 야경이 좋네요. 하지만 저는 군산이 이제 지긋지긋합니다."

나는 주머니에서 담배를 꺼내 창 쪽으로 가서 창문을 열고 담배에 불을 붙였다.

휘이잉~

겨울이라 바람이 찼다. 깊게 빨아들이는 담배 연기가 폐를 찌르는 것 같다.

'넌 걸렸어.'

"…이봐요, 검사 양반."

5분 정도를 고민하던 황수성이 나를 불렀다.

"예, 황수성 씨."

나는 의도적으로 야마모토 신지를 황수성이라고 불렀다.

그렇게 부르는 나를 보고 황수성이 살짝 인상을 찡그렸다.

"…확실히 벌금만 내면 알고 계시는 모든 일을 함구할 겁니까? 출국 금지도 풀어주고?"

"여기서 더 떠들어서 뭐가 좋겠습니까? 저는 말씀드린 대로 이 군산이 지긋지긋합니다. 그리고 제가 담당한 이번 사건만 해결하면 그만이고, 곧 떠날 수 있을 텐데."

"으음, 좋습니다. 내일 벌금을 내죠."

"아직 형이 확정이 안 되어서 벌금을 내시고 싶어도 못 냅니다."

"뭐라고요?"

"내일이 최종 공판입니다. 저는 제 인기를 고려해서 460억으로 벌금과 추징금을 맞출 생각입니다."

"지, 지금……."

"왜, 싫으십니까, 야마모토 신지 씨?"

"끄응, 정치가 정말 하고 싶은 모양이군……."

"물론입니다. 당연히 검사보다는 금배지가 좋지 않겠습니까? 이대로 나가면 혹시 압니까? 제가 대통령이 될지."

내 말에 황수성이 어이가 없다는 표정으로 헛웃음을 지어 보였다.

"당신 인기를 위해 내가 100억을 더 포기해라?"

"싫으시면 이니셸도 파보고요."

이니셸이라는 말에 황수성의 표정이 다시 굳어졌다.

"…알았소. 당신이 깔아놓은 멍석에 내가 병신굿을 쳐주지."

아마 이 밀당으로 황수성은 모든 것을 끝낼 수 있을 거라고 생각할 것이다.

하지만 나는 이제 시작이다.

'판 갈이 하는 거다, 이 쪽발이 새끼야!'

* * *

재판장.

"검사, 구형하세요."

판사가 담담하게 내게 말했다. 나는 검사석에서 일어나 차분한 자세로 앉아 있는 황수성을 봤다. 황수찬 변호사는 이렇게라도 마무리되어 잘됐다고 생각하는 것 같다.

사실 따지고 본다면 황수찬은 해방 이후에 태어났다.

그러니 황수성이 저지른 잘못에는 책임이 없다.

"피고 황수성에게 사문서 위조에 벌금 50억, 분식 회계에 의한 불법 대출 70억, 공금 횡령에 따른 추징금 100억과 주가 조작 등의 혐의로 240억을 각각 구형하며, 또한 징역 1년, 집행유예 3년을 구형합니다. 또한 존경하는 재판장님께 피고가 현재 사유재산이 없는 것을 고려하여 노역 금액에 대해 1일 5만 원으로 제한해 줄 것을 요청합니다."

보통은 벌금보다 먼저 유기징역에 대해 구형한다.

그다음으로 벌금과 추징금에 대해 구형하는데 나는 반대로 했다.

또한 벌금도 세부적으로 나눠서 구형했다. 내 구형에 황수찬 변호사는 인상을 찡그렸다. 일일 노역 책정금을 1일 5만 원으로 제한해 달라는 요청에 황수성이 피식 웃었다.

결국 황제노역이 이슈가 되면서 여기까지 몰렸다는 것이 떠오르는 모양이다. 그리고 내 구형에 방청객들이 박수를 쳤다.

짝짝짝! 짝짝!

"조용하세요. 아직 판결이 나지 않았습니다!"

나를 응원하는 방청객에게 자중을 요청하는 판사였지만 박수 소리는 끊이지 않고 이어졌다.

"…계속 박수를 친다면 법정 모독으로 처벌하겠습니다."

그래도 박수는 멈추지 않았다. 방청객들도 속이 시원한 모양이다. 하지만 이대로라면 재판을 진행할 수 없어 황수성이 추징금과 벌금을 낼 수 없다.

"조용히 하십시오! 여기는 신성한 법정입니다!"

내가 일어나서 말하자 그제야 박수가 멈췄다. 판사는 이 법정에서 내가 자신보다 더 존경 받는다는 것에 살짝 못마땅한 표정을 지어 보였다.

'변수가 되지는 않겠지.'

내가 구분해서 벌금과 추징금을 구형한 것에 대해 판사는 제지가 없었다.

그럼 법리 해석에 아무런 문제가 없다고 판단한 것이다. 물론 그것은 중요하지 않다. 이 재판이 끝나면 황수성은 바로 벌금과 추징금 460억을 내고 한국 땅을 떠날 생각이니까.

물론 나는 약속대로 출국 금지를 풀어줄 생각이다.

나만 풀어준다는 의미이다.

'나머지는 고검장님이 알아서 하시겠지.'

그리고 내 사건만 잘 해결하면 된다.

나머지 사건은 이 군산이 아닌 서울에서 진행될 테니까.

"변호사, 최후 변론 하세요."

황수성 변호사가 자리에서 일어났다.

"본 의뢰인께서는 사회적 물의를 일으켜 죄송하다고 합니다."

이건 최후 변론이 아니다.

"본 법정은 피고 황수성에게 다음과 같은 형을 언도한다. 사문서 위조에 벌금 50억 및 분식 회계에 의한 불법 대출 70억 및 공금 횡령에 따른 추징금 100억과 주가조작 등의 혐의로 240억을 각각 검사의 구형대로 확정하며, 또한 징역 1년, 집행유예 3년을 선고한다. 또한 검사의 요청을 받아들이지만 피고의 연령이 고령인 바, 노역 책정금을 1일 10만 원으로 확정한다."

약간의 변수다.

하지만 1일 5만 원이나 10만 원이나 몸으로 때우려는 생각은 안 할 것이다.

이제 교도소로 들어가면 다시는 못 나올 테니까.

탕탕탕!

재판이 끝났다. 그와 동시에 다시 방청객들이 자리에서 일어나서 박수를 쳤다.

짝짝짝! 짝짝짝!

"박동철 검사 파이팅!"

"엄정한 법을 관철시킨 박동철 검사, 멋지십니다!"

방청객들의 외침에 판사가 인상을 찡그리고 재판장을 떠났다. 방청객들의 모습을 본 황수성, 아니, 야마모토 신지는 너희는 지금 속고 있다는 조롱 섞인 미소를 지었다.

* * *

공항 대합실.

공항 대합실에 설치된 대형 TV 화면에서는 뉴스가 진행되고 있었고, 법정을 빠져나오는 황수성과 황수찬의 모습이 보였다.

그리고 그 둘을 막아서는 기자들의 모습도 보였다.

―이번에도 노역을 하실 생각이십니까?

이 지문은 조롱에 가까웠다.

―죄송합니다. 제 의뢰인의 가족이 힘을 합쳐 벌금과 추징금을 오늘 안에 변제하기로 결정했습니다.

―정말이십니까?

―그렇습니다. 국민들에게 사회적 물의를 일으켜 죄송합니다.

―정말 벌금과 추징금을 납부하시는 겁니까?

―오늘이 지나기 전에 알게 되실 겁니다.

그리고 화면에 박동철 검사의 모습이 보였고, 박동철이 법원 건물에서 나오는 모습을 보고 황수성이 묘한 미소를 보였다.

마치 너 같은 놈이 존경 받는 대한민국이라면 여전히 2등 국민이고, 언젠가는 다시 일본이 점령할 수 있다는 더러운 눈빛으로 보는 것 같았다.

―박동철 검사, 이번에도 시원하게 사건을 해결하셨습니다. 감

회가 어떠십니까?”

—감회요?

—예.

—검사가 법을 집행하는 데 감회가 있겠습니까? 저는 스포츠 선수가 아닙니다.

—하하하! 질문을 잘못한 것 같습니다.

내 핀잔에 기자가 바로 실수를 인정했다.

—박동철 검사, 내년 대선에 출마한다는 이야기가 정치권에서 계속 돌고 있습니다. 사실입니까? 정치에 입문하실 생각이 있으십니까?

—내년 일은 내년에 생각하겠습니다. 저는 아직 처리해야 할 사건이 많습니다. 그럼 이만.

박동철 검사는 바로 자리를 떠났는데 마치 박동철 검사가 피고처럼 보였다.

“형, 형님!”

“조센징! 코노 빠가야로!”

황수성은 이제는 야마모토 신지로 돌아가길 결심한 듯 대형 화면에 보이는 박동철과 기자들을 보고 욕을 했다.

그러면서 계속 화면을 응시하고 있었다.

—황제노역으로 사회적 파장을 몰고 왔던 황수성 씨가 추징금 및 벌금 460억을 전액 납부했다는 소식입니다. 결국 돈이 있으면서도 내지 않았다는 겁니다. 법의 엄정한 심판만이 이런 파렴치한 일들이 일어나지 않게 할 겁니다. 앞으로는 죄 짓지 않고 노년을 마무리하셨으면 좋겠습니다.

종편 뉴스라 앵커의 방송 멘트가 강했다.

—다음 뉴스입니다. 요식업계의 신성이던 궁전뒤뜰이 탈세 및 분식 회계를 통한 비자금 조성으로 국세청의 엄정한 세금 폭탄을 맞게 될 것 같습니다. 박소신 기자, 이게 어떻게 된 겁니까?

"뭐, 뭐야, 저거?"

이어지는 뉴스에 황수성의 표정이 어두워졌다.

"…천수가 제대로 처리하지 못한 모양입니다."

"빠가야로! 반쪽의 피가 이렇게 멍청하게 흐르는 건가! 조센징은 이래서 안 된다니까."

자신의 아들까지 욕하는 황수성이다.

—안녕하십니까? 박소신입니다. 이번 프랜차이즈 업체인 궁전뒤뜰은 3년 동안 분식 회계 및 장부 조작을 통해 500억 상당의 세금을 포탈한 것으로 드러났습니다.

—그렇게 되면 추징금이 상당하겠군요.

—그렇습니다. 국세청은 대한민국 최초로 징벌적 추징금을 산정하겠다고 공식 발표했습니다.

"뭐? 징, 징벌적 추징금을 산정한다고?"

황수성은 뒷목을 잡고 쓰러지기 일보 직전이었다.

—추징금의 액수는 얼마로 예상됩니까?

—아무래도 대한민국 최초로 시행되는 것이다 보니 추정할 수밖에 없는데요, 현재 전문가들의 의견으로는 1,500억에서 2,000억 상당의 추징금과 300억 상당의 벌금을 예상하고 있습니다.

—그럼 또 한 번 황제노역 사건이 일어날지도 모르겠군요.

—그렇지는 않을 것 같습니다. 현재 국세청은 궁전뒤뜰이 보유

하고 있는 동산과 부동산을 가압류한 상태라 추징금과 벌금을 납부하지 않으면 공매 처분할 것 같습니다.

—국세청이 세금 안 내는 졸부들에게 재대로 칼을 뽑았군요.

—그렇습니다. 현 정부의 최고 성과라는 의견도 있습니다.

"…형님, 가시죠. 더 볼 것도 없습니다."

"망할! 첫째한데 넘겨야겠어. 이대로라면 거덜 나겠군. 마치 덫을 파놓고 덫에 밀어 넣은 것 같아."

황수성은 그런 생각을 떨칠 수가 없었다.

"우선 출국부터 하시죠."

"알았다. 망할 놈의 조센징들. 그래봐야 네놈들은 이등 국민이다. 빠가야로!"

황수성이 돌아섰다.

—다음 뉴스입니다. 일제 강점기 때 군함도라는 곳으로 끌려갔던 오만복 씨가 현금 10억을 광주 위안부 할머니들의 쉼터에 기증했습니다.

오만복 할아버지는 황수성에게 빼앗은 돈을 위안부의 복지와 그녀들이 하는 재판 비용으로 써달라고 기증했다. 하지만 그게 끝이 아니었다.

—그런데 이 돈이 원래는 공갈 협박을 통해 획득한 돈이라고 합니다. 취재에 나선우 기자입니다. 나선우 기자!

—예, 나선우입니다.

—도대체 무슨 일이죠?

—오만복 씨의 진술에 의하면 일제강점기 때 동양척식주식회사의 군산지부 총책이면서 근로정신대 군산 모집책이던 야마모

토 신지라는 사람에게 협박해서 받은 돈이라는 겁니다.

—야마모토 신지라면 일본인 아닙니까?

앵커가 의문을 제기했다.

—그렇습니다. 야마모토 신지라는 일본인은 해방 직후…….

순간 출국 게이트에 섰던 황수성이 굳은 표정으로 돌아섰다.

—…황수성이라는 이름으로 개명하고 한국 국적을 취득했다고 합니다.

—황수성 씨라고요?

—그렇습니다. 익숙한 이름 아닙니까?

—혹시 황제노역의 황수성 씨입니까?

—예, 그렇습니다.

"형, 형님!"

"이, 이게 어떻게 된 겁니까?

그때 뉴스 화면 아래로 긴 자막이 떴다.

속보—황수성의 벌금을 대신 납부한 곳이 궁전뒤뜰이라는 사실이 밝혀져…….

1타, 2타, 3타로 치명타를 맞은 황수성이었다.

—뉴스 속보입니다. 황제노역으로 국민의 공분을 샀던 황수성 씨의 과거가 일본인 출신 귀화 한국인으로 밝혀졌고, 그가 해방 전까지 조선 농민들을 수탈한 동양척식주식회사 군산지부 관리인이었다는 것도 밝혀졌습니다.

—또한 놀랍게도 궁전뒤뜰이 황수성 씨, 아니, 야마모토 신지

의 벌금을 대신 납부한 사실이 밝혀졌습니다. 야마모토 신지와 외식업체의 신성인 궁전뒤뜰의 관계가 궁금해집니다.

"형님, 가시죠, 가셔야 합니다."

"오만복! 이 망할 놈! 내게 돈을 받고 이렇게 나를 배신해?"

황수성, 아니, 야마모토 신지의 얼굴이 붉게 달아올랐다.

"출국하시겠습니까?"

출국 게이트에서 공항 직원이 붉게 상기된 상태로 황수찬의 부축을 받으며 출국 절차를 밟고 있는 황수성에게 물었다.

또각또각!

그때 황수성의 뒤로 발자국 소리가 들리다가 멈췄다.

"그렇소."

"여권을 주시겠습니까?"

공항 직원의 말에 황수성이 여권을 내밀었고, 공항 직원이 전산 조회를 시작했다.

"여기 있습니다."

박동철은 약속대로 출국 금지를 풀어줬다.

"가시죠, 형님."

"황수성 씨!"

그때 누군가 뒤에서 황수성을 불렀다.

"누, 누굽니까?"

"서울지검 유인택 검사입니다."

"그, 그런데요?"

"당신은 현 시간부로 친일 재산 환수에 의한 특별법에 의해 국외 출국 금지되었습니다. 이니셀 주가 조작 혐의 및 이천수 씨에 대한 불법 증여에 관한 혐의로 긴급 체포합니다."

"뭐, 뭐라고요?"

"당신은 묵비권을 행사할 수 있고……."

"어어억!"

황수성은 끝내 흥분과 분노를 참지 못하고 목덜미를 잡고 쓰러졌다.

"황수성 씨!"

유인태 검사가 놀라 쓰러진 황수성을 불렀다.

"여기 119 좀 불러주십시오!"

"공항 응급처치 요원 없습니까?"

* * *

삐뽀! 삐뽀!

요란한 구급차 소리가 들린다.

—뉴스 속보입니다.

—황제노역으로 사회적 물의를 일으켰으며 조선시대 동양척식주식회사 군산지부장으로 활동하다가 신분을 속이고 귀화한 일본인 황수성 씨가 인천국제공항에서 출국 전 심장마비로 사망했습니다. 굴곡진 그의 삶이 마지막 순간에도 애도를 받지 못하는 것은 아직도 마무리되지 않은 역사의 한 장면과 같아 보여서 씁쓸합니다.

그렇게 황수성은 죽었다.

그리고 궁전뒤뜰과 황수성의 숨겨진 자식들이 보유하고 있던 친일 재산은 철저하게 밝혀져 국가에 환수됐고, 동양척식주식회사가 강탈한 토지는 원 주인의 후손들에게 돌아갔다.

이것도 어떤 면에서는 박동철의 뚝심 있는 꼴통 짓이 만들어 낸 성과가 분명했다.

제3장

긴 밤에 씨 뿌렸네?

검사실.

"1582번 사건, 증거 자료 준비 다 됐죠?"

1582번 사건은 시어머니가 며느리를 사기로 고소한 사건이다.

"예, 검사님."

최 사무관은 요즘 들어 무척이나 밝아졌고, 현 수사관은 소화불량에 시달렸다.

"꺼억!"

점심만 먹고 나면 저런다.

"현 수사관."

"…죄송합니다, 검사님."

"속이 안 좋은 모양이네요."

"제가 밀가루를 잘 소화시키지 못합니다."

현 수사관이 최 사무관의 눈치를 보며 말했다.

"소화가 안 되는데 왜 그렇게 많이 드셨어요?"

점심에 해물 칼국수를 먹었다.

우리 검사실 인원은 홍일점인 최 사무관 위주로 점심을 먹는다.

나는 아무거나 잘 먹는 성격이고, 오 수사관과 마 수사관도 음식을 가리지 않는 편이라 보통 점심 식사 메뉴 결정권은 최 사무관에게 있었다.

그리고 젊은 여자가 추천하는 음식은 대부분 맛도 있고 보기에도 좋았다. 오늘은 최 사무관이 알아낸 해물 칼국수 맛집에서 점심을 먹었다.

'요즘처럼 한가하면 좋겠네.'

설날이 다가와서 그런지 이런저런 형사 사건이 줄었다. 설날이라서 사람들의 마음이 그럭저럭 여유로워져서 그런 모양이다.

"그러게요. 어쩔 수가 없네요, 검사님."

다시 한 번 현 수사관이 힐끗 최 사무관의 눈치를 살폈다.

"왜 그렇게 최 사무관의 눈치를 봅니까?"

알면서도 물었다. 아니, 내가 등을 떠밀어서 잘 알고 있다.

요즘 저 둘의 눈빛이 예사롭지 않다.

젊은 남녀가 자주 보면 정분이 쌓인다.

우직해 보이는 현 수사관과 여우인 최 사무관이 잘 어울린다는 생각에 현 수사관을 빠뜨릴 덫을 팠는데 보기 좋게 걸려들었다.

"제가 누구 눈치를 본다고 그럽니까?"

사내 비밀 연애를 시작한 모양이다.

"검사님, 호호호! 우리 사귀기로 했어요."

"쿨럭쿨럭!"

최 사무관의 말에 현 수사관이 놀라 사리가 들렸는지 기침을 했다.

"오~ 정말입니까? 잘됐네요."

"그, 그게……."

"안 사귀세요?"

내 말에 현 수사관이 다시 최 사무관의 눈치를 봤다.

"…사귑니다."

마지못해 최 사무관이 무서워 자백하는 현 수사관이다.

"둘이 알아서 잘 사귀시고~"

원하던 결과라 기분이 좋았다.

"예, 검사님."

"되도록이면 이제 밀가루 자제시키시고."

"예."

최 사무관의 목소리가 밝다.

"검사님, 피해자와 피의자 조사 준비되었습니다."

"서류 좀 확인하고요."

나는 서류를 살폈다.

저번에도 대략 봤지만 이건 민사소송인데 시어머니가 사기로 고소해서 형사소송이 된 사건이다.

보통 이런 경우에는 상대를 압박하기 위해서 형사 고발을 하는 경우가 많았는데, 이렇게 검찰 조사까지 가는 경우는 없었다.

다시 말해 시어머니가 무척이나 강경하다는 의미이다.

"뻐꾸기 사건이죠."

최 사무관이 내 옆에 서서 말했다.

"서류상으로는 그러네요. 그런데 원고의 진술서가 정말 틀림없는 사실이라면 천하의 악녀인데요."

"그러게요. 참 모질죠. 사랑이 뭔지……."

최 사무관도 인상을 찡그렸다.

"그러게요. 시험관 아기도 아기인데……."

피의자의 이름은 강슬기다.

아마 부모님이 슬기롭게 살라고 슬기라는 이름을 지어줬을 텐데 엉뚱한 곳에 슬기(?)를 쓴 것 같다.

"서류대로라면 내부 동조자가 있겠군요."

"간호사가 친구랍니다."

"그럼 가능하겠네요."

조사를 하기 전에 선입견을 가지지 말라고 했는데 선입견이 생기는 순간이다. 아니, 강슬기의 미친 불륜에 치가 떨린다.

'이런 불륜도 사랑이라고 생각하겠지. 쩝!'

서류를 살피며 나도 모르게 인상이 찡그려졌다.

사실 내가 원하는 부서는 강력부다. 조폭들을 전문적으로 상대하는 부서를 원했다.

그런데 나는 이런저런 잡다한 사건을 담당하는 형사부로 왔다. 그리고 군산으로 온 후 내가 담당한 사건 중에서 내가 원하는 사건은 한 건도 일어나지 않았다.

만약 그런 사건이 일어난다면 이런저런 핑계를 대고 발을 뺄 생각이었으나 헛된 생각이었다.

그리고 지금 나는 죽어라 일하고 있고, 진짜 강력부는 본의 아니게 놀고 있었다.

나 때문에 군산의 조직이 싹쓸이됐으니까.

"그리고 고소한 시어머니 박복자 씨의 의지가 강력한 것 같습니다. 직접 조사에 응하셨어요."

보통 검사는 피해자보다 가해자를 심문하는 경우가 많다.

그런데 고소인인 박복자 씨는 며느리의 처벌 의지가 강력한지 조사에 흔쾌히 응했다.

"…집안에 재산이 많다고 했죠?"

"예, 100억대의 자산가이고, 군산에서는 알아주는 선주랍니다."

"이번 사건으로 깔끔하게 마무리하려는 거네요."

상속과 기타 등등의 문제를 깔끔하게 정리하려는 것 같다.

"그런데 강슬기 이 여자, 엄청 죄질이 나빠요. 남편 되는 사람이 하반신 마비 장애인인데 너무하네요."

여자가 바람을 피우는, 또 불륜을 저지르는 이유는 다 있다.

물론 대부분의 여자가 그렇게 사는 것은 아니다. 하지만 강슬기는 그런 이유가 아니라 집안의 재산을 노리고 의도적으로 그랬을지도 모른다는 생각이 들었다.

그리고 하반신 마비 장애를 가진 아들을 속였다는 생각에 박복자 씨는 더욱 분노한 것 같았다. 아마 자신의 아들이 평범한 일반인이었다면 이렇게까지는 하지 않았을 것이다.

"애는 몇 살이죠?"

"세 살이요."

"애만 불쌍하네요."

애는 죄가 없다.

“제가 시어머니라고 해도 끝장을 봤을 거예요.”

“예, 알겠습니다.”

나는 서류를 다 살피고 자리에서 일어났다.

‘내부 동조자도 있고… 여자가 독하네.’

곧 설날인데 설날 전 마지막 사건이 좀 그렇다는 생각이 들었다.

* * *

검찰 조사실.

“검사님, 그 망할 년을 꼭 처벌해 주세요! 살인이에요, 살인!”

박복자 씨는 내 앞에서 입에 거품을 물고 핏대를 세우고 있다.

“살인…….”

나도 모르게 인상이 찡그려졌다.

“살인이죠. 우리 집안은 손이 귀한 집안입니다. 제가 그 망할 년을 데리고 오면서 처가에 얼마나 도움을 줬는지 아십니까? 그런데 나를 배신하고 또 현수를 배신하고. 그럴 수는 없죠.”

박복자가 살인이라고 하는 것은 낙태 때문이다. 사실 어떤 면에서 보면 여자가 얼마나 무서운 존재인지 극명하게 알 수 있는 사건이다.

또 여자가 사랑, 아니, 불륜에 미치면 어떤 짓이든 한다는 것을 알게 된 사건이기도 했다.

“어떻게 아셨습니까?”

“우리 창희가, 아니, 이제 우리 창희도 아니죠.”

박복자는 치를 떨 듯 온몸을 부르르 떨었다.

강슬기의 아들을 말하는 것이다.

오창희.

오현수의 아들로 3년을 살았고, 강슬기의 아들이기도 했다.

"그 망할 년 때문에 진짜 우리 창희가 빛도 못 보고 이 할미도 못 보고 그년의 뱃속에서 죽은 겁니다. 이건 명백한 살인입니다, 검사님!"

결국 박복자는 낙태를 감행한 것에 대해 분노하여 고소한 것이다.

낙태!

그건 불법이 확실했다.

낙태에 의한 법률은 합법적 낙태의 요건과 절차를 정한 법률을 말하고, 우리나라는 낙태에 관한 법을 모자보건법에 규정하고 있다.

현재 임신부의 요청에 따른 낙태를 허용하거나 처벌하지 않는 나라는 60여 개국이며, 사회적, 경제적 사유가 있을 때 낙태를 허용하는 국가는 10여 개 정도 되는 것으로 알고 있다.

그리고 우리나라에서 낙태는 불법이다. 그런데 한 해 출산율보다 세 배 정도 낙태가 많이 일어나고 있었다. 결국은 처벌하지 않는 법처럼 되어 있지만, 사문화된 법은 아니다.

다만 성폭행, 근친상간, 임신부의 생명, 신체적, 정신적 건강, 태아의 결함 이유 등이 있을 시에는 본인과 배우자의 동의를 받아 임신중절 수술을 할 수 있었다.

"…하지만 살인은 아니죠."

나는 검사이기에 법률적으로 접근해야 한다.

"심장이 뛰었을 겁니다, 우리 진짜 창희는!"

박복자는 내게 따지듯 말했다.

진짜 창희.

가짜 창희.

그 표현이 애매했다.

"그럼 그 망할 것은 얼마나 처벌을 받을 수 있습니까?"

박복자는 강슬기에 대해 강력하게 처벌을 요구하듯 말했다.

"형법 제269조에 의거, 약물 기타 방법으로 낙태한 경우에는 1년 이하의 징역, 또는 200만 원 이하의 벌금에 처합니다. 또 제270조에 의거, 의사, 한의사, 조산사, 약제사, 또는 약종상이 촉탁, 또는 승낙을 받아 낙태한 경우에는 2년 이하의 징역에 처하게 되어 있습니다."

머리에 저장(?)해 놓은 낙태에 대한 법률을 앵무새처럼 박복자에게 말해주자 박복자는 어이가 없다는 표정으로 변했다.

"살인을 하고도 겨우 그 정도라고요?"

살인?

사실 나는 낙태가 살인이라고 생각해 본 적이 한 번도 없었다. 그리고 이번 사건은 살인에 관한 법으로 처벌할 수 없는 사건이고.

사기가 성립이 될지도 의문이다.

"우리 진짜 창희를 죽인 그 망할 것이 겨우 그 정도의 처벌밖에 안 받는다고요?"

"그렇습니다."

"이 나라 법, 왜 이래요?"

"최대한 처벌할 수 있도록 노력하겠습니다."

박복자의 말을 듣고 나는 강슬기에 대한 좋지 않은 선입견이 생겼다. 박복자의 말에 따르면 창희는 어떻게 되었든 인공수정을 통해 자궁에 착상되어 임신에 성공한 태아였다. 그런데 그 태아를 낙태하고 바로 내연남의 정자를 이용해 재인공수정을 했다. 그리고 아무렇지도 않게 속였다.

이건 엄연한 살인일 수 있고 사기가 분명했다. 여자가 참 무섭다는 생각이 들었다.

"꼭 강력하게 처벌해 주세요!"

박복자는 내게 신신당부했다.

'그래봐야 1년 이하의 징역과 200만 원의 벌금인데.'

법이 어떤 면에서는 약하다는 생각이 들었다.

물론 나는 낙태 반대론자는 아니다.

원치 않은 임신을 했을 때는 낙태를 할 수 있다고 생각한다. 많은 성폭력 피해자들이, 또 미혼모들이 원치 않은 임신을 통해 힘들게 살아가니까.

하지만 이 경우에는 그런 경우와 완벽하게 달랐다.

'이번에도 줄줄이 사탕이네.

내부 공모자가 있다.

우선 강슬기의 친구라는 산부인과 간호사인 지진희가 있고, 또 합당한 이유가 아닌 상태에서 낙태를 시술한 의사가 있다. 그리고 내연남도 공모자일 것이다.

'결국 이런 몹쓸 짓을 한 것은 재산 때문이겠지.'

만약 박복자에게 100억의 재산이 없었다면 이런 일도 일어나지 않았을 거라는 생각이 들었다. 결국 돈이 모든 범죄의 기본이라는 생각이 들었다.

"예, 알겠습니다. 형사를 진행하시고 민사소송도 하면 될 것 같습니다."

"당연히 해야죠. 그 망할 년을 그냥 두지 않을 겁니다."

박복자는 분노에 차 있었다. 하여튼 그렇게 박복자에 대한 고소인 진술이 끝이 났고, 박복자와 함께 검찰 조사실을 나올 때 이상할 정도의 찜찜함이 느껴졌다.

'왜 이렇게 찜찜하지?'

역시 이런 추잡한 사건은 적성에 맞지 않는 것 같았다.

명확한 명제가 없는 것 같다.

예를 들어 조폭은 사회악이니 무조건 때려잡으면 된다.

이러면 간단할 텐데 이런 사건은 어떻게 대처하기도 힘들다.

'왜 그랬을까?'

나는 최대한 강슬기의 입장에서 생각해 보았다.

최대한 선입견을 배제해야 한다.

하지만 아무리 생각해도 여자가 미쳤다는 생각밖에 들지 않았다. 어찌 되었던 임신이 됐고, 박복자의 분노한 저 표정을 본다면 임신 사실을 알고 엄청난 대우를 받았을 것이다.

그런데 고의적으로 낙태를 했다.

그리고 내연남의 정자와 자신의 난자를 이용해 다시 인공수정을 했다.

어떤 면에서는 지능적인 완전범죄가 될 수 있을 수도 있었다.

'여자 참 무섭네.'

내가 내린 결론은 여자라는 존재는 때때로 무서워질 수 있다는 것이다. 여자라서, 그리고 사랑, 아니, 불륜에 미쳐서 그럴 수도 있다는 생각이다.

'간단하게 끝내자.'

사실 아주 간단한 사건이다.

유전자 검사를 통한 친자 확인은 끝이 난 상태니까.

피의자 조사 한 번 하고 재판 날짜를 기다리면 되는 사건이다. 그리고 설날에 집에 가면 된다.

하지만 뭔가 더 있는 것 같아서 찜찜했다. 그리고 이 순간 강씨 여자들이 무섭다는 생각이 들었다. 강솔미도 그렇고, 강슬기도 그렇고.

물론 이것도 선입견이겠지만 말이다.

"…빨리 마무리하자."

일사천리로 피의자 조사를 하고 재판에 넘길 생각이다.

* * *

검찰 조사실.

문을 열고 들어서는 순간 강슬기가 물끄러미 나를 봤다.

마치 비련의 여주인공 코스프레를 하고 있는 것처럼 보였고, 나는 그녀의 머리 위에 떠 있는 선악의 저울을 확인했다.

이 선악의 저울은 검사인 내게 무척이나 유용하게 쓰였다. 최소한 피의자가 어느 정도의 악인인지를 수치로 확인할 수 있으니까.

58 : 42

어이가 없는 것은 그녀의 악의 수치가 42밖에 되지 않는다는 것이다.

평범한 사람들, 그러니까 이런 검찰청이나 경찰서와는 거리가 먼 일반인들의 악의 수치가 45~49 정도이다.

그에 반해 강슬기의 악의 수치는 42다.

아마 내 추측이지만 테레사 수녀님도 악의 수치가 30 정도는 나올 것이다. 저번에 검찰청 홍보를 위해 고아원에 갔을 때 평생을 고아들을 돌보며 사셨다는 수녀님의 악의 수치가 39였으니까.

결국 모든 사람은 악의 수치를 가지고 있다는 의미이고, 평생을 고아를 돌보며 사신 수녀님보다 강슬기의 악의 수치가 딱 3 정도 많다는 것이 놀라웠다.

어찌 되었던 자신이 만들고 품은 생명을 모질게 끊은 여자니까.

'뭐야?'

이해가 안 되는 순간이다. 사실 그때 고아원에 갔을 때 수녀님한테 물었다.

가끔 나쁜 생각이 드실 때가 있느냐고.

평생을 고아들을 위해 사셨고, 고아를 위해 신장도 기꺼이 내어주신 분이기에 악의 수치가 39라는 것이 의심스러워 물었다.

그때 수녀님은 내게 담담한 어투로 말했다.

"가끔씩은 하나님보다 내가 저 아이들을 더욱 사랑한다고 착각할 때가 있지요. 그리고 모든 아이를 공평하게 대해야 하는데 어떤 아이는 좀 더 예쁘고 또 어떤 아이는 좀 더 미워 보이기도 하죠."

늙은 수녀님은 그렇게 말하고 나를 보며 웃으셨다. 그런 분이 악의 수치가 39였다.

그런데 강슬기는 42다.

그래서 당황스러웠다.

'내가 모르는 뭔가가 있나?'

그런 고민을 하면서 의자에 앉았다.

"강슬기 씨."

"…예."

아주 작은 목소리로 강슬기가 대답했다.

"박복자 씨가 시어머니 되시죠?"

"예."

"사기 및 준살인으로 고소하셨습니다. 물론 준살인은 해당 사항 없고요. 강슬기 씨는 낙태법 위반과 상속을 노린 치밀한 사기로 고소된 상태입니다."

보통 이런 경우에는 구속영장이 나오지 않는다. 그런데 이번 사건은 구속영장이 나왔다.

대한민국 판사는 웬만하면 구속영장을 발부해 주지 않는데 100억대 재산가인 박복자가 꽤나 힘을 쓴 것 같다.

물론 변호사를 동원해 이런저런 로비를 했을 것이다.

"…예."

강슬기는 짧게 대답만 했다.

"진술서를 보니 다 인정하셨더라고요."

"예."

강슬기가 대답은 했지만 눈빛은 찰나지만 억울하다고 말하는 것 같은 느낌이 들었다.

"…하실 말씀 없으십니까?"

"제가 무슨 할 말이 있겠어요."

희대의 악녀로 생각했다. 그런데 순순히 자백하는 모습이 석연치 않았다.

선악의 수치도 그렇고.

"흠, 그래요? 저는 좀 뭔가가 이상해서요."

보통의 검사는 이런 상황이라면 피의자 조사를 끝낸다. 피의자가 자백했기에 더 이상 조사할 것이 없기 때문이다.

하지만 나는 자꾸 악의 수치가 거슬렸다.

'거짓말을 해도 악의 수치는 변한다. 그런데 악의 수치가 변하지 않고 있어.'

이 정도면 천사 수준이다. 그런데 범죄자로 여기에 앉아 있다.

그게 이상했다.

"원천적인 질문 하나 드리죠."

"……."

내 말에 강슬기가 잠시 나를 봤다.

"보통 여성분들에게는 모성애라는 것이 있다고 합니다. 그런 면에서 어떻게 자신이 잉태한 생명을 과감하게 낙태하고 내연남의 정자를 이용해 재수정을 해서 사기를 칠 생각을 했죠? 상속

때문입니까, 아니면 복수 때문입니까? 그도 아니면 내연남의 아이를 정말 가지고 싶어서 그런 겁니까? 불륜을 사랑이라고 생각한 겁니까?"

보통의 검사는 이렇게 물어보지 않는다.

귀찮아서도 안 물어보고 또 물어볼 이유도 없기에 물어보지 않는다. 이미 자백한 상태니까.

'반응이 나오겠지.'

나는 사실 강슬기의 감정을 한번 흔들어보고 싶었다.

어떤 면에서 이건 지위를 이용한 잘못된 취조 방식일지도 모른다. 하지만 그래도 상관없었다. 난 강슬기의 악의 수치를 다시 한 번 확인해 보고 싶었다.

"왜 말씀을 못하시죠? 겨우 4주밖에 안 되었지만 4주면 생명이라고 할 수 있습니다. 그런 생명을 과감하게 잘못된 불륜 때문에 죽일 때 어떤 기분이 드셨습니까?"

순간 강슬기가 나를 째려보더니 다시 체념한 눈빛으로 나를 봤다.

'뭔가 있다!'

직감적으로 느껴진다. 뭔가 있었다.

"할 말 없습니까?"

아마 지금 내 행동은 고소 감일지도 모른다.

"검, 검사님……."

처음으로 강슬기가 떨리는 목소리로 나를 불렀다.

"예."

"…저는 낙태를 한 적이 없습니다."

순간 황당한 소리를 들었다. 병원 측이 제출한 서류상으로는 낙태 후 재수정이라고 기록되어 있었다. 그러니 강슬기가 거짓말을 했든가, 그게 아니면 병원 측이 서류를 조작했다는 것이다.

하지만 병원 측이 서류를 조작할 이유는 하등 없었다.

"없다고요? 증거 자료를 보면 낙태를 한 후 다시 인공수정을 한 것으로 되어 있습니다. 이 증거가 가짜라는 겁니까?"

"…자연유산이었습니다."

말도 안 되는 소리다.

그렇다면 증거 자료가 잘못됐다는 것이다.

"병원 측은 낙태 시술을 받았다고 했습니다."

내 말에 강슬기가 지그시 입술을 깨물었다.

"그리고 재수정을 통해 현재의 오찬희 군을 임신한 걸로 되어 있습니다."

"사, 사실 낙태를 할 생각은 했었어요."

"했었다? 그런데 결국 안 했다는 것입니까?"

가끔 낙태를 위해 수술대에 올랐다가 생명을 죽일 수 없다는 생각에 수술을 멈추는 경우가 있다. 하지만 100% 믿어주기에는 문제가 있었다. 낙태를 한 날로부터 딱 일주일 후 다시 비밀리에 인공수정을 해서 임신에 성공했으니까.

"…예. 차마 할 수가 없었어요."

"말이 되는 소리를 하세요. 내연남과 짜고 박복자 씨의 재산을 상속받기 위해 저지른 천륜적인 범죄가 아닙니까?"

내연남인 황태복은 이미 구속된 상태다. 죄질이 나쁘기에 구속됐고, 낙태를 도운 간호사 친구인 지진희는 불구속 상태이다.

"…어머니께서 그렇게 주장하시는 겁니다. 충격이 컸으니까요. 어디에든 화를 내실 곳이 필요했으니까요."

"뭐라고요?"

어느 순간 강슬기는 담담해졌다.

"어머니께서는 찬희를 예뻐하셨어요."

손이 귀한 집안에서 손자를 예뻐하는 것은 당연한 일이다.

"저, 저는 왜 이런 일이 일어났는지 믿어지지 않아요. 제가 한 때 나쁜 마음을 먹고 다른 남자와 부적절한 관계에 있던 것은 인정할게요. 하지만 제 아이를 제 손으로……."

어느 순간부터 강슬기는 전면적으로 낙태를 부인하기 시작했다.

"유전자 검사를 한 결과 오현수 씨와 오찬희 군은 친자 관계가 아니라는 것이 증명되었습니다. 그럼 누구의 아이라는 겁니까?"

나는 따지듯 물었다.

"…못 믿으시겠지만 저, 저도 모르겠어요."

어이가 없는 순간이다. 그리고 의구심이 들었다.

"모른다는 겁니까?"

"예, 저는 정말 왜 이런 일이 일어났는지 모르겠어요."

구차한 변명처럼 들릴 수도 있는데 찜찜한 생각이 들었다.

강슬기와 지진희, 그리고 병원 의사까지 포함하여 누군가는 거짓말을 하고 있는 것이다.

'내연남도 인정한 상태인데…….'

모두가 자백한 사건이다. 강슬기가 충격에 빠져 자포자기하는 마음으로 자신의 범죄를 시인할 수도 있다.

게다가 내연남인 황태복도 인정했다.

'왜?'

여기서 자꾸 의문이 들었다.

"강슬기 씨."

나는 다시 한 번 강슬기를 불렀지만 강슬기는 나를 보지 않고 머리를 숙이고 있었다.

애써 눈물을 참는 것 같다.

아직 울지는 않고 있지만.

'이건 정말 뭐지?'

누군가는 거짓말을 하고 있다.

지금까지는 거짓말을 하는 사람이 강슬기라고 생각했지만, 또 어떤 면에서는 너무 형식적으로 조사가 진행됐다는 생각도 들었다. 내가 직접 사건을 지휘하고 조사한 것이 아니니까. 그리고 현 수사관과 최 사무관은 가장 보편적인 생각으로 이번 사건을 수사했을 것이다. 그리고 결정적으로는 이어지는 자백을 통해 다른 각도로 생각해 보지 않았을 수도 있다는 생각이 들었다.

'그럼 혹시 의료사고에 의한 은폐인가?'

나는 이 순간 검찰청 앞에 세워진 눈을 감고 있는 동상이 떠올랐다. 그리고 문득 나 역시 눈을 감고 이 사건을 진행시키고 있는 것은 아닐까 하는 생각이 들었다.

그 심판의 여신이 눈을 감고 있는 이유는 죄를 지은 사람의 신분과 권력은 보지 않고 저울에 오른 죄만 보기 위해서 눈을 감은 것이지만 나는 그 자체가 문제라고 생각했다.

똑똑하게 눈을 뜨고 죄인을 봐야 한다.

그래야 제대로 볼 수 있는 것이다.

'수사를 원점으로?'

자꾸 그러고 싶다는 생각이 들었다.

하지만 강슬기 말고도 황태복 역시 자백했다.

그러니 지금은 강슬기가 거짓말을 하고 있는 확률이 더 높았다.

"강슬기 씨!"

나는 다시 한 번 강슬기를 불렀고, 그제야 강슬기가 고개를 들어 나를 봤다.

금방에라도 울 것 같았다. 여자의 눈물은 강력한 무기다. 하지만 저 눈물이 나를 속이기 위한 가증스러운 눈물이라고는 믿어지지 않았다. 그렇다면 처음부터 자백 따위는 없었을 거니까.

모든 죄를 시인하고 왜 이러는지 모르겠다.

"강슬기 씨."

"예."

순간 나는 옛날 도박에 빠졌던 엄마가 떠올랐다. 엄마는 마지막 판에서 악마의 미소와 같은 38광땡을 잡고도 죽었다. 그리고 이유를 묻는 깔치 아저씨에게 엄마라서 죽었다고 했다.

문득 그 순간이 떠올랐다.

"강슬기 씨는 엄마입니까?"

내 물음에 강슬기가 당황한 눈빛으로 나를 봤다.

"엄마는 절대 자기 자식을 죽이지 않죠."

살짝 강슬기에게 마음이 기운다. 그리고 다시 재수사를 해야겠다는 생각이 들었다.

물론 그 재수사는 황태복에 대한 심문부터 이뤄질 것이다.

'거짓을 밝히는 방법은 간단하니까.'

누군가는 거짓말을 하고 있다.

강슬기 아니면 황태복.

그도 아니면 강슬기의 친구인 지진희라는 간호사.

그것도 아니라면 인공수정을 시술한 의사.

그 의사와 간호사인 지진희가 거짓말을 했다면 이 사건은 의료 분쟁 사건으로 판이 바뀐다.

'그래, 의료사고를 배제했다!'

그리고 강슬기의 진실을 밝혀내는 것은 무척 간단하다. 황태복이 동의만 하면 되는 문제이니까.

"검, 검사님!"

강슬기가 나를 불렀다.

"말하세요. 제가 당신을 오해한 겁니까?"

"저는… 제 아이를 낙태하지 않았습니다."

강슬기의 말을 듣고 나는 다시 한 번 선악의 저울을 봤다. 여전히 선악의 수치에는 변화가 없었다.

이 사실만으로도 충분히 재수사가 필요하다는 생각이 들었다.

'100명의 범죄자를 잡는 것보다 중요한 것은 한 명의 무고한 시민을 범죄자로 만들지 않는 것이다.'

나는 그렇게 검사가 될 때 다짐했었다.

* * *

"확실합니까?"

"왜 자꾸 그렇게 물으시죠?"

여전히 강슬기는 자포자기한 눈빛이다. 아마 공범으로 지목된 황태복이 자백한 것도 알고 있을 것이다. 그리고 간호사 친구인 지진희도 내가 가지고 있는 서류 그대로 진술했다는 것도 알고 있다.

여기서 중요한 것은 이 모든 것이 다 거짓이라면 왜 그들은 스스로 죄인이 되고자 하는지가 중요했다.

박복자가 배후에 있다?

자신의 재산을 지키기 위해서 거짓 증언을 시켰을 리는 없다. 이제 오창희는 오현수의 친자가 아니기에 상속권 자체가 없으니까.

그리고 내가 본 박복자는 배신을 당했다는 것 때문에 분노하고 있었다. 자신의 아들이 장애인이기에 더욱 며느리의 배신에 분노했을 것이다.

처절하게 미워한다는 것은 애증이다.

그만큼 박복자는 강슬기를 예뻐했다는 의미일 것이고.

'그럼 누굴까?'

그 의문을 풀면 모든 실마리가 풀린다.

*　　　*　　　*

박복자의 저택.

"창희야."

휠체어를 탄 오현수가 세 살 된 창희를 안고 머리를 쓰다듬고 있고, 아무것도 모르는 창희는 그저 아빠의 품이 좋은지 스르륵 잠이 들었다.

벌컥!

문이 열리며 박복자가 거실로 들어섰고, 휠체어를 탄 아들의 품에 창희가 안겨 있는 모습을 보고 인상을 찡그렸다.

"걔는 왜 또 데리고 왔어?"

박복자가 소리를 지르는 바람에 창희가 깨어났다.

"할머니, 엄마는?"

창희가 잠에서 깨자마자 엄마를 찾자 그 모습에 박복자는 다시 한 번 인상을 찡그렸다.

"망할 년! 내가 그렇게 예뻐했는데!"

애증이었다. 또한 배신에 대한 분노였다.

"어머니!"

"왜?"

"…그 사람, 그만 용서하세요."

"용서?"

"…예."

"너를 속이고 나를 속이고 저 뻐꾸기 새끼를……."

박복자는 힐끗 창희를 보다가 말꼬리를 흐렸다.

"예뻐하셨잖아요."

"그래서 용서가 더 안 돼! 내가 한 번 실수한 것까지는 이해하려고 했어. 그런데 아예 씨를 바꿔서 우리 집을 꿀꺽 삼키려고 했단 말이지. 절대 용서할 수 없어."

"제가 이 꼴이라서……."

"네가 뭐 어때서? 그래서 내가 명품에… 친정까지 꾸역꾸역 도와줬잖아! 우리한테 그 망할 것은 그러면 안 돼!"

"할머니, 나 배고파."

창희의 말에 박복자가 인상을 찡그렸다.

"아줌마!"

"예, 사모님!"

집안 분위기가 험악해서 그런지 찬모 아주머니가 박복자의 눈치를 봤다.

"애 뭐 좀 먹여서 제 외할머니한테 보내요. 그리고 현수야."

"예."

"우리 창희 아니다."

"어머니……."

"우리 창희가 아니야! 저것 때문에 우리 진짜 창희가……."

순간 박복자가 어린 창희를 노려봤다.

그러면서도 박복자는 자신을 보고 있는 어린 창희에게는 모질게 대하지 못했다.

지금까지 기른 정이 있는 것이다.

"아이고, 내 팔자야! 내가 전생에 무슨 죄를 지어서……."

박복자는 잠시 신세를 한탄하다가 다시 창희를 봤다.

"어서 뭐 좀 먹여서 보내요. 사돈, 아니, 그 여편네는 애한테 뭘 먹이는 거야? 며칠 사이에 애가 반쪽… 아이고, 머리야!"

박복자 역시 아직 현실이 실감나지 않는 모양이다. 이 순간에도 창희를 걱정하고 있으니 말이다.

"예, 사모님!"

"어머니, 그냥 고소 취하하시고 그 사람 갈 길 가게 해주세요."

"물러터진 놈! 너는 억울하지도 않아?"

박복자가 오현수에게 버럭 소리를 질렀다.

"원래 안 되는 결혼이었습니다. 저같이……."

"네가 뭐 어때서? 네가 남자구실을 못해, 아니면 사람이 악해? 뭐가 어때서?"

"…그때 제가 끝까지 거부했어야 했습니다. 남의 귀한 집 딸을 데리고 와서……."

"귀하긴 뭐가 귀해? 뱃놈의 자식이야! 네 아버지 배를 타던 뱃놈이었다고!"

"어머니!"

오현수가 장인이던 분을 뱃놈이라고 욕하자 굳은 목소리로 말했다.

"그렇다고!"

"하여튼 부질없는 짓입니다. 달라질 것도 없고요."

"이렇게 모질지 못해서. 그리고 창희에 대한 미련은 끊어. 걔는 뻐꾸기 새끼라고. 알았어? 우리 진짜 창희를… 됐다, 그만하자. 아이고, 머리야!"

박복자는 그대로 안방으로 들어가 버렸다.

"휴우……."

그저 이 순간 이 현실이 믿어지지 않는 오현수는 길게 한숨을 내쉴 뿐이었다.

* * *

설날에 집에 가려고 서둘러서 그런지 오늘 피의자 조사가 많았다. 그리고 강슬기와 공범으로 체포된 황태복이 검찰청 조사실에 담담한 눈빛으로 앉아 있다.

거짓말을 하고 있을 수 있는 사람 중에 하나가 바로 황태복이다. 물론 아직 강슬기에 대한 의심이 풀린 것은 아니지만 말이다. 그리고 모든 증거가 황태복과 강슬기를 공범으로 증명하고 있었다.

절대적인 완벽함.

그런 것들을 색안경을 끼고 보면 달라 보이는 법이다. 하지만 문제는 왜 스스로 자백했느냐는 것이다.

"황태복 씨."

"모두 자백했는데 또 피의자 조사입니까?"

황태복이 검찰 소환에 대해 까칠한 반응을 보였다.

'사기죄가 성립되면…….'

사기죄는 제3자로 하여금 재물의 교부를 받게 하거나 재산상의 이익을 취득하게 한 경우와 마찬가지로 10년 이하의 징역, 또는 2,000만 원 이하의 벌금에 처해진다.

하지만 보편적으로 10년 이하의 징역이라고 하면 10년을 풀로 받는 경우가 없다.

최고로 형이 집행되어도 보통 7년 정도다. 하지만 7년이라는 세월이 결코 짧은 세월은 아닐 터인데 스스로 죄를 인정한다는 것이 이해가 되지 않았다. 물론 이번 사건의 경우에는 사기로 처벌하기 애매하지만 말이다.

'거기다가!'

무고죄는 신고 사실이 허위라고 인식하고 고의 이외에 타인으로 하여금 형사처분, 또는 징계처분을 받게 할 목적이 있어야 하며, 그 결과의 발생을 의욕(意慾)함을 요하지 않고, 결과가 발생할지도 모른다는 미필적 인식으로써 족하다고 하는 판례가 있다.

이 죄를 범한 자 역시 10년 이하의 징역, 또는 1,500만 원 이하의 벌금에 처한다. 그러나 그 신고한 사건의 재판, 또는 징계처분이 확정되기 전에 자백, 또는 자수한 때에는 그 형을 감경, 또는 면제해 준다.

'둘이 합치면 10년 이상이네.'

만약 강슬기의 말대로라면 황태복은 지금 10년 이상의 중형의 죄를 범하고 있는 것이다.

거기다가 위증까지 더한다면 형벌은 더욱 커질 것이다.

'전과가 있으니.'

더 어이가 없는 것은 황태복의 전과가 혼인빙자간음죄라는 것이다. 일명 혼빙으로 불리는 파렴치 범죄인데, 물론 사기죄다.

'결국 강슬기가 황태복에게 속은 거겠지.'

사랑도 구라라는 말이 있다.

어느 영화의 명대사이다. 그리고 황태복의 사랑은 구라고, 강슬기의 일탈은 말 그대로 바람일 수 있었다.

'아무리 사랑에 눈이 뒤집어졌어도…….'

내가 여자라도 저런 놈은 아닌 것 같다.

물론 사랑에 조건은 없겠지만 말이다.

"진술 내용을 확인하는 겁니다. 똑바로 앉으시고요."

찰나지만 매섭게 황태복을 노려보자 황태복은 바로 자세를 고쳐 앉았다.

41 : 59

선악의 저울이 악으로 기울어져 있기는 하지만 그렇다고 해서 무척이나 나쁜 놈은 아닌 것 같다.

그냥 여자 등쳐먹는 파렴치범 정도인 것 같다.

'거짓말을 하면 선악의 저울 수치가 변하니까.'

그 사실에 주목했고, 강슬기는 내게 진술할 때 선악의 저울이 변하지 않았다. 이 사실은 유치원 아이들을 확인할 때 알아낸 사실이다. 모든 행동에 대비해 선악의 저울이 움직인다.

이건 일종의 나만이 쓸 수 있는 거짓말 탐지기다.

"진술서의 내용에는 거짓이 없죠?"

"예, 검사님."

"그런데 왜 자백했어요?"

"자백을 해야 형량이 줄어들잖습니까?"

황태복의 말에 선악의 저울 수치가 변하지 않았다.

"그렇죠."

"저, 많이 뉘우치고 있습니다."

두 번째 말을 했을 때 악의 수치가 올라가 39—61이 됐다.

'저건 거짓말이고.'

이 순간 영화 식스센스가 생각났다.

주인공은 어린 꼬마와 이야기를 하면서 문제를 풀었다.

물론 그 문제 자체가 함정이었다.

'그럼 진술 내용은 진실이라는 건데…….'

또 머리가 아파온다. 강슬기도 거짓말이 아니고 진술에 대한 황태복도 거짓말이 아니라면 제3자가 있다는 의미가 된다.

'뭐지, 이거?'

나는 다시 한 번 의료사고일지도 모른다는 생각이 들었다.

"그럼 다시 정리를 해봅시다."

"예?"

"진술서에 작성한 사실을 다시 한 번 구술해 보란 말입니다."

누군가 알려준 이야기라면 진술서와 구술이 달라질 수 있었다. 그러니 확인해 볼 필요가 있었다.

"다시 한 번 사건에 대해 이야기해 보라는 겁니다. 어떻게 범죄를 계획했는지 말해보라는 말씀입니다."

"아, 예."

황태복은 자신의 기억을 더듬는 것 같다.

"강슬기 씨를 언제 만났죠?"

"그 이야기부터 하면 됩니까?"

"하세요."

"슬기를 만난 건 나이트클럽에서입니다. 술을 아주 많이 마셨더라고요."

"그래서요?"

"골뱅이라고 아세요?"

순간 준강간이 떠올랐다.

황태복이 말한 골뱅이는 술에 취해 정신을 잃은 여자를 말한다. 그리고 나이트클럽 같은 곳에서 그런 여자는 속된 말로 먼저 본 놈이 임자라는 말이 있다.

물론 그래서 준강간범이 늘어나는 것이고.

'여전히 악의 수치는 변화지 않네.'

그리고 다시 본래의 악의 수치로 돌아왔다.

41 : 59

황태복의 기본적인 악의 수치는 59였다.

"그래서요?"

"거의 골뱅이 수준이었죠. 옷도 잘 입었고 걸치고 있는 것들도 짝퉁처럼 보이지 않았는데 눈빛이 은근한 게 굶은 것 같기도 하고……."

이렇게 검사에게 아무렇지도 않게 말하는 것은 합의하에 한 섹스이기 때문일 것이다.

"그래서요?"

"당연히 같이 나가자고 했죠."

"그래서 같이 나갔군요?"

"예, 슬기도 동의했고. 골뱅이라고 하니까 검사님 표정이 살짝 안 좋아지셨는데, 저 아무거나 안 주워 먹습니다."

스스로도 준강간이라고 생각한 모양이다.

물론 강간은 친고죄라 강슬기가 고소를 하지 않으면 처벌할 방법이 없다.

'성격 참 특이한 놈이네.'

황태복의 성격이 다소 특이하다는 생각이 들었다.

"그래서요?"

“좋은 밤을 보냈죠.”

“그러고 나서 금품을 요구했고?”

“저, 이래 봬도 제비는 아닙니다. 물론 주는 돈은 마다하지 않지만 말입니다. 검사님은 고귀하셔서 섹파라는 건 모르시죠?”

“압니다.”

섹스 파트너를 말하는 단어다. 강슬기와는 그런 관계였던 모양이다. 그리고 여기까지는 선악의 저울이 변하지 않았다.

그럼 거의 진실이라는 말이다.

“딱 그 정도였습니다. 검사님이니까 제 전과를 아실 겁니다.”

“혼빙?”

“예, 우리 같은 사람은 크게 공사를 할 여자가 있고 지속적으로 생활비가 되는 여자가 있죠.”

황태복은 마치 무용담을 이야기하듯 내게 말했다.

이 역시 사실이고 죄가 성립되지 않기에 말하고 있는 것이다.

‘결국은 내연 관계라는 건데…….’

여기까지는 이해가 된다.

황태복은 강슬기를 돈줄 정도로 생각하고 만났을 것이다. 하지만 강슬기는 황태복을 사랑했을지도 모른다. 강슬기의 상황에서 본다면 반신불수인 오현수에게서 받을 수 없는 것을 받으니 사랑하는 감정이 생겼을지도 모른다는 생각이 들었다.

꼭 사랑이 쌍방일 필요는 없으니까.

“결국은 내연 관계라는 거군요?”

“그렇게 거창한 건 아니고요. 물론 슬기가 저를 좋아하는 눈빛이긴 했습니다.”

"그래서요?"

"그런데 나중에 알고 보니 슬기가 어마무시한 집안 며느리더라고요."

"그래서 생활비에서 큰 공사로 바꾼 겁니까? 그래서 이번 사건을 계획한 것이고?"

"예, 그랬습니다."

"약간의 협박도 있었고?"

내 말에 황태복이 잠시 나를 봤다.

"검사님!"

"왜요?"

"…제가 진실을 말하면 법정에서 불리하죠?"

"아뇨, 이번은 증거로 채택하지 않겠습니다."

이건 사기가 아니다.

진실을 말하면 협박했다고 해도 그냥 넘어가 줄 참이다.

내 말에 황태복이 나를 빤히 봤다.

그리고 잠시 고민하는 표정을 지었다.

"…없었습니다. 협박 안 했습니다."

선악의 저울 악의 수치가 3이 더 올라갔다.

'협박했네.'

어떤 면에서 사건의 주범은 강슬기가 아니라 황태복일 것이다.

"알겠습니다."

황태복은 잠시 내가 더 추궁하지 않는 것이 이상하다는 눈빛을 보였다.

"그럼 결국은 오찬희가 황태복 씨의 아들이라는 건가요?"

중요한 질문이다.

"예, 오찬희가 아니라 황찬희죠. 걸리지만 않았으면 그 노친네가 죽고 나서 이혼만 하면 한밑천 단단히 챙길 수 있었죠."

선악의 저울이 변하지 않았다.

이건 다시 말해 황태복은 오찬희가 자신의 아들로 알고 있다는 것이다. 그건 자신이 세운 계획대로 범죄가 저질러졌다고 믿는 것이다.

'악의 수치도 변하지 않고.'

그럼 강슬기나 황태복 둘 중 하나가 거짓말을 하고 있는 것이다. 그게 아니면 제3자가 거짓말을 하고 있다. 그리고 그 제3자는 병원 측이나 의사일 것이다.

'내가 요즘 너무 소설을 쓰네.'

하지만 현실엔 소설이나 드라마 이상으로 황당한 경우가 많다.

제4장
내가 소설을 한번 써보죠

황태복은 강슬기의 아들인 오찬희를 자신의 정자를 이용해서 낳은 아들로 생각하는 것 같았다. 그러니 저런 반응을 보이는 것이고.

'강슬기가 낙태 수술대에 올라가기는 했다는 건데…….'

하지만 강슬기는 낙태를 하지 않았다고 말했다. 낙태 수술이 시작되기 전에 멈춘 것이다.

그렇다면 오찬희는 황태복의 아들일 수가 없다. 오현수의 아들이어야 한다. 하지만 친자 확인을 해본 결과 오찬희는 오현수의 생물학적 아들이 아니다. 그렇다면 낙태 수술대에서 내려온 이후에 무슨 일이 일어난 것이다. 이제 그걸 밝혀내면 된다. 그리고 황태복이 오찬희의 생부가 아니라는 것을 확인해야 한다.

"알겠습니다."

"끝난 겁니까?"

황태복이 내게 물었다.

"더 정확하게 확인하기 위해서 유전자 검사를 해봐야겠습니다."

"예?"

"황태복 씨와 오찬희의 생물학적인 관계를 다시 한 번 확인해 볼 참입니다. 동의하시겠습니까?"

이런 것도 동의가 필요했다.

"왜요? 걔는 내 아들이 맞는데."

확실하게 황태복은 오찬희를 자신의 아들로 생각하는 것 같았다.

"정확한 사건 확인을 위해서죠."

"저한테는 별로 도움이 안 될 것 같은데요."

"제가 도움을 드리죠."

내 말에 황태복이 나를 빤히 봤다.

"무슨 도움을 주신다는 거죠?"

"구속 상태를 풀어드릴 수도 있습니다."

검사는 피의자의 인신을 구속할 권리가 있다.

그건 다시 말해 사건 해결을 위해 그 구속 상태를 풀어줄 수도 있다는 의미이다.

"정말이십니까?"

"뭐 강력 범죄도 아니고 구속까지 될 필요가 없는 사건이라고 생각합니다."

아마 그가 구속된 것은 흥분한 박복자가 사방팔방으로 돈의 힘을 이용한 것 같았다.

그래도 군산에서 꽤 재력 있는 선주 집안이니 돈을 이용해 자신의 가문을 속인 강슬기와 황태복을 구속시킨 것이다.

그리고 이 사건을 통해 법이 돈에 휘둘린다는 것을 느꼈다.

아니, 황수성 사건에서도 절실히 느꼈다.

다시 한 번 향판제도가 문제가 있다는 생각이 든다.

"그렇죠. 제가 뭐 크게 잘못한 것은 없습니다. 물론……."

내가 황태복을 노려보자 황태복이 이죽거리다가 말꼬리를 흐렸다.

"죄는 있죠. 인공수정을 조작했으니까요."

"그건 제 뜻이 아니라 강슬기가 요구한 겁니다."

물론 선악의 저울을 통해 지금 황태복이 하는 말이 거짓이라는 것도 이미 알고 있다.

"하여튼 협조하시면 구속 상태를 해제해 드리죠."

"정말입니까?"

"사실 이번 사건의 형량이 집행유예 정도라고 생각하니까."

나는 대충 서류를 훑어보면서 말했다.

그 순간 황태복의 눈동자가 반짝였다. 사실 낙태에 가담했다고 해도 1년 이하의 유기 징역이다.

그리고 박복자가 공분한 태아 살인죄에도 해당되지 않는다.

또한 강슬기와 황태복은 박복자가 말한 진짜 오찬희라고 말하는 태아를 낙태로 살인하지 않은 것 같다.

'그럼 병원 측에 문제가 있는 거군.'

내가 소설을 쓰기 위해서는 우선 황태복이 오찬희의 생물학적 친부가 아니라는 것부터 증명해야 한다.

그렇게 되면 병원의 의료사고거나 아니면…….

'그럼 진짜 소설이 되네.'

둘 중 하나다.

"정말 그렇게 해주실 겁니까?"

"내가 알기로는 고소를 한 박복자 씨가 군산에서 꽤 영향력이 있는 것 같던데요. 이번 일은 구속 사유도 안 돼요."

"그러니까요. 돈만 많은 줄 알았는데 기부도 엄청나게 해서 여기저기 힘 안 들어가는 곳이 없더라고요."

박복자가 기부도 많이 한다는 사실을 지금 알았다.

'그럼 나쁜 사람은 아닌데.'

결국 자신을 속였다는 생각에 이렇게 치를 떨며 고소한 것이다.

"결정하세요."

"뭐가 있으면 됩니까?"

"간단하죠. 동의서 한 장, 그리고 머리카락 몇 개."

요즘 유전자 검사는 쉽다. 예전에는 300만 원 정도 들어갔는데 지금은 100만 원이면 가능했다.

그래서 친자 확인 소송도 많이 일어나고.

"쓰세요."

동의서를 내밀자 황태복은 바로 동의서를 작성했다. 그러고는 내가 같이 내민 투명 봉지에 자신의 머리카락을 뽑아 담았다.

"여기 있습니다."

"연락 두절되면 다시 구속되는 거 아시죠?"

"물론입니다."

"특별하게 여죄가 없으면 불구속 상태에서 집행유예로 끝날 겁니다. 그러니 괜한 짓 하지 마세요."

"예."

여죄가 있고 없고는 이제 밝히면 된다.

그리고 황태복이 도망을 친다고 해도 잡을 수 있다.

나는 황태복에게 청명회 회원을 붙일 참이니까.

"이건 제 명함입니다."

나는 황태복에게 명함을 내밀었다.

"이런 것도 주십니까?"

"연락하라고."

"예."

"버리지 말고."

저 명함에 위치 추적 장치가 부착되어 있다.

이래서 과학의 힘은 놀랍다는 것이고, 그 과학을 움직이는 돈의 힘이 놀랍다. 저 명함을 제작하는 데만 3억이 들었다. 물론 조명득이 만들어준 것인데, 명함에 위치 추적 장치를 심는 것이 미국 CIA가 쓰는 방법이란다. 결국 나는 대한민국 검사인데 장비는 CIA 이상으로 쓰고 있는 것이다.

그러기 위해서는 돈이 엄청 들어간다.

물론 이런 사실을 CIA는 모를 것이다. 알았다면 이미 조명득은 난리가 났을 테니까.

해커 하데스.

그게 조명득의 또 다른 이름이다.

그리고 내 또 다른 이름은 유령이고.

"예."

"운 좋은 줄 아세요."

"맞습니다."

황태복은 구속 상태가 풀릴 수 있다는 것에 잔뜩 기대한 눈빛이다.

* * *

검찰청 앞 흡연 구역.

"황태복한테 내 명함 줬다."

조명득에게 말하자 조명득이 나를 빤히 봤다.

"구속 상태 풀게?"

"거래를 했지."

"요즘은 잡범이랑도 거래를 하네. 히히히!"

조명득은 재미있는 모양이다.

"해야 한다면 해야지."

"뭔 거래를 했는데?"

"오찬희와 친자 확인 유전자 검사 동의를 받았다."

내 말에 조명득이 나를 빤히 봤다.

"아니라고?"

"아닐 것 같아서."

"그럼?"

"내가 소설을 한번 써보려고."

내 말에 조명득이 어이가 없다는 표정을 지어 보였다.

이런 표정을 짓는 것은 이미 조명득도 사건에 대한 증거 자료를 기록한 서류를 잃었다는 의미다.

“누구라고 생각하는데?”

“병원!”

“진짜 소설을 쓰네.”

“왜, 병원 의사가 자기 정자를 넣었대?”

역시 조명득은 사이코다.

이런 생각은 평범한 사람은 못한다.

물론 그런 면에서 나도 평범한 사람은 아닐 것 같고.

“히히히! 노래가 생각나네.”

“뭔 노래?”

“간밤에 씨~ 뿌렸네~ 진짜면 그 의사 새낄 어떻게 해야 하냐?”

“조져야지. 하여튼 황태복 위치 추적이나 잘해.”

“황태복이 도망칠까 봐?”

“나는 범죄자 말은 안 믿어.”

물론 내가 한 말은 강슬기에게도 해당되는 말이다.

“알았어. 히히히! 내가 한 말이 진짜면 그 의사 정말 대단하네.”

“그러게. 젭!”

* * *

딱 하루 만에 황태복은 구치소에서 풀려났다. 그리고 유전사 검사가 시작됐고, 검사가 완료될 때까지는 이틀이 걸린다는 답변을 받았다. 그동안 나는 기다리면 된다.

“황태복은 왜 풀어줬어요?”

지검장님이 묘한 눈으로 내게 물었다.

"오찬희가 황태복의 아들이 아닐 수도 있다는 의구심이 들었습니다."

"그래서?"

"유전자 검사를 의뢰하는 조건으로 풀어줬습니다."

"아니라면?"

지검장도 꽤나 놀라는 눈빛이다.

"의료사고, 아니면 의료 사건입니다."

사고와 사건의 차이는 분명하다.

"전 지검장님께 인수인계를 받았지만 꼭 판을 키우네요."

지검장님은 못마땅한 표정을 지어 보였다.

"그러게요."

"이번에 부부장 승진 발령 심사가 있는데……."

지검장이 말꼬리를 살짝 흐렸다.

부부장이면 강력부나 형사부의 부장 검사 바로 밑의 직급으로 평검사 위의 직책이다.

검사는 검찰총장과 검사로 나뉜다. 하지만 실질적으로는 검찰총장, 고등검사장, 검사장, 부장 검사, 부부장 검사, 검사 순이다. 여기서 검찰총장은 대검찰청의 최고 지휘자로 모든 검사의 수장이고, 고등검찰청의 최고 책임자가 고등검사장이고 지방검찰청의 최고 책임자는 검사장이다.

그리고 지방검찰청의 경우에 여러 가지 사건을 처리하므로 거기다가 부서로 나눠지고 사건에 따라 배당한다.

주요한 것은 강력부는 조폭과 같은 조직을 잡는 부서고, 형사부는 일반 형사사건을 처리한다. 상해나 폭행 등의 사건을 다루는데, 현재 내가 있는 부서도 형사부다. 그리고 특수부는 경제사범이나 공직자 비리 사건 등을 담당한다. 마지막으로 공안부는 예전 최강의 파워를 자랑하던 부서로 주로 담당하는 사건은 집회나 시위사건을 비롯한 공안 문제를 다룬다.

그래서 과거 독재 시절에는 공안 검사라면 나는 새도 떨어뜨린다고 할 정도였다. 물론 지금은 거의 힘이 없지만 말이다.

하여튼 검찰청의 각 부서마다 부서의 책임 검사인 부장 검사가 있는데, 형사부장이라면 형사 사건 수사에 대해서 지방검찰청장의 지휘에 따라 소속 검사를 지휘하는 일을 하게 된다.

그리고 그 아래에는 부부장 검사가 있고.

"그런데요?"

"경력 1년인 검사가 부부장 대상에 올라서 내가 재고시켰어요."

나를 두고 하는 말이다. 그리고 지금 내게 통보하는 것이고.

"잘하셨습니다. 겨우 1년짜리 초짜 검사가 부부장 검사가 되는 것은 서열과 직위에 맞지 않습니다."

배가 아플 일도 없다. 직급이 올라가면 그만큼 일도 많아진다. 그리고 형사부 부부장 검사가 되면 형사부에 더 있어야 한다. 게다가 내가 일하고 싶은 곳은 강력부이니까.

"그렇죠?"

"예, 지검장님."

"그것 때문에 잠시 불렀어요. 하여튼 너무 소설을 쓰진 마세요."

전 지검장님과 다르게 지금의 지검장님은 평검사에게 꼬박꼬박 존댓말을 썼고 질책을 할 때도 존댓말로 했다.

문제는 화가 났을 때는 욕을 섞어가며 존댓말을 한다는 것이다.

예를 들면 '그 대가리로 어떻게 검사가 되셔서 그런 수사를 하세요?' 정도다. 하여튼 특이한 성격인 것은 확실했고, 그래서 내가 하는 수사에 대해 그렇게 뭐라고 하지 않았다.

"예, 지검장님."

"묘하게 박동철 검사한테는 자꾸 이상한 사건만 가네요."

"그런 것 같습니다."

"가서 일 보세요."

"예."

* * *

박복자의 저택.

박복자는 화가 났는지 거실에서 양주를 마시고 있었다.

"내가 얼마나 잘해줬는데……."

박복자는 강슬기를 떠올리며 지그시 입술을 깨물었다.

그녀의 눈에서 다시 한 번 노기가 뿜어졌다. 그때 휠체어를 탄 오현수가 박복자에게 다가왔다.

"애는 왜 안 보냈어?"

"그게요……."

"네 애가 아니라고! 오찬희가 아니라고 몇 번을 말해?"

"어머니!"

"왜?"

"너무 화내지 마세요."

"내가 지금 화 안 내게 됐어? 그 망할 것이 우리 집 재산을 노리고 뻐꾸기를 네 둥지에 넣은 거잖아!"

"키운 정도 정이잖습니까? 찬희는 죄가 없어요."

맞는 말이다.

애는 죄가 없다. 태어나고 싶어서 태어난 것이 아니니까.

"그 망할 것이……."

"이유가 있을 겁니다."

"이유? 너는 참 속도 좋다."

박복자가 한심하다는 듯 아들인 오현수를 봤다.

"찬희를 아끼셨잖아요."

"내 손자니까! 내 피붙이니까!"

"요즘은 입양도 한답니다."

오현수의 말에 박복자는 어이가 없다는 표정으로 잠시 보다가 다시 양주를 따라 마셨다.

"…찬희가 입양아라면 내가 이러지도 않아. 이건 배신이잖아, 배신! 그래서 더 치가 떨리는 거야."

"입양했다고 생각하시고……."

"됐어. 나는 절대로 그 망할 것을 용서할 수 없어."

여전히 분기를 누그러뜨리지 못하는 박복자였다.

"할머니!"

그때 잠에서 깬 오찬희가 방문을 열고 나오면서 눈을 비볐다.

"아이고, 머리야! 저게 무슨 죄가 있다고."

박복자도 만감이 교차하는 모양이다.

"할머니, 나 쉬 마려워."

"휴우!"

박복자는 길게 한숨을 내쉬고 자리에서 일어나 오찬희의 손을 잡고 화장실로 갔다. 이것만 봐도 박복자 역시 오찬희에게 기른 정이 있었다. 하지만 강슬기 때문에, 그리고 강슬기가 하려던 짓 때문에 용서가 안 되는 박복자였다.

"아이고, 두야!"

지금까지 그렇게 화를 내면서도 모질지 못한 사람이 박복자였다. 오찬희의 외가에 아파트를 사주었는데, 아직도 그들을 거기서 살게 하고 있으니 말이다.

"내일은 꼭 외할머니한테 가."

"나는 할머니가 좋은데? 헤헤헤!"

그저 이 순간 박복자는 헤헤거리는 오찬희를 멍하니 바라볼 수밖에 없었다.

* * *

검사실.

"검사님, 검사 결과 나왔는데요."

최 사무관이 내게 황태복과 오찬희의 친자 확인 검사서를 내밀었다. 나는 바로 황색 봉투를 받아 개봉해 내용을 봤다.

"하, 내 이럴 줄 알았다."

이 결과를 통해 나도 참 특이한 놈이라는 생각이 들었다.

'그런데…….'

나는 검사서 뒤편에 있는 또 한 장의 검사서를 보고 인상을 찡그렸다.

이건 정말 의외였다.

그리고 내 추론이 더욱 신빙성이 있다는 생각이 들었다.

“최 사무관.”

“예, 검사님.”

“강슬기 씨, 다시 피의자 조사할 테니까 호출하세요.”

“예, 검사님. 검사 내용은 어떻게 되죠?”

최 사무관이 궁금한 모양이다.

“비밀입니다.”

“조 수사관.”

“예, 검사님.”

“담배 한 대 피우죠.”

“같이 죽자는 말씀이시네요.”

조명득이 농담을 하며 자리에서 일어났다.

검찰청 야외 흡연실로 간 나는 조명득에게 말했다.

“…불일치다.”

“오~ 이제는 진짜 소설을 써야겠네.”

조명득도 조금은 놀랍다는 표정을 지어 보였다.

“몇 개의 경우의 수가 있지.”

내 말에 조명득이 고개를 끄덕였다.

“낙태를 했고, 바로 그 상태에서 강슬기가 의사한테 강간을 당했다?”

“그건 좀 아닌 거 같다. 그 자리엔 간호사도 있었다.”

조명득의 말에 내 추론은 아닌 것 같았다.

"그렇지."

그리고 사실 강슬기는 낙태를 안 했다고 했다.

그럼 도대체 뭘까?

이제부터는 강슬기의 말을 믿어보면 된다.

그리고 새로운 방향으로 수사를 하면 될 것 같다.

"지진희도 참고인으로 소환해."

"알았습니다."

"인공수정 시술을 한 의사도 확인해 보고."

"여부가 있겠습니까? 히히히! 재미있겠다."

이제부터는 수사 포커스를 병원에 둘 참이다.

"하여튼 애만 불쌍하네. 누가 진짜 아버지야?"

"그러게."

하여튼 내 추측이 맞았다는 것이 별로 달갑지 않다.

"의사에 대해 뭐든 다 조사를 해봐."

"끝로 파볼게."

파면 뭐든 나올 것이다.

"저는 바로 움직이겠습니다. 재미있겠다."

조명득에게는 이번 사건이 자극이 되는 모양이다.

그럼 조명득은 의사의 신상을 말 그대로 탈탈 털 것이다.

* * *

조사실에 강슬기가 다시 앉아 있다.

나는 강슬기를 빤히 보았다.

그리고 테이블 위에는 친자 확인 검사서가 있다.

'의료사고? 아니면 의료 사건?'

둘 중 하나일 것이다. 그것도 아니라면 혹시 강슬기와 의사가 짜고 한 일일 수도 있다는 생각이 문득 들었다. 아무리 의사가 사이코라고 해도 쉽게 할 수 있는 짓이 아니니까.

"강슬기 씨."

"예, 검사님."

"낙태를 안 하셨다고 하셨는데, 그럼 어떻게 된 겁니까? 분명 오찬희가 오현수의 생물학적 아들은 아니잖아요."

"검사님."

강슬기가 나를 빤히 봤다.

"예."

"제 말을 믿어주실 겁니까?"

눈빛이 첫 조사 때와는 많이 달라져 있었다. 내가 첫 조사에서 자신의 이야기를 진심으로 들어준 것에 대한 반응인 것이다.

"말씀해 보세요."

나는 아직 강슬기에게 친자 확인 검사서를 보여주지 않았다.

"전… 낙태를 하려고 했어요."

"그것에 대해서는 황태복 씨의 협박이 있었다는 것을 확인했습니다."

내 말에 강슬기가 잠시 나를 봤다.

그리고 나는 강슬기의 머리 위에 떠 있는 선악의 저울을 봤다.

"예, 사실 저도……."

"협박이나 공갈이 있기는 했지만 동의를 했고요."

"예, 그대로 하지 않으면 시어머니한테 자기와의 관계를 다 말하겠다고 해서……."

황태복에게 공갈죄가 추가되는 상황이다.

공갈죄는 형법 350조에 해당하는 범죄로 사람을 공갈하여 재물의 교부를 받거나 재산상의 불법한 이익을 취득하거나 타인으로 하여금 이를 얻게 함으로써 성립하는 범죄다. 공갈죄는 재물뿐만 아니라 재산상의 이익도 객체로 하고 공갈, 즉 폭행 또는 협박을 수단으로 하는 점에서 강도죄와 유사하다. 그러나 여기에서 말하는 공갈이란 재물, 또는 그 밖의 재산상의 이익을 공여케 하는 수단으로서 협박이 가해져야 공갈죄가 성립된다.

어떤 면에서 보면 참 애매한 범법 행위가 바로 공갈죄다.

공갈은 강도죄의 수단으로 행해지는 협박에 비하여 정도상의 차이가 있다. 즉 공갈죄는 상대방의 의사에 의하여 재물이나 그 밖의 재산상의 이익을 받거나 공여하게 하는 점에서 상대방의 저항을 억압하는 강도죄와 성질상의 차이가 있다.

공갈죄의 협박도 상대방에게 공포심을 일게 하는 해악의 고지이기는 하나, 그 해악 내용은 재산적 이익을 목적으로 하는 것에 한하므로 또 협박죄와 다르다. 그리고 10년 이하의 징역에 벌금 2,000만 원에 처해지는 범죄이다.

나는 항상 범죄자들과 거래를 하지만, 그 거래를 지키는 법은 없다. 그리고 나는 그것을 수사의 기법이라고 생각한다.

그리고 황태복에게 말했다.

여죄가 밝혀지면 처벌을 받게 될 거라고.

그러니 사기를 친 것도 아니다.

"협박을 받으신 거네요."

"예."

여전히 선악의 저울 수치의 변화는 없었다.

"오현수 씨는 성 기능을 상실한 불구자죠?"

내 말에 강슬기가 지그시 입술을 깨물었다.

"…예, 물론 완전하게……."

"완전하지는 않지만 거의 성 기능을 잃은 걸로 알고 있습니다."

"예."

그래서 황태복과 바람이 난 것이다.

물론 처음에는 일탈이었을 것이다. 여자에게도 성욕은 있으니까. 황태복은 그런 강슬기에게 부족한 것을 채워줬고, 그것을 계기로 가까워졌을 것이다. 그리고 이런 사건까지 황태복이 계획한 것이고.

"인공수정을 하게 된 계기는 뭡니까?"

"시어머니께서 부탁을 하셔서요. 대는 이어야 한다고. 그리고 고모부도 가능하다고 했고."

"그렇겠네요. 그래서 시어머니 되시는 박복자 씨가 많이 분노하고 계십니다."

"…죄송합니다. 제가 죽일 년입니다."

"저한테는 죄송할 것이 없습니다. 그런데 이상한 게 있습니다. 낙태를 하지는 않았는데 어떻게 이런 일이 일어난 거죠?"

"저도 그걸 모르겠어요."

"그럼 병원에서 귀가 중에 아무 일도 없었습니까?"

"간단한 접촉 사고가 있었어요. 그리고 저는 너무 놀라서 하혈을 했고."

강슬기는 고통스러운 표정을 지어 보였다.

"그렇게 돼서 자연유산이 되었다는 겁니까?"

"예."

"박복자 씨도 아시는 사항입니까?"

"아니요. 그건 말씀을 못 드렸어요. 너무 기대가 크셨거든요."

"그래서요?"

검사는 피의자를 추궁하는 직업이지만, 때로는 이야기를 들어주는 직업이라고도 할 수 있다.

"바로 인근에 있던 병원에 가서 치료를 했어요."

이 진술은 그녀가 갔다는 병원의 진료 차트를 확인해 보면 될 것이다.

"그리고요?"

"그리고 바로 일주일 후 다시 시어머니 모르게 인공수정을 했어요."

"그럼 남편도 아시겠네요."

"예."

"확인을 해보죠."

결국은 2차 인공수정에서 문제가 발생했다는 것이다. 그게 의료사고든지 의료 사건이든지 말이다.

"처음 유산되어서 찾아간 병원이 어느 병원이죠?"

"재선산부인과요."

"알겠습니다."

나는 강슬기에게 짧게 말하고 핸드폰으로 마 수사관에게 전화를 걸었다. 지금까지도 강슬기의 선악의 저울 수치 변화가 없다. 그럼 거짓을 말하지 않고 있다는 의미이다. 하지만 확인할 일은 꼭 확인해야 한다. 대한민국은 증거원칙주의니까.

—예, 검사님.

"마 수사관님, 재선산부인과에 가셔서 강슬기 씨의 의료 기록 좀 확인해 보세요."

—예, 알겠습니다.

마 수사관은 내가 피의자 조사 중이라는 것을 알고 있다. 그러니 저렇게 바로 대답하는 것이다.

"확인해 보면 알겠죠."

"예."

* * *

아름다운산부인과 앞 주차장.

"자꾸 이러시면 곤란합니다. 지금 몇 년째 이러는 겁니까?"

의사 가운을 입은 남자가 자신 앞에 선 남자에게 봉투를 건네며 인상을 찡그렸다.

"그래서?"

봉투를 받은 남자의 눈빛이 차가웠다.

"자꾸 이러면……."

"신고를 하든가. 나는 별 하나 더 달면 되지만 그쪽은 별을 처음으로 달지, 아마?"

"이……!"

의사 가운을 입은 남자는 그저 노려보기만 했다.

"그리고 나는 공소시효도 지났거든."

"뭐라고요?"

의사 가운을 입은 남자가 어이없다는 표정으로 앞에 있는 남자를 노려봤다.

"자주자주 부탁해. 이 정도면 껌 값이잖아? 저 산부인과 건물이 장모가 지어준 거라면서? 내가 입만 뻥끗하면… 알지? 이런 건 공소시효가 없지? 히히히! 딱 걸린 거야."

"…이게 마지막입니다."

"내가 자주자주 부탁한다고 하지 않았어? 이러는 거 싫으면 한 방에 주던가."

"이 사람이 정말!"

의사가 남자의 멱살을 잡았다.

"지금은 아무도 안 보지만 나중에는 누가 볼 건데……."

봉투를 받은 남자는 반항도 없이 이죽거리기만 했고, 어쩔 수 없이 의사는 멱살을 잡은 손을 풀었다.

"얼마면 돼?"

"3억만 챙겨주십시오. 그럼 절대 안 나타날 테니까. 혼자서 100억 재산을 꿀꺽 하려다가 나한테 코가 꿰인 거잖아."

"이 사람이 정말!"

의사가 주위를 살피며 소리쳤다.

"싫으면 마시고. 이렇게 자주 보면 정 들겠네."

지이잉~ 지이이잉~

그때 의사의 핸드폰이 울렸다.

"전화 받으세요."

"으음, 왜요?"

의사는 전화를 받으며 인상을 찡그렸고, 남자는 자동차에 타며 봉투를 흔들었다.

의사는 짜증스러운 표정으로 전화를 받으며 병원 건물로 들어갔다.

"걔는 내 적금통장이라니까. 히히히!"

남자가 자동차 핸들을 돌리며 앞으로 전진하다가 급하게 브레이크를 잡았다.

"야, 이 미친 새끼야! 왜 뛰어들고 그래!"

남자가 고개를 내밀고 자동차 앞으로 뛰어든 조명득을 보며 소리쳤다.

사실 조명득은 주차장에서 내리려다가 조금 전의 장면을 목격하고 이 남자와 이야기를 하던 의사가 자신이 탈탈 털어야 하는 의사라는 생각이 들어 한동안 지켜봤다.

그리고 돈이 들었을 것 같은 봉투를 건네는 것을 보고 뭔가 있다는 생각에 주차장을 빠져나가려는 남자를 막아선 것이다.

"이 새끼야! 왜 말이 없어?"

조명득은 차 앞을 막고 그저 웃을 뿐이었다.

"이게 정말 미쳤나?"

"미쳤지."

"뭐? 이게 뒤지려고!"

남자가 화가 나는지 급하게 차에서 내려 조명득의 멱살을 잡았다.

"잠깐, 잠깐! 이걸 보고 멱살을 잡던가."

"뭐?"

남자는 조명득의 말에 조명득이 오른손에 들고 까딱거리는 검찰 조사관 신분증을 보더니 스르륵 잡은 멱살을 풀었다.

"크, 크흠, 검사님이라고 해도 막 달리려는 차에 뛰어들면 안 되는 거 아닌가요?"

검찰청 신분증을 본 남자는 조명득이 검사라고 생각한 것 같았다.

"검찰청에 검사만 있는 줄 아시네."

"예?"

"조사관도 있어요."

조명득은 이 순간 뭔가가 걸렸다는 생각이 들었다.

"그, 그런가요?"

"죄 지으셨죠?"

"예?"

"죄가 없으면 쪼실 필요가 없잖아요."

조명득의 말에 듣고 보니 그렇다는 생각이 들었는지 남자가 조명득을 째려봤다.

"그러게 왜 자동차 앞으로 뛰어들고 그러십니까?"

다시 목소리를 높이는 남자였다.

"죄를 지으신 것 같아서."

"뭐라고요?"

"그 돈 봉투, 무슨 대가입니까?"

"예?"

"검찰청이 지금 당신이 만난 의사를 내사 중이거든요. 돈 봉투 맞죠? 어떤 돈입니까?"

"…빌려준 돈을 받았습니다. 그게 죄가 됩니까?"

남자는 바로 발뺌을 했다.

돈을 주고받은 것은 죄가 될 수 없고, 추궁의 이유가 될 수 없다는 것을 아는 것이다.

"물론 죄는 아니죠. 하지만……."

조명득은 바로 주머니에서 핸드폰을 꺼냈다.

—자꾸 이러면…….

—신고를 하던가? 나는 별 하나 더 달면 되지만 그쪽은 별을 처음으로 달지, 아마?

—이……!

—자주자주 부탁해. 이 정도면 껌 값이잖아. 저 산부인과 건물이 장모가 지어준 거라면서? 내가 입만 뻥끗하면… 알지?"

—…이게 마지막입니다.

—내가 자주자주 부탁한다고 하지 않았어? 이러는 거 싫으면 한 방에 주던가.

"대충 여기까지 하고, 이거 협박죄인 건 아시나?"

"그, 그게……."

"요즘 핸드폰이 너무 좋아졌다니까. 좀 떨어진 곳에서도 이렇게 녹음이 잘 되네요. 검찰이 끌로 파면 다 나오거든요."

"그, 그게……."

남자가 뭐 됐다는 표정으로 말꼬리를 흐렸다.

이거야말로 소 뒷걸음질 치다가 쥐 잡은 꼴이다.

물론 뭐를 밟았는지는 모르지만 말이다.

* * *

재선산부인과 데스크 앞.

“예, 검사님. 말씀하신 그대로입니다. 강슬기 씨의 진료 기록이 있습니다.”

—자연유산인가요?

박동철의 물음에 마 수사관이 옆에 있는 간호사에게 차트를 보여줬다.

“자연유산 치료입니까?”

“그건 의료법상 알려드릴 수가 없는데요.”

검찰 수사관이라고 해도 의료 차트를 본다는 것은 결코 쉬운 일이 아니었다. 사실 영장 없이 의료 차트를 보고 있는 것도 불법이었다.

“검찰이라니까요.”

마 수사관의 말에 간호사가 살짝 인상을 찡그렸다. 사실 검찰이라고 해도 이렇게 차트를 보여줘선 안 되는 일이었다.

“…예.”

“여기.”

마 수사관이 간호사에게 차트를 내밀자 간호사는 얼른 차트를 받아서 챙겼다.

“검사님, 자연유산에 대한 의료 기록이 확실하답니다. 그리고 추가적으로 알아보라고 하신 접촉 사고에 대해서도 사고가 난 것이 맞습니다. 사고자인 여성이 보험 처리를 했더라고요.”

—네, 알겠습니다. 고생하셨습니다.

*　　　*　　　*

검찰청 피의자실.

“네, 알겠습니다. 고생하셨습니다.”

나는 바로 전화를 끊고 강슬기를 봤다.

“자연유산이시네요. 그래도 고의로 사고를 내셨다는 의구심을 떨칠 수는 없습니다.”

“저를 믿어주신다면서요?”

강슬기는 억울하다는 표정을 지어 보였다.

“믿으려고 노력 중입니다.”

말은 그렇게 했지만 나는 이제 강슬기의 말을 믿기로 했다.

물론 100퍼센트 믿을 수 없지만 말이다. 범죄는 일반인의 상식을 벗어나는 경우가 많다. 나는 사실 아직까지도 강슬기와 병원 의사의 모종의 거래를 의심하고 있었다.

하지만 풀리지 않은 문제가 아직 남아 있었다.

어떤 거래를 했느냐는 것이다.

그리고 거래를 하기에는 문제가 많았다.

‘황태복도 아니니까.’

내가 지금 생각하고 있는 소설이 현실이 되려면 의사가 사이코이거나 아니면 의료사고이어야 한다.

'고모부라고 했지?'

순간 나는 강슬기가 한 말이 떠올랐다.

"강슬기 씨."

"예, 검사님."

"고모부가 추천했다고 했죠?"

"예, 고모부가 산부인과 의사시거든요."

순간 모든 문제가 풀릴 것 같다.

'하, 그거였어?'

정말 어이가 없는 순간이다. 이렇게 황당하고 어이없는 사건은 이렇게 어이없이 풀리는 법이다.

"강슬기 씨, 이거 보시겠습니까?"

나는 이제야 황태복과 오찬희의 친자 확인 검사서를 강슬기에게 내밀었다.

"뭐죠?"

"보세요."

내 말에 강슬기가 서류 봉투에서 검사서를 꺼내 읽고 담담한 반응을 보였다. 그도 그럴 것이, 강슬기는 황태복의 협박에 의해 사악한 계획은 꾸몄지만, 실행에 옮기지는 않았다. 아니, 실행에 옮길 수가 없었을 것이다.

고모부가 산부인과 의사니까.

'다른 병원으로 갔겠지.'

계획된 것을 실행에 옮기려고 했다면 다른 병원으로 갔을 것이다. 그런데 고모부, 그러니까 시누이의 남편이 낙태를 도와주려고 했다는 것은 재산 상속에서 배분을 더 받기 위함일 것이다.

'돈이 문제네.'

역시 모든 범죄는 돈이 연결되어 있었다.

"별로 놀라지 않네요."

"예, 아는 사실이니까요."

"그럼 누굴까요?"

나는 강슬기를 빤히 봤다.

물론 여전히 둘 중 하나이다.

의료사고든지 아니면 의료 사건이든지.

그리고 이제는 황태복이 아닌 강슬기가 고모부라고 한 남자에게 사건 포커스가 집중될 것이다.

'그런데 이걸 어떻게 푸나?'

황태복에게 유전자 검사 동의를 받을 수 있던 것은 황태복이 바라는 것을 알기 때문이다.

하지만 지금 상황에서는 없다.

유전자 검사는 해당자가 거부하면 그만이니까.

"설, 설마……."

내 말에 검사서를 보고도 놀라지 않던 강슬기가 놀라 말까지 더듬었다.

"설마가 때로는 사람을 잡죠."

"하지만……."

"확인해 보면 답이 나올 겁니다. 강슬기 씨, 제가 알아야 하는 것이 뭐가 더 있죠?"

"없, 없어요."

찰나지만 강슬기는 말을 더듬을 때 눈빛이 떨렸다.

그리고 강슬기의 선악의 저울이 악 쪽으로 2가 상승했다.

'뭔가 정말 있네.'

이건 정말 편한 것 같다.

"…알겠습니다. 조사를 해보면 다 나올 겁니다. 조사 받느라 고생하셨습니다."

2차 인공수정을 했다는 사실을 확인해야 하니 결국 오현수를 만나야 했다.

그리고 박복자와 이야기를 잘하면 이번 사건은 의외로 쉽게 풀릴 것 같다.

'그런데 나한테 뭘 숨기는 거지?'

하여튼 강슬기가 내게 뭔가를 숨기고 있다는 생각이 자꾸 들었다.

*　　*　　*

이번에는 지진희에 대한 참고인 조사를 해야 했다.

사실 강슬기가 마음먹고 실행에 옮겼다면 공범일 수 있었다. 그리고 내가 박복자를 만나기 전에 확인해야 할 것이 또 하나 있었다. 여전히 나는 강슬기와 의사가 공모했을 수도 있다는 생각을 지울 수가 없었다.

"겁나시죠?"

나는 사실 초조하고 불안해하라고 지진희를 조사실에 두고 참관실에서 관찰했다.

지진희는 시간이 지날수록 불안해했다.

그렇게 30분이나 지진희를 관찰하고 나서야 이곳으로 왔다.

"예, 이런 곳은 처음이라서……."

"예, 그렇군요."

현재 지진희도 동일 사건으로 불구속 상태이다.

물론 고소를 한 사람은 박복자다.

"강슬기 씨랑은 친구라고요?"

"예, 대학 동기고……."

강슬기와 지진희는 군산 토박이다.

지진희가 말꼬리를 흐렸다.

"아, 그러시구나!"

"…예."

"무슨 마음을 먹고 도우려고 했죠? 친구라서 도우신 건가요?"

내 질문에 지진희가 내 눈치를 봤다.

"…예."

지진희가 지그시 입술을 깨물었다.

"분명 자백을 하셨는데 지진희 씨는 뭔가 숨기는 것이 있더라고요. 계속 숨기시면 불구속 상태에서 구속영장을 청구할 수도 있습니다."

분명 지진희는 난생처음으로 검찰청 조사실에 왔을 것이다. 그러니 지금처럼 잔뜩 겁을 먹은 것이고, 이렇게 살짝 위협하면 독한 여자가 아닌 이상 다 말하게 되어 있다.

"저, 저는 숨기는 것이 없어요. 슬기가 하도 부탁해서……."

"아름다운산부인과에서 근무하시죠?"

"예."

"그 병원, 혹시 채동욱 씨가 운영하는 병원인가요?"

채동욱은 박복자의 사위이다.

이제는 판이 바뀌었다. 여기서 중요한 것은 강슬기가 박복자의 사위인 채동욱과 어떤 관계냐는 것이다.

'아무 사이도 아니면 절대 낙태에 동의하지 않지.'

물론 상속권 때문에 낙태에 동의할 수도 있지만 말이다.

"예."

"무슨 사이입니까? 강슬기 씨, 지진희 씨, 그리고 채동욱 씨는 무슨 사이입니까?"

그 순간 지진희의 눈동자가 파르르 떨렸다.

이런 것을 보고 딱 걸렸다고 한다.

이제부터는 나만의 거짓말 탐지기를 움직이면 된다.

"아, 아무 사이도 아니에요. 그냥 서로 친구라서……."

지진희의 선악의 저울 악의 수치가 3 정도 올라갔다.

쾅!

내가 힘껏 테이블을 내려치자 지진희는 화들짝 놀라며 온몸을 움찔움찔 떨었다.

"자꾸만 위증하실 겁니까?"

이 역시 불법이다. 조사 중에 물리적인 방법으로 참고인이나 피의자를 위협하면 안 된다.

'으, 엄청 아프네.'

좀 오버를 해서 책상을 내려친 것 같다. 사실 과학 수사를 해야 하는데, 이럴 때 꼭 회귀하기 전의 스타일이 나온다.

사실 검사와 조폭은 비슷하면서도 다르다. 검사는 상대방을 조사하고, 조폭은 상대방을 협박한다는 점만 다를 뿐 결국 둘 모두 어떤 방법을 이용해서라도 원하는 것을 그리고 이룬다.

"법정에서 위증죄가 얼마나 큰 죄라는 거 모르시죠? 강슬기 씨가 다 말했다니까요. 지진희 씨를 부른 것은 그걸 지금 확인하려는 겁니다. 진술서 보여드릴까요? 꼭 이러실 겁니까?"

내가 노란 봉투를 펼쳐 보이자 그 순간 지진희의 표정이 어두워졌다. 물론 봉투에는 황태복과 오찬희의 친자 확인 검사서만 들어 있다.

"그, 그게… 검사님."

"말씀하세요. 친구 도우려다가 범죄자 되십니다. 그리고 실제로는 낙태 안 했잖아요. 위증만 안 하시면 범죄 성립이 안 됩니다."

채찍을 썼으면 당근도 써야 한다. 그래야 술술 분다.

그리고 지금은 당근을 써야 할 때였다.

"세 사람, 무슨 사이입니까?"

"그게… 예전에 슬기가 대학을 중퇴하고……."

"하고?"

"병원 조무사로 일했어요."

*　*　*

"…이것 참, 놀라운 사실이네요."

"저희 남편이 알면……."

"그 사항은 친고죄라서 신고하지 않으면 처벌이 불가능합니다."

"…예."

채동욱에 대해 또 놀라운 사실 하나를 알아냈다.

'이거 완전 개자식이네.'

어이가 없는 순간이다.

그리고 지진희의 진술을 통해 내 소설은 현실이 됐다.

*　　　*　　　*

박복자의 저택.

"어머니."

오현수가 휠체어에 앉아 박복자를 봤다.

"왜 또?"

"…사실 찬희 엄마에 대해 오해가 있어요."

"무슨 오해? 너는 그렇게 당하고도 오해라는 말이 나와?"

"제 말 좀 들어보세요."

"뭘 더 들어?"

"…사실 그날 찬희 엄마는 낙태를 한 것이 아니라 유산을 한 겁니다."

"그걸 어떻게 알아? 그 망할 것이 그럼 왜 말을 안 했어?"

"어머니께서 엄청나게 기대하셨잖습니까? 그리고 장인어른께 벤츠도 사주시고 상가도 주신다고 해서 부담이 된 거죠."

"고마우니까. 내 못난 아들이랑 그래도 살아줘서 고마우니까."

"결혼할 때는 그렇게 구박하셨잖아요."

"그때는……."

"그때는 제가 멀쩡했죠."

"아이고, 집안 꼴이 왜 이렇게 돌아가는지 모르겠네. 네 아버지 돌아가시고 너 8년 전에 사고 나고… 거기다가 찬희까지……."

"말씀 그대로 사고입니다. 찬희 엄마는 그래도 저한테는 솔직하게 다 말했습니다."

"뭐, 뭐라고?"

"접촉 사고가 나서 유산됐다고. 그래서 그다음 주에 매제 병원에 가서 다시 인공수정을 했습니다."

오현수의 말에 박복자의 눈이 커졌다.

"그, 그게 무슨 말이니?"

"의료사고입니다. 찬희 엄마는 죄가 없어요. 물론……."

아마 강슬기가 바람을 피운 것에 대해 말하려다가 말꼬리를 흐린 것 같다.

"그래도 바람을 피운 것은 맞잖아."

"그건 어머니도 아시잖아요. 그리고 찬희 엄마도 제 앞에서 무릎 꿇고 진심으로 사죄를 했고요."

"그럼 어떻게 된 거야?"

딩동~ 딩동~

그때 초인종이 울렸다.

찬모 아주머니가 박복자의 눈치를 보며 초인종과 연결된 영상을 보자 저택 앞에는 박동철 검사가 서 있었다.

"누구세요?"

—군산검찰청 박동철 검사입니다.

"사모님, 박동철 검사님이라는데요?"

"뭐요?"

박복자가 황당한 표정을 지어 보였다.

"검사가 우리 집에는 왜 와?"

*　　　*　　　*

아름다운산부인과 주차장 앞.

"대충 다 들었는데 검찰청 가서 이야기하실래요, 아니면 커피 한 잔 하면서 이야기하실래요?"

조명득이 마치 친구에게 담배 한 대 피우러 가자는 듯한 말투로 말했다.

"뭐, 뭐라고요?"

"공소시효 끝났다면서요?"

공소시효가 끝났다는 이야기까지 들은 조명득이다.

"그러네. 끝났네, 공소시효."

"사건 해결하는 데 도움을 주시면 나도 눈 딱 감고."

"공소시효도 끝났는데 어쩌라고?"

"이 이야기를 이 건물 사주신 장모님이라는 분께 그대로 해볼까요?"

"뭐……."

"그럼 내가 자세하게는 모르지만 난리가 나도 제대로 날 것 같고… 그렇게 되면 일이 커지고, 일이 커지면 협박 및 공갈을 당한 의사도 가만히 안 있을 테죠. 물론 고소를 할 거고, 뭐에 대한 공소시효는 끝났는지 모르겠지만 협박 및 공갈은 10년 이하의 유기징역이라는 것은 아시려나?"

이것도 어떻게 보면 일종의 협박이다.

"이, 이게 정말……."

"검찰이 끌로 파면 다 나와! 알지? 몇 번 조회하면 이 건물을 사준 장모라는 여자가 누군지도 나오는 거. 나는 그냥 핸드폰에 녹음되어 있는 것만 말하면 되는데."

"아, 미치겠네."

"공소시효도 지났다면서 어때? 검찰청 가서 믹스 커피 드실래, 아니면 커피숍 가서 우아하게 아메리카노 드시면서 이야기하실까? 선택해!"

"커피숍 가시죠."

바로 꼬리를 내리는 남자였다.

"우선 신분증!"

조명득은 그렇게 말하고는 소매치기보다 빠르게 남자의 뒷주머니에서 지갑을 꺼냈다. 마치 전문 꾼처럼 빠르게 움직인 조명득의 손놀림에 남자는 놀라 멍한 표정을 지었다.

"뭘 그렇게 놀라요? 배운 거지. 음, 차인수 씨네. 78년생이시고."

찰칵!

조명득은 바로 핸드폰으로 차인수의 주민등록증을 찍었고, 차인수는 조명득을 보며 똥 밟았다는 표정을 지어 보였다.

제5장

예상하지 못한 결과

박복자의 저택 응접실.

"검사님께서 여기까지 무슨 일로……."

내가 왔다는 것에 박복자는 놀라운 모양이다.

'…분위기가 싸하네.'

뭔가 이야기를 하고 있다가 나 때문에 멈춘 모양이다.

"어… 그럼 이야기 나누세요."

오현수가 짧게 말하고 휠체어를 돌렸다.

"오현수 씨에게 확인할 것이 있어서 왔습니다."

"예?"

"강슬기 씨의 진술이 일치하는지 확인하기 위해 왔습니다. 검찰로 오시라 하기에는 몸이 불편하신 것 같아서 직접 왔습니다."

"…예."

지진희를 조사하기 전까지는 물어볼 것이 딱 하나였다. 강슬기가 유산된 사실을 알린 것과 다시 2차 인공수정을 했느냐는 것만 확인하면 됐다.

그런데 지금은 물어볼 것이 더 생겼다.

"무엇에 대해 물어보겠다는 거죠, 검사님?"

검사가 물어본다고 하니 박복자가 살짝 걱정스러운 표정으로 내게 물었다.

"간단한 겁니다."

"…무엇을 알고 싶으신 겁니까?"

오현수가 내게 물었다.

"강슬기 씨는 저에게 낙태를 한 적이 없다고 했습니다. 낙태 직전에 수술을 거부했다고 하는데, 사실입니까?"

"저도 그렇게 들었습니다."

강슬기에게 들은 이야기라 들었다고 말하는 오현수였다.

"그리고 유산 후 1주일 정도 지나 강슬기 씨의 몸 상태가 어느 정도 회복되자 2차 인공수정 시술을 받으셨다고요?"

"예, 맞습니다."

"저, 정말 맞는 거야?"

박복자가 놀라 오현수에게 물었다.

"맞다고 말씀드렸잖아요, 어머니."

"그런데 왜 씨가 바뀌어?"

박복자의 입장에서는 이런 이야기까지 들으니 더욱 이 현실이 믿어지지 않는다는 눈빛이다.

'내가 들은 이야기를 다 할 필요는 없고.'

어찌 되었던 개인사이고, 이곳에 오기 전에 강슬기를 만나서 사실 여부를 확인했다.

그리고 채동욱이 지은 죄는 친고죄라서 강슬기가 고소하지 않으면 공소권도 없다.

그리고 아마 공소시효도 지났을 것이다.

'남의 집안에 더 큰 분란을 일으킬 필요는 없으니까.'

나는 그저 수사를 하고 억울한 사람만 안 만들면 된다.

그리고 이번 사건을 해결하면 된다.

"그것을 확인하기 위해서 왔습니다."

내 말에 박복자와 오현수가 나를 빤히 봤다.

* * *

아름다운산부인과 채동욱 의사의 진료실.

"…그런 일은 결코 일어날 수 없습니다."

채동욱이 불쾌하다는 표정으로 오 수사관을 보며 말했다.

나는 사실 혹시나 의료사고일지도 모른다는 생각에 오 수사관에게 채동욱을 만나서 확인하라고 했다.

"하지만 만약이라는 것이 있잖습니까?"

"만약이라도 일어날 수가 없습니다. 시술 과정에서 샘플 정자가 바뀌는 경우는 절대 없습니다."

"정말 없습니까?"

"없습니다."

"그런데 왜 친자가 아니죠?"

오 수사관의 의심스러운 눈빛에 채동욱이 인상을 찡그렸다.

"원래 걔가… 아니, 좀 그랬어요."

"예?"

"행동이 좀 그랬다고요. 검찰 수사관이니까 아시잖아요. 황태복이라는 작자와 바람을 피웠다는 것을 아시지 않습니까?"

"그런데 채동욱 씨는 강슬기 씨를 걔라고 부르시네요?"

오 수사관의 말에 채동욱의 눈동자가 떨렸다.

"…저도 모르게 급해서 말실수를 했네요."

"이 병원에서 간호조무사로 근무했다고 하던데요."

물론 문자메시지로 박동철 검사가 알려준 사실이다.

그리고 간략한 내용도 알려줬다.

"…기억이 잘 안 납니다. 지금까지 이 병원에서 일한 간호조무사가 한두 명도 아니고."

"아, 그렇겠네요. 8년 전의 일이니까요."

"네, 그렇습니다."

"하여튼 그런 일은 있을 수가 없다는 거죠?"

"그때의 차트를 보여드릴까요?"

"봤는데 이상이 없더라고요. 물론 설명을 들은 거지만."

검찰 수사관에게 차트의 내용을 판독할 능력은 없었다.

그래서 간호사의 설명을 통해 대략만 아는 오 수사관이다.

"이상이 없으니까 없는 거죠."

"하여튼 알겠습니다."

오 수사관은 자리에서 일어났다.

"이런 일이 소문이라도 나면 병원 영업에 치명적입니다. 만약 소문나면 고소할 겁니다."

산부인과 측에서는 인공수정 시술을 할 때 샘플 정자가 바뀌었다는 소문만 나도 망할 수 있을 것이다.

"알겠습니다. 그럼 다음에 뵙죠."

오 수사관의 말에 채동욱이 황당한 표정을 지어 보였다.

"정관 수술 해야 하거든요. 넷 딸 아빠라서요."

"아, 예, 오세요. 인연이라면 인연인데 잘해 드리죠."

그렇게 오 수사관은 밖으로 나갔고, 채동욱은 자리에 앉아 인상을 찡그렸다.

"…미치겠네. 썅!"

* * *

박복자의 저택 거실.

"이것부터 보십시오."

내가 말로 설명하기에는 어려움이 있었다.

"뭔데요, 검사님?"

"일단 보십시오.

나는 황태복과 오찬희의 친자 확인 검사서를 내밀었다. 물론 병원에서 정자 샘플이 바뀔 수도 있다는 생각은 하고 있지만 이렇게 보여주는 것이 더 확실하게 믿을 수 있을 것이다.

"이, 이건……."

박복자는 황태복이 오찬희의 생물학적 친부가 아니라는 서류를 보고는 묘한 표정을 지어 보였다.

"이 상태라면 고소 자체가 성립되지 않습니다."

"그, 그러네요."

박복자가 묘한 눈빛을 보였다.

"강슬기 씨가 과거의 불륜 사실을 인정했고, 황태복의 협박에 의해 범행을 계획을 한 것도 사실이지만 실행에 옮기지는 않았습니다."

"그 망할 놈은 내게도 돈을 받아먹고 또 며느리를 협박해?"

박복자가 버럭 소리를 질렀다.

그런데 강슬기에 대한 호칭이 바뀌었다.

조금 전까지는 그 망할 것이라고 불렀는데 지금은 며느리라고 한다.

이건 다시 말해 심경의 변화가 있다는 의미이다. 그리고 나는 어쩌면 강슬기가 돌아갈 곳이 있을지도 모른다는 생각이 들었다.

어찌 되었던 자신의 죄를 뉘우치고 반성하고 있으니까.

"…황태복 씨가 여사님도 협박했습니까?"

"협박까지는 아니고 사실을 말하고 돈을 받아갔죠."

아마 강슬기가 관계를 정리하려는 것에 대한 보복성 폭로일 확률이 높았다.

그리고 가정의 평화(?)와 아들의 상태 때문에 박복자는 돈을 주고 함구시킨 것이고.

"흠, 그 부분은 협박죄에 해당됩니다. 박복자 씨께서는 그것에 대해서 고소를 하실 수 있습니다."

만약 박복자가 고소를 하면 황태복은 빼도 박도 못하고 징역

10년이다.

한두 명을 협박한 것도 아니고, 나는 풀 배팅이니까.

"해야죠. 그 망할 놈을 고소해야죠."

이래서 고소가 버릇이 된다. 어느 국회의원처럼 말이다.

물론 이 시점이 그 국회의원이 고소의 맛을 들인 시점은 아니지만 말이다.

"하여튼 그래서요?"

"제 생각으로는 이 사건이 일어난 것은 둘 중 하나입니다."

"뭔데요, 검사님?"

"사위 분이 채동욱 씨죠? 아름다운산부인과 원장이신."

"…그런데요?"

"제 가설이 정말 황당하시겠지만 의료사고가 아니면 의료 사건입니다."

"네? 그 두 가지에 무슨 차이가 있죠?"

오현수가 물었다.

"강슬기 씨가 낙태를 하려고 수술대에 올랐을 때 집도의가 채동욱 씨였습니다."

내 말에 박복자는 충격에 빠진 것 같았다.

"뭐라고요?"

노인이 목청도 좋다.

물론 이렇게 흥분하는 것도 이해는 한다.

"…확실합니까?"

도리어 오현수는 냉정해졌다.

"예,. 확실합니다. 모든 진료 기록은 조작됐지만 같은 수술실에 있던 지진희 씨가 증언했습니다. 참고로 지진희 씨는 강슬기 씨의 친구이자 그 병원 간호사입니다."

또한 채동욱의 내연녀이기도 했다.

그러니 그런 수술에 참여할 수 있었을 것이다.

그리고 채동욱이 개새끼인 것은 그 내연 관계를 유지하게 된 계기가 강간이라는 것이다.

8년 전에도 그랬고.

결국 개새끼 채동욱이 현재의 내연녀인 지진희를 강간해서 내연 관계를 유지하고 있고, 8년 전 간호조무사인 강슬기도 강간했다는 사실을 확인했다.

물론 강간은 친고죄라 사건화되지는 않는다.

"그게 사실입니까?"

"예, 오현수 씨."

"그, 그런데요?"

"제가 알기로는 박복자님의 재산이 100억이 넘는다고 들었습니다."

이 저택만 해도 엄청나게 비쌀 것이다.

물론 군산이라는 특수성이 있지만 이 저택을 짓는 데 최소 20억 이상은 들었을 것 같다.

그리고 마당도 엄청 넓다.

확인할 필요는 없겠지만 자산이 100억 이상일 것이다.

부자들의 정확한 재산 상황은 그 누구도 모르니까.

"으음……."

역시 박복자도 재산 이야기가 나오니까 살짝 싫은 내색을 보였다.

기부를 많이 하는 박복자도 저런다.

"정확히 재산이 얼마나 되십니까?"

"왜 그게 궁금하시죠?"

박복자가 불쾌하다는 표정으로 내게 물었다.

"저는 국세청 직원이 아닙니다."

"저, 탈세 같은 거 안 합니다."

"압니다. 300억 정도의 재산이라면 채동욱 씨가 제가 생각하는 범죄를 저지를 수 있다고 생각해서요."

"예?"

내 말에 둘 다 똑같이 놀랐다.

"둘 중 하나입니다. 의료 실수든지 아니면 채동욱 씨가 정액 샘플을 바꿔치기한 겁니다. 그것도 자기 것으로."

내 말에 박복자가 어이없다는 눈빛으로 나를 봤다.

"검, 검사님!"

"예."

"확실한 겁니까?"

박복자의 목소리가 떨리고 있다.

아마 박복자의 입장에서는 만감이 교차할 것이다.

누가 뭐라고 해도 채동욱은 자신의 사위니까.

하지만 이건 시작에 불과하다.

"…더 놀랍고도 황당한 사실이 하나가 더 있습니다."

내가 알고 있는 사실을 박복자가 알면 기절할지도 모른다.

* * *

커피숍.

"그럼 이제 이야기 좀 해봅시다."

여전히 조명득은 여유로웠고, 앞에 앉은 차인수는 조명득의 눈치를 보고 있었다.

"어떤 사건에 대한 공소시효가 끝났다는 겁니까?"

조명득은 차인수를 압박하고 있었다. 사실 차인수가 조금 더 영리했다면 그 자리를 회피했을 것이다.

조명득이 영장을 가지고 있지 않았으니 이 자리를 강제할 수는 없었으니까.

물론 회피를 하려고 했다면 조명득은 바로 박동철에게 보고했을 것이고, 몇 가지 조사를 하면 채동욱이 박복자의 사위라는 것은 알 수 있었을 것이다.

"그게요……."

"채동욱 씨가 어떤 일을 사주했던 우리가 조사하는 사건이랑 일치하면 차인수 씨가 곤란해질 일이 되도록 없도록 하겠습니다. 말씀하신 그대로 공소시효가 지난 사건을 검찰이 건드릴 필요는 없으니까요."

"예, 알겠습니다. 사실은 그게……."

차인수가 속이 타는지 아이스 아메리카노를 들이켰다.

* * *

아름다운산부인과 채동욱의 진료실.

"검찰에서 뭐래?"

채동욱의 앞에는 지진희가 앉아 있다.

'채동욱 씨가 물으면 낙태에 대해서만 물었다고 하십시오.'

박동철 검사는 지진희에게 그렇게 말했다.

현 상태로는 지진희에게 처벌할 아무런 사유가 없었다.

"그냥… 낙태에 대한 것만 물었어요."

"아, 미치겠네. 그때 수술 차트를 수정했어야 하는데……."

"그냥 밝히는 건 어때요? 실수라면 실수잖아요."

"뭐가 실수야? 그리고 누가 실수라고 믿어줘? 소문 한번 잘못 나면 병원이 어떻게 되는지 알잖아. 내가 이 군산 바닥에서 몇 년을 고생해서 이만큼 병원을 키웠는데. 내가 처가의 이 꼴 저 꼴 다 보면서 키운 병원이고 어떻게 만든 상황인데 그걸 밝혀?"

"그래도……."

"조금만 더 참아. 내 뜻대로만 되면 마누라랑 무조건 이혼이니까."

채동욱의 말에 지진희가 지그시 입술을 깨물었다.

"다음 주에 제주도에서 세미나 있는 거 알지?"

"…예."

"이것저것 잘 챙겨. 내가 좋아하는 걸로."

"그때 남편이……."

"너는 왜 이혼하라는데 안 하니? 내가 그 백수보다 못한 것이 뭔데?"

"저… 원장님."

"왜?"

"…저희 이제 끝내요."

지진희는 용기를 내서 말했다.

"뭐?"

지진희의 말에 황당한 표정을 지어 보이는 채동욱이다.

"남편한테도 미안하고, 더는 이러면 안 될 것 같아요. 사모님한테도 죄송하고……."

"허허허! 어이가 없네. 뭘 원하는데?"

"저희 관계 끝내는 거요. 저, 이제 병원 그만둘게요."

지진희는 채동욱에게 인사를 하고 밖으로 나갔다.

"아, 미치겠네."

채동욱은 밖으로 나간 지진희를 떠올리며 어이가 없다는 표정을 지었다.

* * *

박복자의 저택 응접실.

"그게 뭡니까, 검사님?"

사실 이런 문제는 검찰청에서 말하기 좀 그랬다. 그래서 여기까지 온 것도 있다.

"놀라지 마십시오."

"더 놀랄 일도 없습니다."

박복자가 나를 빤히 보며 말했다.

"…강슬기 씨와 오찬희 군의 모자 관계가 성립되지 않습니다."

"네? 방금 뭐라고 하셨어요?"

박복자가 황당한 표정을 지어 보였다.

"이 서류를 보면 아실 겁니다."

나는 다시 한 장의 검사서를 내밀었다. 혹시나 하는 마음에 추가 검사를 의뢰했다.

물론 오찬희의 머리카락은 조명득이 몰래 확보해 온 것이다.

모자 관계 불일치.

"이, 이건……."

"유전자상으로 강슬기 씨는 오찬희 군의 생물학적 어머니가 아니라는 겁니다."

만약 내가 지진희를 만나지 않았다면 병원 실수 쪽으로 수사 포커스를 맞췄을 것이다.

하지만 지진희의 이야기를 듣고 또 채동욱이 낙태 수술의 집도의라는 것을 알게 된 순간 이건 박복자의 재산 상속을 두고 벌어진 범죄라는 생각이 굳어졌다.

"그럼 병원 측의 실, 실수라는 겁니까?"

오현수가 떨리는 목소리로 내게 물었다.

"그럴 확률도 다분합니다."

아마 그 확률이 사실이 되면 깔끔하게 마무리될 것이다.

물론 채동욱은 그 자체로 나만이 알고 있는 개새끼로 끝날 것이고.

하지만 내 촉은 이게 끝이 아니라고 말하고 있었다.

"설마… 다른 것이 있다는 건가요?"

박복자가 내게 물었다.

"300억 정도의 재산이라면 어떻겠습니까? 제가 조사해 본 바로는 채동욱 씨와 오희영 씨의 사이가 원만하지 못하다고 하더군요."

그 관계가 내 소설의 두 번째 이유이다.

"자주 싸우기는 하지만 심각한 수준은 아닙니다."

박복자는 아니라고 말했다.

사실 그렇다.

이혼하는 부부 중에 대부분의 부부가 금전적인 이유로 이혼을 하고, 또 이혼을 하지 않는다.

어느 웃지 못할 통계에 의하면 남편의 월수입이 1,000만 원이 넘으면 여자가 이혼을 결심해도 실행에 옮기지 않는다는 통계가 있다.

물론 이 경우에는 다르지만 말이다.

'철저하게 숨기지는 못했을 거고.'

채동욱과 오희영이 싸우는 이유는 채동욱의 불륜 때문일 거라는 생각이 들었다.

그리고 그런 다툼이 채동욱에게는 미래에 갖게 될 재산, 즉 상속에 불안감을 가지게 만들었을 것이다. 황태복의 협박에 의해 낙태를 하려는 강슬기를 보고 이런 엄청나고 황당한 계획을 꾸몄다는 것이 내 추론이다.

물론 여기에는 많은 문제가 있다.

그러자면 채동욱과 강슬기 사이에 또 모종의 거래가 있어야 한다.

서로 주고받는 것이 있어야 하는 것이다.

'이혼?'

어쩌면 오현수와 이혼을 하기 위해 낙태를 생각했을 수도 있다. 그런 과정에서 황태복의 협박이 있었고, 결국 여자들은 능동적이기보다는 수동적이니 따라가게 된 것이다.

물론 이 추측은 아직까진 내 개인적인 소설이지만 말이다.

"…그래서요?"

"제 추측으로는 상속을 노린 채동욱 씨의 짓 같습니다. 그렇지 않고서는 있을 수 없는 일이라고 판단됩니다."

나는 범죄라고 하지 않고 짓이라고 했다.

"그, 그게……."

내 추론이 현실이 된다면 강슬기는 자신도 모르게 대리모가 된 것이다.

'그럼 난자는 누구 거지?'

만약 오희영의 거라면 오희영도 공모자다.

오희영도 모든 재산을 차지하고 싶었을 테니까.

아마 자기 오빠가 하반신 불구이니 2세를 낳을 수 없는 몸이라고 생각했을 것이다. 그러니 자신이 상속에 더 유리하다고 생각했는데 임신에 성공했으니 아쉬웠을 것이고, 강슬기가 낙태를 해달라고 했을 때 쾌재를 불렀을 것이다.

"…검사님."

오현수가 나를 봤다.

"예."

“지금 소설 쓰십니까?”

“…소설이었으면 좋겠습니다.”

내가 확고한 의지를 보이자 박복자가 나를 빤히 봤다.

“그럼 어떻게 해야 합니까, 검사님? 어떻게 하면 검사님의 말씀이 사실인지 아닌지 확인할 수 있는 겁니까?”

“유전자 검사를 통해 친자 확인만 하면 됩니다.”

“허, 집에 망조가 들었나?”

박복자는 인상을 찡그리고 바로 앞에 놓인 전화기의 수화기를 들었다.

아마도 채동욱에게 전화를 거는 것 같다.

“채 서방인가?”

—예, 장모님. 무슨 일이십니까?

“…채 서방, 집으로 좀 와라.”

—예? 어디 아프십니까?

“그냥 좀 와.”

뚝!

박복자는 바로 전화를 끊었다.

“…검사님은 잠시 제 방에 가 계시면 됩니다.”

박복자의 말뜻은 비공식적으로 유전자 검사를 하겠다는 것이다.

“그러죠.”

“검사님, 만약 검사님이 말하신 것처럼… 정말 그런 일이 일어났다면 처벌이 됩니까?”

“네, 됩니다. 의료법 위반입니다.”

"미치겠네요. 아이고, 두야!"

오현수는 여전히 내 말을 믿을 수 없다는 표정이지만, 박복자는 어느 정도 믿는 것 같은 눈빛이다.

"…저도 제가 소설을 쓰는 거라면 좋겠습니다."

"제가 채 서방에게 물어볼까요?"

"물어서 답했을 거라면 저희 수사관에게도 밝혔을 겁니다."

"그렇겠죠. 군산에서 제일 유명한 산부인과니까요. 아니, 전라도에서 제일 유명하죠."

맞다.

아름다운산부인과는 체인 병원이다. 전라도에 다섯 개의 병원이 있다.

명성이 높은 만큼 이런 실수를 저질러도 밝히지 못하는 것이다.

만약 채동욱이 병원 측의 실수라고 밝혔다면 사건화도 안 됐을 터이다.

* * *

군산 버스터미널 앞.

"내가 검사 말을 왜 믿어? 검사는 다 망할 것들이잖아."

황태복은 버스터미널 매표소에 섰다.

"서울 한 장!"

하지만 황태복은 이 순간에도 자신이 미행을 당하고 있다는 것을 모르고 있었다. 그리고 위치 추적을 당하고 있다는 것도 모르고 있었다.

그렇게 황태복은 서울행 버스표의 가격을 지불하기 위해서 지갑에서 돈을 꺼냈다.

지갑에서 돈을 꺼낼 때 박동철이 준 명함이 황태복의 눈에 띄었다.

잠시 얼굴을 찌푸린 황태복은 그 명함을 꺼내 뒤로 날려 버렸다.

"흠, 분명히 박동철 검사가 그 명함을 버리지 말라고 했을 텐데요?"

뒤에서 갑작스레 박동철 검사의 이름이 들리자 황태복은 화들짝 놀라 돌아봤다.

뒤에는 마 수사관이 황태복을 노려보고 있었다.

"누, 누굽니까?"

"누구겠습니까? 황태복 씨, 당신을 강슬기 씨를 공갈 협박한 죄목으로 긴급 체포합니다. 당신은 묵비권을 행사할 수 있고 변호사를 선임할 수 있습니다. 음, 너무 많은데 이런 것을 꼭 해야 하나 싶네요."

"뭐, 뭐라고요?"

"미란다 원칙은 분명 말씀드렸습니다."

마 수사관의 말에 황태복은 뒷걸음질을 치며 도망치려다가 뒷사람의 발에 걸려 넘어졌다.

그 남자는 황태복을 미행하던 청명회 회원이었다.

더 놀라운 사실은 조명득이 마 수사관도 청명회에 포섭했다는 것이다.

그러니 박동철이 건넨 명함에 대해 마 수사관이 아는 것이다.

"이것 참, 운도 없으시네."

"으윽!"

"엄살 피우지 말고 일어나!"

마 수사관이 황태복의 멱살을 잡고 흔들며 들어 올렸다.

물론 이 모든 것은 박동철의 지시로 한 것이다.

미행하다가 도주하려 한다면 바로 강슬기에 대한 협박 공갈죄를 적용해서 긴급체포 하라고 지시했고, 마 수사관은 그대로 명령에 따른 것이다.

"검사님이 신경을 써줬는데 이러면 안 되지."

"내가 이럴 줄 알았다니까! 이러니까 검사가 개새끼지! 박동철이, 이 개새끼가 나를 속여? 이 망할 새끼!"

황태복이 소리를 지르자 누군가 뒤에서 황태복의 뒤통수를 후려쳤다.

퍼억!

"으악! 누구야?"

황태복이 소리를 지르자 마 수사관도 두리번거렸다. 그리고 황태복을 미행하던 청명회 회원이 마 수사관을 보며 살짝 윙크를 했고, 마 수사관은 그를 잠시 보다가 딴청을 피웠다.

"누구야? 누구냐고! 개새끼, 고소할 거야!"

"후우, 갑시다. 이러면 공무집행방해죄도 추가됩니다."

"나, 폭행당했다고요!"

"허 참, 폭행은 무슨… 도대체 누가 때렸다는 겁니까?"

이미 황태복의 뒤통수를 후려친 남자는 어느 여자와 팔짱을 끼고 버스터미널을 빠져나가고 있었다.

이것만 봐도 군산 바닥 참 좁다.

그리고 꽤 많은 사람이 박동철 검사를 존경하고 있었다.

* * *

커피숍.

"그러니까, 뺑소니를 쳤는데 그걸 사주한 사람이 채동욱 씨라는 거네?"

"…예. 지금이라도 밝히니 속은 시원합니다. 공소시효도 지났고, 저도 이제 새 삶을 살아야겠습니다."

차인수의 말에 조명득이 고개를 끄덕였다.

"그러네요. 새로운 삶을 사실 겁니다."

"이해해 주셔서 감사합니다."

"군산이 아닌 곳에서 새롭게 시작하셔야겠네요."

"그렇죠."

"제가 도와드리겠습니다."

"예?"

조명득은 바로 주머니에서 수갑을 꺼내 차인수의 손목에 채웠다.

"왜, 왜 이러십니까? 이미 공소시효 지난 사건입니다."

"맞아요. 뺑소니 사고의 공소시효는 7년입니다."

"그런데 왜 이럽니까?"

"그게 사실이면 뺑소니가 아니라 살인미수야! 그리고 채동욱은 살인교사고!"

조명득의 말에 차인수의 표정이 굳었다.

"그, 그게 그렇게 되는 겁니까?"

"당연하지. 당신, 지금까지 엄청나게 똑똑한 척을 하는데 사실은 엄청 멍청하네."

"그, 그러게요."

차인수는 스스로 어이가 없다는 표정을 지어 보였다.

지금 생각하니 자신이 검찰청 조사관 앞에서 자신의 다른 죄에 대해 자백한 꼴이 된다.

아마 뺑소니에 대한 공소시효가 지났다는 것에 너무 안심해서 그런지 이런 멍청한 짓을 저지른 차인수였다.

그는 스스로의 행동이 멍청하다 생각했는지 어리벙벙한 표정을 금하지 못했다.

"이걸 증언하면 우리 검사님이 형량을 약하게 때리실 것 같은데… 어때요?"

"예?"

"원래 증언을 해주면 감형이 되거든요."

"정, 정말입니까?"

"물론이죠. 갑시다. 나도 듣고 보니 참 어이가 없네."

그렇게 차인수는 정말 어이없게 현장에서 체포됐다.

"그런데요, 누굴 칠 겁니까?"

* * *

박복자의 집.

채동욱이 왔고, 나는 잠시 자리를 피했다.

그리고 10분 정도가 지난 후 박복자가 다시 나를 부르더니 내게 잔 하나를 내밀었다.

"이거면 됩니까?"

박복자가 내게 내민 빈 잔을 잠시 봤다.

"아니요, 이건 제가 할 수 없는 겁니다. 불법이니까요."

"그래서 오신 거군요."

"…예."

"알겠습니다. 제가 하죠."

어느 순간 박복자는 엄청나게 냉정해졌다.

따르릉! 따르릉!

그때, 내 핸드폰이 울렸다.

"전화 받으세요."

박복자의 말에 나는 전화를 받았다.

"무슨 일인데?"

—놀라지 마라.

"뭔 일인데?"

—이거 완전 판이 바뀌었다.

전화를 건 사람은 조명득이었다. 조명득은 내 지시를 받고 채동욱을 조사하고 있었다.

그런데 조사가 다 끝날 시간도 아닌데 갑자기 전화를 걸어서 뜬금없이 판 갈이를 했다고 내게 말했다.

"뭐가?"

—오현수 씨, 하반신 장애지?

조명득의 말에 나는 휠체어를 탄 오현수를 봤다.

"그러네."

—물어봐라. 교통사고 뺑소니로 사고가 난 거냐고.

"어, 잠깐만."

나는 조명득이 뭔가 확실한 것을 잡았다는 생각이 들었다.

"저기… 오현수 씨."

"예, 검사님."

오현수는 여전히 못마땅하다는 표정으로 나를 봤다.

"혹시 교통사고가 난 겁니까?"

"예."

"뺑소니입니다, 검사님. 아직도 뺑소니 친 놈을 못 잡았어요."

박복자가 억울하다는 표정으로 내게 말했다.

"…그렇다네."

나는 바로 조명득에게 말했다.

—내가 그 뺑소니범을 잡았다.

역시 판 갈이가 되는 순간이다.

—완전 빙시인 줄 알았데이. 이 얼라가 뺑소니 공소시효가 지났다고 검찰 수사관한테 나불거렸데이. 그라가 살인미수로 잡아 들였데이. 완전 빙시다, 빙시! 히히히!

"그래? 알았다. 끊자."

나는 바로 전화를 끊었다.

'말을 해야 할까?'

하지만 친자 확인을 해보고 싶다는 생각이 들었다.

"…무슨 전화입니까?"

여자는 육감이라는 것이 있는 모양이다.

박복자가 내게 묻는 것을 보니 말이다.

"음, 다른 사건에 대한 이야기입니다."

"그런데 왜 우리 아들 사고에 대해서 물으셨습니까?"

"갑자기 궁금해서요. 하여튼 유전자 검사를 해보십시오."

"예, 제가 검사를 하고 내용을 보내드리죠."

박복자도 내가 쓰고 있는 소설에 빠져들고 있는 것 같다. 하지만 분명한 것은 이번 사건은 판 갈이가 확실히 된 사건이다.

'상속을 노린 살인 교사네.'

돈이 무섭다.

돈만 아니었으면 가족 간에 이런 일은 없었을 텐데 말이다. 그리고 내가 가진 재산이 떠올랐다.

'나는 다 기부해야겠다.'

나도 모르게 엉뚱한 생각이 들었다.

그리고 일주일이 지났고, 예상치 못한 결과가 나왔다.

"이건……."

결국 나는 소설을 쓴 거였다.

하지만 어떤 면에서는 다행스러운 일일지도 모른다.

강슬기에게, 또 오현수에게는 말이다.

물론 박복자에게도 그럴 것이다.

제6장
부모들의 선택

"보세요."

박복자가 내게 개봉하지 않은 서류를 내밀었다.

"보셨습니까?"

"겁이 나서 못 봤습니다."

"저도 제가 생각한 것이 아니기를 바랍니다."

내 소설이 현실이 되면 가장 슬픈 사람은 박복자가 될 것이니까. 그리고 내가 앞으로 통보할 일에 충격이 더해질 거니까.

따르릉~ 따르릉~

내가 채동욱과 오찬희의 친자 확인 검사서를 개봉하려고 할 때 내 핸드폰이 울렸다. 아마 채동욱이 운영하는 아름다운산부인과로 수사관들이 도착한 모양이다. 나는 채동욱을 검거하기 전 내게 전화하라고 했다.

'8년이 지난 일이니까.'

사실 이런 생각을 한 것은 그제 처음 이 집에 왔을 때도 찬희의 장난감이 그대로 있고 찬희의 모습을 봤기 때문이다. 그리고 오늘도 봤다. 내가 알아본 박복자는 괜찮은 부자였다. 기부도 많이 하고, 주변 사람들에게 인심도 제법 있는 그런 부자였다.

"도착했습니까?"

—예, 검사님.

"그대로 대기하세요."

—예, 알겠습니다.

뚝!

나는 바로 전화를 끊었다.

"휴우!"

나도 모르게 한숨이 나왔다.

"왜 그러시죠?"

내가 한숨을 쉬자 박복자가 내게 물었다.

"…아무것도 아닙니다. 서류 확인하겠습니다."

"예."

박복자와 오현수의 표정이 굳었다.

'아니기를!'

내 생각이 현실이 되지 않기를 바랄 뿐이라는 생각을 하면서 나는 서류를 개봉해 확인했다.

"으음……."

나도 모르게 신음을 토했다.

다행스럽게 내가 소설을 쓴 것이다.

"왜 그러죠?"

"죄송합니다. 제가 허무맹랑한 생각을 한 것 같습니다."

"다, 다행이네요."

역시 박복자는 여린 사람이었다.

"사위이신 채동욱 씨와 오찬희 군과의 친자 관계가 성립되지 않습니다."

"그렇죠. 우리 채 서방이 그럴 사람이 아니에요."

"그럼 뭐죠?"

"그저… 채동욱 씨가 의료사고를 일으킨 것 같습니다."

사건이 아니라 사고다. 하지만 은폐했으니 사고에서 사건으로 발전할 것이다. 박복자가 고소할 일은 없지만, 본의 아니게 대리모가 된 다른 쪽은 고소를 할지도 모르니까.

"의료사고요?"

박복자의 눈동자가 반짝였다.

"예, 수정된 시험관이 바뀔 확률도 있습니다."

그 순간 박복자가 바짝 내 쪽으로 당겨 앉았다.

"그럼 우리 찬희가 살아 있을 수도 있다는 말이네요?"

"예."

물론 이것도 내 추론이다. 채동욱이 의료사고를 은폐하기 위해 저지른 일이라면 분명히 또 다른 피해자가 있을 것이다. 물론 나는 그럴 가능성도 염두에 두고 병원에 대한 수색영장과 채동욱에 대한 체포 영장, 그리고 구속영장을 받아놓은 상태이다.

"그, 그게 사실이면 다 용서할 수 있어요, 검사님!"

박복자는 흥분한 것 같다.

그리고 오현수는 묘한 눈빛을 보였다.

마치 만감이 교차하는 눈빛처럼 보였다.

"예."

"그럼 내가 죄 없는 며느리를 고발한 거군요."

어느 순간 박복자는 강슬기를 죄가 없는 며느리라고 했다.

저러니 모진 시어머니도 못 될 것 같다. 분명 강슬기는 불륜을 저지른 여자인데, 저런 태도를 보이니 말이다.

'어떻게 말을 하냐.'

답답한 순간이다. 하지만 분명하게 말해야 한다.

"저, 박복자 씨."

일순 내 표정이 무거워지자 박복자가 불안한 눈빛으로 나를 봤다.

"예, 더… 더 하실 말씀 있으신가요?"

"…놀라지 마십시오."

"저번에도 그렇게 말씀하셨는데……."

맞다. 저번에도 나는 검사 주제에 소설가처럼 소설을 쓰고 박복자에게 말했다. 그러니 저런 반응이 나오는 거고.

"이번에는 정확하게 밝혀진 사실입니다."

"뭐죠?"

"…오현수 씨에게 뺑소니 사고를 낸 용의자를 검거했습니다."

"정말요?"

"예, 그리고 그 뺑소니를 사주한 사람도 확인했습니다."

"뭐, 뭐라고요?"

"누, 누굽니까? 그 파렴치한 짓을 저지른 놈이 누구죠?"

박복자는 놀라 말을 더듬었고, 오현수는 담담한 어투로 내게 물었다.

"…채동욱 씨입니다."

"예?"

"채동욱 씨가 차인수라는 남자를 이용해 오현수 씨를 교통사고로 위장해 죽이려 했습니다."

"뭐, 뭐라고요?"

오현수가 나를 노려봤다.

"그게 사실입니까? 또 소설을 쓰는 거 아닙니까?"

이제는 따지듯 내게 물었다. 수사 과정에서 오현수와 채동욱이 친한 친구 사이라는 것을 알게 되었다. 그리고 동생인 오희영에게 채동욱을 소개시켜 준 사람도 오현수였다는 사실을 알았다.

"예, 사실입니다. 뺑소니 사건에 대한 공소시효는 지났지만, 살인 교사에 대한 공소시효는 남았습니다."

"으으으윽!"

박복자가 뒷목을 잡고 쓰러질 것처럼 신음 소리를 토해냈다.

"어머니!"

"사모님!"

나도 놀랐다. 하지만 박복자는 빠르게 정신을 차리고 날 노려봤다.

"검사님, 만약 그 말이 사실이 아니라면 검사님 그냥 안 둡니다."

"예."

나도 모르게 지그시 입술을 깨물었다.

"어떻게 하시겠습니까?"

내가 수사관들을 대기시킨 것은 이것 때문이다.

어떻게 보면 가족의 일이다.

법으로 응당 처벌을 받아야 할 일이지만 가족의 일이기도 했다.

"…제 뜻대로 되는 건가요?"

"법대로 처벌을 받아야 할 겁니다."

"그런데 왜 물어보시는 겁니까?"

박복자가 나를 노려봤다.

"송구한 마음이 들어서……."

정말 소설 한번 엉망으로 쓰고 박복자에게 꽤나 많은 잘못을 하는 것 같다.

"검사님!"

그때 오현수가 나를 불렀다.

"예, 검사님!"

"이 모든 것이 결국은 다 채동욱 때문이라는 거죠?"

"그렇습니다."

"찬희 엄마가 바람이 난 것도 다 채동욱 그 망할 놈 때문에 그런 거였고요."

어떤 면에서 피해자인 오현수는 그렇게 생각할 수도 있을 것 같다.

'강간은 말하지 말아야겠다.'

오현수에게 더 큰 상처를 줄 수도 있으니까.

"그 판단은 제가 할 사항이 아닌 것 같습니다."

"그래도 검사님 때문에 우리 찬희도 찾을 수 있고……."

스르륵!

그때 문이 열리고 자고 있던 오찬희가 나왔다.

"할머니~ 나 쉬 마려워."

찬희의 말에 박복자가 바로 자리에서 일어나다가 휘청거렸다. 하지만 바로 정신을 차리고 찬희를 보고 미소를 보였다.

"우리 강아지~ 쉬 마려웠어?"

정말 찬희를 사랑하는 박복자였다. 그리고 이제는 미워할 이유도 사라졌으니 미안한 감정만 남아 있을 것이다.

"응."

"그래그래, 너는 죄가 없지. 가자. 이 할머니랑 쉬하자."

"그런데 할머니, 엄마는 언제 와?"

어린 찬희가 박복자에게 물었다.

"내일 올 거야."

"정말?"

"응, 할머니가 내일 데리고 올게."

"응."

찬희의 표정이 금방 밝아졌다.

그리고 찬희를 데리고 화장실로 갔다.

"…고소하겠습니다. 저는 채동욱이 강력한 처벌을 받기를 원합니다."

박복자가 찬희를 데리고 나가자 오현수가 내게 다짐을 하듯 말을 꺼냈다. 화장실에서 나온 박복자는 만감이 교차하는 눈빛을 보였다. 누가 뭐라고 해도 사위였으니까.

"알겠습니다."

"그리고……."

"네, 꼭 찾아드리겠습니다. 진짜 찬희 군을."

"으음……."

찬희 이야기가 나오자 오현수는 묘한 표정을 지었다. 나라고 해도 저랬을 것이다. 하지만 똑같은 상황을 당했을 다른 부모보다는 충격이 덜할 것이다. 이제는 찬희를 미워할 이유가 없으니까.

따르릉~ 따르릉~

나는 출동한 오 수사관에게 전화를 걸었다.

—예, 검사님.

"집행하세요."

—예, 알겠습니다.

"뭐랍니까?"

현장에 있던 조명득이 오 수사관에게 궁금하다는 듯 물었다.

"집행하시라네."

"그렇죠. 집행해야죠. 살인교사니까. 갑시다."

"예, 선배님."

운전석에 있던 마 수사관이 짧게 대답하고 시동을 걸었다.

부우우웅!

* * *

"채동욱 씨죠?"

오 수사관이 당황스러운 표정을 지어 보이는 채동욱에게 알면서도 물었다.

"왜 그러시죠?"
"차인수 씨를 아시죠?"
차인수라는 말에 채동욱의 표정이 굳었다.
"…모릅니다."
"모르신다고요? 그렇군요. 당신을 오현수 씨 살인 교사 혐의로 긴급 체포합니다. 채동욱 씨는 묵비권을 행사할 수 있고, 변호사를 선임할 수 있으며, 앞으로 채동욱 씨가 하는 모든 말과 행동은 법정에서 불리한 증언이 될 수 있음을 말씀드립니다."
"왜, 왜 이러는 겁니까?"
철컥!
채동욱의 손목에 수갑이 채워졌고, 그는 버럭 소리를 질렀다.
"지금 뭐 하시는 겁니까! 나는 차인수를 모릅니다! 그리고 체포 영장 있습니까?"
"아차, 제가 요즘 나이를 먹고 건망증이 생겼나 봅니다. 여기!"
"이건……."
채동욱이 본 것은 체포 영장이 아니라 병원 압수수색영장이었다.
"아차, 이건 압수수색영장이네요. 이겁니다."
오 수사관이 영장을 바꿔서 채동욱에게 보여줬다.
"뭐 합니까? 집행하셔야죠. 압수수색!"
"압수수색은 왜 하는 겁니까?"
"오현수 씨와 강슬기 씨의 인공수정에 관한 의료사고가 접수되었습니다. 그것도 은폐하셨죠? 그래서 압수수색 하는 겁니다."
오 수사관의 말에 채동욱의 표정이 더욱 굳었다.

"이, 이런……."

사람들이 수갑을 찬 채동욱을 보고 모여들었고, 오 수사관의 말에 놀란 표정을 지어 보이며 수군거렸다. 그리고 꽤 많은 사람들이 진료 대기를 하고 있다가 진료를 취소시키고 병원을 나갔다.

"왜요? 아닙니까?"

"……."

채동욱은 아무 말도 못하고 지그시 입술을 깨물었다. 그리고 그때 병원 입구에서 여자 하나가 씩씩거리며 채동욱에게 다가오다가 수갑을 찬 모습을 보고 찰나지만 놀랐다가 다시 다가왔다.

"여, 여보!"

짝!

채동욱이 여자에게 '여보'라고 불렀지만, 오희영은 바로 수갑을 찬 채동욱의 뺨을 때렸다.

"여, 여보!"

"하, 이것 참 꼴좋네."

"이거 다 오해야."

"오해? 나는 그런 거 모르겠고, 내가 아는 건 네가 바람을 피웠다는 거야."

오희영의 말에 채동욱이 화들짝 놀라는 표정을 지어 보였다.

"그건 진짜 오해야! 진짜 오해라고!"

"진희 씨가 다 말했거든! 너랑 이혼이야! 소름 끼쳐!"

오희영이 채동욱을 노려봤다.

"또 때리시면 안 됩니다."

조명득이 재미있다는 표정을 지었다가 최대한 담담한 표정을 지어 보이며 오희영에게 말했다.

"흥! 더 때릴 가치도 없어요."

오희영은 그렇게 말하고 돌아섰다. 그리고 채동욱은 푹 고개를 숙였다. 채동욱의 인생은 이 순간에 끝난 거였다. 의사로서의 명예가 숨겨온 더러운 과거 때문에 물거품이 됐으니까.

"가시죠."

"……."

그렇게 채동욱은 더는 아무 말도 못하고 체포되어 검찰청으로 이송됐다.

그리고 병원의 모든 서류가 압수됐다.

* * *

철컥!

굳게 닫혀 있던 구치소 문이 열렸고, 박복자가 구치소 문을 열고 나오는 강슬기를 만감이 교차하는 눈빛으로 봤다.

"슬, 슬기야……."

박복자가 강슬기의 이름을 불렀다.

"어머니……."

"그게……."

"제가 죄송해요. 사실대로 말씀드렸어야 하는데."

"아니다. 이게 다 그놈 때문이다. 그놈 때문에 이런 일이 일어난 거야. 그리고 우리 현우도 그 망할 놈이 죽이려고 한 거고."

"예?"

"너는 모르겠구나. 우선 가자. 집에서 찬희가 기다린다."

"…예."

참 묘한 고부 관계다. 그리고 앞으로도 이 고부 관계는 묘하게 흘러갈 것이다. 두 손을 꼭 잡고 가는 것을 보니 고부는 이 구치소 앞에서 모든 과거의 기억을 풀기로 한 것 같다. .

과거에 연연하지 말자.

우리에게는 살아갈 미래가 더 많이 남아 있으니까.

"그리고 잘하면……."

박복자가 강슬기를 봤다.

"예?"

"잘하면 우리 진짜 찬희를 찾을지도 모르겠다."

"뭐… 라고요?"

강슬기는 놀라 박복자를 뚫어지게 봤다.

"의료사고라네. 채 서방, 아니, 그 망할 것이 은폐한 의료사고였어."

박복자의 말에 강슬기는 놀란 표정을 감추지 못했다.

* * *

채동욱이 피의자 신분으로 내 앞에 앉았다.

그런데 제법 눈빛이 당당했다.

"모든 사실을 부인하시는 겁니까?"

"제게는 묵비권이 있죠."

채동욱은 그래도 많이 배웠다고 묵비권을 행사했다.

법의 맹점을 정확하게 아는 것이다.

"흠, 묵비권이 불리하게 작용할 수 있습니다. 차인수 씨가 전부 자백했으니까요."

"범죄자의 말을 어떻게 믿을 수 있죠?"

채동욱은 살짝 미소까지 머금으며 나를 야렸다.

"뭐라고요? 자백도 증거가 된다는 것을 변호사에게 들었을 텐데요?"

"들었죠."

여전히 여유로운 태도이다.

채동욱은 꽤나 규모가 큰 로펌의 변호사를 고용했다.

돈!

정말 돈이면 다 되는 세상인 모양이다.

"하, 이러시면 곤란합니다."

사실 채동욱이 이러면 내가 곤란하다.

"지금 검사가 협박하시는 겁니까?"

"이 사람이 정말!"

"저는 그런 적 없습니다. 저는 차인수라는 사람을 모르고 만난 적도 없습니다."

망할 새끼다.

이러면 유령이 다시 나와야 할지도 모른다. 하지만 고작 이번 일로 유령을 꺼내면 안 된다. 다른 방법을 찾아야 한다.

'뻔하지. 돈으로 매수하겠지.'

그럼 방법은 간단하다. 불법적이지만 차인수의 친인척 통장을 해킹하면 된다. 즉 하데스가 나서면 된다.

지금은 결코 유령이 나설 때가 아니었다.

*　　*　　*

구치소 특별 접견실.

“무슨 말인지 아시겠죠? 살인미수는 20년입니다. 좋은 청춘 다 교도소에서 보내고 싶지 않죠?”

변호사가 차인수에게 말했다.

“…예, 변호사님.”

놀라운 사실은 지금 차인수에게 말하는 변호사는 다름 아닌 채동욱의 변호사였다.

그리고 차인수를 만나기 위해 차인수의 변호도 담당했고.

“법정에서 자백은 번복해도 됩니다.”

“하지만 조사관이 녹음한 것이 있습니다.”

“불륜을 알고, 협박당했다고 말하세요.”

“불륜이라고요?”

“협박은 최고 10년 이하의 유기징역이죠. 20년 이상인 살인미수와는 다릅니다. 그리고 금품을 대가로 받고 이뤄진 살인미수는 형량이 더 무겁습니다. 협박은 아무리 길게 맞아도 10년 이하입니다. 평균적으로 3년 이하의 형을 받죠.”

변호사의 말에 차인수가 지그시 입술을 깨물었다.

그리고 번뜩 뭐가 떠올랐는지 묘한 눈빛으로 변했다.

“5억을 입금하세요. 제 아내 통장으로 5억 입금하시면 그렇게 해드리겠습니다.”

차인수의 말에 변호사는 어이없다는 표정을 지어 보였다.

"뭐라고요?"

"나는 20년을 받든 10년을 받든 상관이 없거든. 사회에서 백수로 끼니를 걱정하는 것보다 교도소에서 끼니 걱정 않는 게 낫지. 길면 길수록 더 좋고. 내가 입만 뻥끗하면 채동욱은 끝나는 거잖아? 이것도 또 로또네. 히히히!"

그의 뒤로 악마의 그림자가 보였다.

"아니면 나는 법정에서 진실을 말할 겁니다. 위증죄까지 덮어쓰기는 싫거든."

"하하하! 머리가 좋네요. 공부를 열심히 하셨으면 변호사도 됐겠어요."

"그러게요. 우리 엄마가 공부하라고 할 때 할 것을……."

비릿하게 웃는 차인수였다.

그렇게 더러운 거래는 이뤄지고 있었다.

"5억을 아내 통장으로 입금시키랍니다."

변호사의 말에 채동욱은 황당한 표정을 지어 보였다.

"뭐라고요?"

"이런 사건 담당하기 싫은데, 어쩌실 겁니까?"

변호사는 찰나지만 양심이 있는 척했다.

하지만 그 양심이라는 것 역시 돈에 굴복하는 양심일 것이다.

"그 인간이 그럽니까?"

"예, 교도소 가면 더 이상 끼니 걱정할 필요가 없다고……."

"입금시키세요."

"…그러죠. 그리고 성공 보수를 좀 더 주셔야겠습니다."

변호사의 말에 채동욱의 표정이 어두워졌다.

"뭐라고요?"

"차인수 씨의 말을 듣고 보니 그렇더라고요. 이게 자기한테는 로또라고."

변호사 역시 비릿한 미소를 보였다.

"얼마를 원해?"

채동욱의 표정이 어두워졌다가 변호사를 째려보고 물었다.

"3억 더 주십시오. 20년 이상 무기징역도 가능합니다. 3억은 다시 개원하시면 금방 버시잖습니까?"

"…알겠소."

또 한 번의 더러운 거래가 이뤄졌다.

"살인 교사는 증거불충분으로 마무리될 겁니다. 하지만 의료사고 은폐는 유죄 판결을 받으실 겁니다. 민사소송도 당하게 될 거고요."

"으음……."

"이게 제가 해드릴 수 있는 최선인 것 잘 아시죠?"

"알겠습니다. 잘 처리해 주세요."

"이거……."

변호사가 서류 한 장을 내밀었다.

"이게 뭡니까?"

"사람은 원래 화장실 갈 때 다르고 나올 때 다른 법이죠. 금융대리인 동의서입니다. 이거 한 장이면 가지고 있는 자산을 처리해 10억을 마련할 수 있을 것 같습니다."

다시 말해 변호사 수임비가 5억이라는 의미였다.

"이, 이건……."

"다른 선택은 없으시잖아요."

변호사의 말에 어쩔 수 없이 채동욱은 금융대리인 동의서에 서명했다.

"잘 마무리해 주십시오."

"여부가 있겠습니까?"

*　　　*　　　*

어느 평범한 아파트 거실.

"아빠! 빵빵빵!"

아이 하나가 장난감 총을 가지고 소파에 누워 TV를 보고 있는 남자에게 쐈다.

"으윽! 꼴까닥!"

소파에 누워 있던 남자는 아이의 장난에 맞춰주기 위해 죽은 시늉을 하면서도 눈은 TV를 향해 있다. 그도 그럴 것이, 박지성 선수가 나오는 경기를 보고 있으니 진짜 죽어도 축구를 좋아하는 남자라면 이 순간 눈을 감지 못할 것이다.

"아빠! 왜 안 죽어?"

아이가 눈을 뜬 채 TV를 보고 있는 아빠에게 따지듯 물었다.

"으으윽!

남자는 다시 눈을 감았지만 실눈을 뜨고 TV를 봤다.

—꼬오오오올! 박지성 선수가 골을 터뜨렸습니다!

"꼬오오올!"

남자가 박지성 선수가 골을 넣는 모습을 실눈으로 보고 벌떡 일어났다.

"골? 꼴? 꼬오오오올!"

아이가 좋다고 아빠를 따라 했고, 남자는 아이를 안고 마치 자기가 골을 넣은 것처럼 좋아했다.

"역시 박지성이라니까! 우리 태영이도 박지성 선수처럼 최고의 축구선수가 돼야지?"

"응, 아빠! 그런데 나는 군인 아저씨가 되고 싶은데."

"뭐?"

따르릉~ 따르릉~

"태영이 아빠! 전화 좀 받아요!"

설거지를 하던 여자가 소파에서 누워 있는 남자에게 소리쳤고, 남자는 마지못해 전화를 받았다

"여보세요?"

"하수홍 씨입니까?"

"그런데요?"

"놀라지 마십시오. 저희는 군산 검찰청……."

"또 보이스 피싱이네… 끊어! 요즘 개나 소나 검찰청이라네."

뚝!

"뭔데?"

"조선족 짱깨!"

졸지에 박동철 검사는 조선족 짱깨로 전락했다.

검사실

"왜 그러십니까?"

"…제가 조선족 짱깨가 됐네요."

나는 어이가 없다는 표정으로 마 수사관에게 말했다.

"요즘 하도 보이스 피싱이 극성이라 그런 것 같습니다. 하하!"

마 수사관이 재미있다는 표정으로 내게 말했다. 물론 내게는 황당한 일이지만 보이스 피싱을 대처하는 가장 좋은 방법이다.

그리고 참 다행스럽게도 오찬희의 친부모를 찾았다.

또한 오현수와 강슬기의 친아들도 찾았고.

*　　　*　　　*

"그, 그게 무슨 말입니까?"

태영의 부친이 박복자의 말을 듣고 난감한 표정을 지었다. 물론 박복자의 옆에 앉아 있는 오현수와 강슬기도 착잡한 표정을 숨기지 못했고, 태영이 엄마의 표정은 넋이 나간 사람처럼 변했다.

"…충격이 크시겠지만 사실입니다."

"이, 이해가 안 되잖아요. 어떻게 이런 일이 일어날 수 있습니까! 다시 말해서 제 아내가 대리모였다는 거잖습니까?"

어떻게 보면 그렇게 보일 수도 있었다.

"그건… 저희 며느리도 같은 상황이죠."

"믿어지지 않아요. 흑흑흑!"

태영의 모친은 눈물을 주르륵 흘렸다. 3년 동안, 정확하게 만 35개월을 키웠다. 그런데 지금까지 금지옥엽 키운 아들이 친아들이 아니라는 말에 태영의 아빠와 엄마는 충격에 빠졌다.

"이런 일이 왜 일어난 겁니까?"

태영 아빠가 박복자에게 따지듯 물었다.

"…그러게요."

"이제 어떻게 해요, 여보! 흑흑흑!"

태영의 엄마가 눈물범벅이 되어서 남편에게 물었다.

"그러니까……."

뾰족한 답이 없는 것은 태영 아빠도 마찬가지였다.

"저기 태영이 어머니, 아버지, 이 늙은이 이야기 좀 들어보시겠습니까?"

"예?"

"아이들이 바뀌었다고 생각하지 말고 아들 하나가 더 생겼다고 생각하시면 어떨까요?"

"뭐, 뭐라고요?"

"지금 아이들이 바뀌었다고 해서 아이를 바꾸면 아이들이 큰 충격을 받을 겁니다. 그러니까 아이들이 바뀐 것만 알고 이대로 지내는 것은 어떻습니까? 사이좋은 친척처럼."

박복자가 며칠을 고민하고 내린 결정이다. 물론 그 결정은 오현수와 강슬기의 결정이기도 했다. 현실은 두 엄마가 대리모처럼 아이를 임신해서 낳은 꼴이지만 결국 두 엄마 모두 자기 배 아파서 낳은 아들이다.

"그, 그게……."

태영의 아빠는 혼자 결정을 내릴 수 없다는 표정으로 말을 더 듣으면서 아내를 봤다.

"꼭 원하신다면 어쩔 수 없이 바꿔야 하겠지만, 애들 충격이 클 겁니다. 엄마 아빠인 줄 아니까요."

그때 아무 말도 없던 강슬기가 울고 있는 태영 엄마의 손을 잡으며 말했다. 그 손길에 태영 엄마가 강슬기를 봤다.

"힘드시죠?"

"저도 힘들어요."

강슬기는 자신도 모르게 주르륵 눈물을 흘렸고, 한순간 주변은 눈물바다가 됐다.

"생각해 보겠습니다."

"천천히 생각하세요. 그리고 제가 경제적으로 도움을 드릴 수 있을 겁니다. 우리 손자 편하게 지낼 수 있게."

돈으로 모든 것이 해결되지는 않겠지만 이게 조모의 마음일 것이다.

"돈은 필요 없습니다. 많이 벌지는 않지만 아쉽지도 않습니다. 돈으로 해결될 일이 아니죠."

각자의 금전적 풍요의 가치는 다를 것이다.

"미안해요. 늙어서 괜한 소리를 했네요."

박복자는 바로 태영의 부모에게 사과했다.

"그건 그렇고, 어떻게 하실 겁니까?"

"뭘 말이죠?"

오현수가 태영 아빠의 질문에 되물었다.

"이 모든 것이 그 망할 놈의 의사 잘못이 아닙니까?"

태영 아빠의 말에 박복자의 표정이 어두워졌다.

"응당한 대가를 치르게 해야죠."

"…경찰에 고발할 겁니다."

태영 아빠가 분노에 가득 찬 눈빛으로 말했다.

"이미 검찰에 고소되어 구속되어 있습니다."

오현수가 차분하게 말했다.

"잘됐네요. 망할 놈!"

"민사와 형사 재판 모두 준비할 겁니다."

박복자가 차갑게 말했다.

* * *

1개월 후 재판장, 증인석에 차인수가 앉아 있고, 차인수는 가증스러운 표정으로 자백한 사실을 모두 번복했다.

"지금 증인은 위증을 하고 있습니다!"

나는 벌떡 일어나 소리를 질렀다.

예상한 일이지만 나도 모르게 화가 치밀었다.

모든 것에 대해서 대비했는데 나도 모르게 욱했다.

"검사, 자중하세요."

"…죄송합니다."

판사가 나를 바로 제지했고, 난 자리에 앉을 수밖에 없었다.

"이상입니다, 판사님. 제 의뢰인은 검찰의 강압적인 자백 강요에 의해 거짓 자백을 한 것입니다. 이상입니다."

"검사, 반대 신문 하십시오."

나는 천천히 자리에서 일어나며 한숨을 내쉬었다.

"휴우! 재판장님!"

나는 반대 신문을 하기 전에 판사를 불렀다.

"왜 그럽니까, 검사? 반대 신문 없습니까?"

"법정에서 위증을 하면 위증죄가 성립되지 않습니까?"

내 말에 당연한 질문을 한다는 표정으로 판사가 나를 봤다.

"당연하죠."

"그럼 저는 반대 신문 하겠습니다."

나는 자리에서 일어나 천천히 증인석에 앉아 있는 차인수에게 다가갔다. 그리고 증인 보호석 울타리 문을 열고 들어갔다.

"검사, 지금 뭐 하는 겁니까?"

변호사가 내 행동을 제지하려고 했다.

"아주 중요한 사실을 증명하기 위해서 하는 행동입니다."

나는 판사를 보며 말했다.

"계속하세요."

지금 판사는 내게 최초로 연수원 실업계 나왔느냐고 놀린 판사님이다. 우리 학교 선배이기도 하고.

그래서 내게 계속하라고 한 것이다. 물론 나는 내가 준비한 것에 대해서 살짝 귀띔해 줬다. 판사의 말에 변호사가 못마땅하다는 표정으로, 또 이런 재판장에서 학연이 공공연하게 영향을 미치고 있다는 뉘앙스의 표정을 지어 보이며 자리에 앉았다.

'너는 뭐 됐어, 변변.'

나는 찰나지만 변호사를 째려봤다. 그리고 더욱 차인수에게 밀착했다.

"흐음, 아내 분을 몇 퍼센트나 믿으세요?"

나는 차인수만 들을 수 있게 말했다.

"뭐, 뭐라고요?"

"마지막 기회입니다. 위증죄가 추가되지 않을 기회를 드리는 겁니다. 5억, 아내분의 통장으로 넣어달라고 하셨죠? 제가 어떻게 알까요?"

내 말에 차인수가 굳었다.

"5초 드릴게요. 결정하시죠. 5, 4, 3, 2, 1."

나는 차인수에게 그렇게 속삭이고 천천히 걸어서 증인석 울타리 밖으로 나왔다.

"증인!"

"…예, 검사님!"

차인수의 목소리가 변했다.

"검사인 제가 강압적인 방법으로 자백을 받았습니까?"

나는 미소를 머금고 차인수에게 물었다.

"…아, 아닙니다."

"증인, 구치소 접견실에서 변호사를 접견했죠?"

내 심문에 차인수가 변호사를 보자 변호사의 표정이 굳었다가 바로 자리에서 일어났다.

"검사는 지금 사건과 관계없는 사항으로 사건의 논점을 흐리고 있습니다!"

"기각합니다."

판사가 단호하게 말했다.

"변호사한테 위증하는 대가로 얼마 달라고 하셨습니까?"

내 단도직입적인 질문에 방청객이 웅성거리기 시작했다.

"다시 질문하죠. 변호사가 위증을 하면 증거가 없다고 위증하라고 종용했죠? 그리고 그 대가로 5억을 받으셨죠. 그것도 아내의 통장으로!"

나는 바로 차인수의 대답도 듣지 않고 판사를 봤다.

"존경하는 판사님, 차인수 씨의 아내인 홍진경 씨의 통장 잔고 복사본입니다."

나는 채동욱이 묵비권을 행사하겠다고 할 때부터, 더 정확하게는 비싼 로펌의 변호사를 선임할 때부터 준비했다. 그리고 다소 불법적이지만 차인수의 아내인 홍진경의 계좌를 추적했다. 물론 하데스인 조명득이 했다. 그리고 돈이 입금되는 순간 바로 홍진경을 찾아갔다. 물론 내 행동이 불법이기에 홍진경과 또 다른 거래를 했지만 말이다. 그리고 받은 것이 바로 이 통장 사본이다. 물론 홍진경은 이미 자기 나름대로 돈세탁을 했다. 물론 방법도 내가 알려줬는데 정선 카지노에 가서 다 날린 척을 하라고 했다.

물론 이건 위법은 아니지만 편법이다.

"판, 판사님!"

"기각합니다. 입 다무세요, 변호사!"

변호사가 떨리는 목소리로 판사를 불렀으나 판사는 놀랍게도 신성한 법정에서 입을 다물라고 말했다.

"증거로 채택해 주십시오."

나는 홍진경의 통장 잔고 복사본을 제출했다.

"다시 묻겠습니다, 차인수 씨! 채동욱 씨가 8년 전에 교통사고로 위장해서 오현수 씨를 죽이라고 지시했습니까?"

내 심문에 차인수는 지그시 입술을 깨물었다.

"법정에서 위증하면 위증죄가 추가될 수 있습니다. 대답하세요."

"…네, 8년 전 교통사고로 위장해서 죽이라고 지시했습니다."

차인수는 결국 진실을 말했고, 자신만만하게 피고석에 앉아 있던 채동욱은 모든 것을 포기했다는 듯 고개를 푹 숙였다.

"존경하는 재판장님, 이세찬 변호사를 증거 조작 및 위증 교사로 법정 구속을 요청합니다."

"검사의 요청에 의해 피의자 이세찬을 법정 구속 합니다."

땅땅땅!

1차 공판은 내 완벽한 승리로 끝이 났고, 채동욱의 변호를 담당했던 변호사는 법정 구속이 됐다. 이제는 어떤 변호사도 채동욱의 죄를 깎기 위해 변호를 담당하지 않을 것이다. 법정에서 차인수가 모든 것을 진술했으니 말이다. 그렇게 한 달이 지나 최종 공판일이 됐고, 다른 변론이나 이의 없이 최종 구형만 남겨두고 있었다.

"존경하는 재판장님, 피고 채동욱에게 살인 교사 및 위증 교사를 적용하여 징역 20년을 구형합니다."

내 구형에 채동욱이 고개를 푹 숙였다.

"피고 채동욱의 위증 교사는 18년을 선고하고, 자격 정지 5년을 선고한다. 자격 정지의 시작 일은 출소 후로 한다."

탕! 탕! 탕!

살인 교사로 18년이면 낮은 형량은 아니었다. 아니, 거의 최대치라고 보면 될 것이다. 판사는 돈 때문에, 그것도 상속권 때문에 매형을 살인 교사했다는 것이 중형이 집행된 이유라고 법정에서 밝혔다. 그리고 차인수는 살인 미수가 적용되어서 12년 형을 선고받았다. 이 역시 낮은 형량이 아니었다.

* * *

“아빠, 이것 봐!”

찬희가 응접실에서 박복자가 아끼는 도자기를 들고 장난을 치고 있다. 낑낑거리며 들고 있는 모습은 위태로워 보였고, 그 모습을 본 오현수는 바로 휠체어를 끌고 빠르게 찬희에게 다가갔다.

“어어어!”

들고 있던 도자기가 무거웠는지 오현수가 휠체어도 끌고 오기 전에 손에서 떨어뜨렸고, 그 도자기는 오현수의 발등에 떨어졌다.

쾅! 쨍그랑!

“아아악!”

발등에 도자기가 떨어지자 오현수가 비명을 질렀다. 자신이 지른 비명에 오현수의 표정이 굳었다. 그때, 도자기 깨지는 소리를 듣고 급하게 강슬기와 박복자가 주방과 안방에서 뛰어나왔다.

“무슨 일이야?”

“여, 여보!’

오현수가 놀란 표정으로 강슬기를 불렀다.

“어떻게 된 거예요?”

강슬기는 깨진 도자기 파편 중앙에 서서 겁먹은 표정이 된 찬희를 안고 오현수에게 물었다.

“아, 아파! 발등이 아파!”

“뭐, 뭐라고요?”

“발, 발등이 아프다고!”

오현수는 하반신 마비다. 그러니 통증을 느낄 수가 없다. 그런데 지금 아프다고 했다. 아니, 분명 아파서 비명을 질렀다.

"여, 여보!"

"나 아파! 아파서 좋아 죽겠어!"

그렇게 오현수에게 감각이 다시 돌아오고 있었다. 그리고 아이가 바뀐 두 부모는 아이가 커서 이 상황을 이해할 때까지 친척처럼 지내며 자기 아들로 알고 있는 찬희와 태영을 그대로 키우기로 했다.

부모니까.

아니, 부모라서 아이가 받을 충격을 알기에 내린 결정이었다.

"꼬오오오오롤! 꼴꼴꼴!"

태영이 소리쳤고, TV 화면에서는 수비수 이영표 선수가 천금 같은 동점골을 터뜨린 장면이 보였다.

"우리 아들 잘하는데!"

"시끄러워요. 부자가 아주 축구만 하면 난리네. 너는 뭘 안다고 그래?"

태영 엄마가 꼴을 외치며 좋아하고 있는 태영을 보며 물었다.

"저기에 공 넣으며 꼴! 이영표! 이영표 선수가 꼴 넣었어요! 헤헤헤!"

알 것은 다 아는 태영이었다. 그리고 태영과 찬희는 오래도록 두 아빠와 두 엄마를 두고 행복하게 살 것 같았다.

제7장
까치 까치설날에는

"대전이요."

2년 만에 집에 간다. 그러고 보니 군산지청으로 내려온 지도 2년이 된 것 같다. 그동안 엄청난 사건들을 해결했고, 나에 대한 정치권의 박동철앓이는 계속됐다. 마치 언제까지라도 오매불망 기다리겠다는 눈치다. 하지만 나는 지금 정치에는 관심이 없다.

따르릉~ 따르릉~

버스표를 끊자마자 전화가 왔다.

"…놀라게 해드려야지."

나는 핸드폰을 보고 씩 웃으며 전화를 받았다.

"예, 아버지."

—오냐.

대부분 부자의 대화는 이 정도로 짧다.

"음, 요즘 바쁘네요."

"여기 있습니다."

그때 매표소 직원이 내게 대전행 버스표를 내밀었고, 나는 여직원에게 눈인사를 하며 표를 받았다.

설날 전이라 나는 대중교통을 선택했다.

분명 고속도로는 막힐 것이고 또 마산으로 가는 직통 버스도 없지만 그래도 차를 몰고 가는 것보다는 대중교통이 더 빠를 것이다. 그리고 조명득은 이미 서울로 미선을 만나기 위해 갔다.

그러고 보니 미선의 가족은 미선을 따라 서울로 다 올라갔고, 최근 미선이 찍은 영화 광안리는 1,000만 관중을 넘어 자기가 만족할 정도의 스타(?)가 됐다. 물론 내 돈이 꽤 많이 들어간 일이다.

—그렇지. 나랏일 하는 사람이라 바쁘지. 알았다. 끊자.

모든 일을 나랏일 한다고 다 이해하신다. 하지만 약간 서운해하는 목소리였다.

"예."

—아들은 안 오는데 며느리는 온다네. 쩝!

"하하하! 그래요?"

—알았다. 끊자.

뚝!

아버지는 본인 할 말만 하고 전화를 끊었다.

"하여튼 성격 급해지셨다니까. 은희도 온다고 했지."

난 은희를 떠올리고는 이번 설날이 꽤나 즐거울 것 같다는 생각이 들었다.

*　　　*　　　*

"가합 청백전인데……."

은희 앞에서 기획사 대표가 은희의 눈치를 보며 말꼬리를 흐렸다.

"왜 연말에 안 하고 지금 한대요?"

"그러게. 그래도 출현해야 하지 않겠어? 일본에서 벌어들이는 매출이……."

이 둘의 관계가 역전된 것은 은희가 빌보드 차트 1위를 8주 동안 한 직후였다.

"미미했죠."

"…그렇지. 일본 매출은 미미하지. 그래도 꼭 출현해 달라는 요청이 있어서……."

"흠, 그래도 설날이잖아요. 이번에는 펑크 내는 것도 아니고 스케줄도 안 잡았으니까 그냥 집에 갈래요. 5년 만에 가는 건데."

"알았어. 뭐라고 하겠어."

"다녀와서 열심히 달릴게요."

은희의 말에 기획사 대표가 은희를 빤히 봤다.

"왜요?"

"결혼해야지."

"왜요?"

"요즘 결혼이 흠도 아니고……."

요즘 펑크의 여왕인 은희가 공연 펑크를 내는 경우는 거의 없었다. 그러고 보니 은희의 나이가 벌써 스물아홉이었다.

"제가 하고 싶다고 할 수 있나요. 하겠다고 해야 하지."

은희는 박동철의 얼굴을 떠올렸다. 그리고 살짝 괘씸하다는 생각이 들었다.

무려 연애 기간이 10년이고, 짧지만 3개월의 동거 기간도 있다.

"꼭 남자가 프러포즈할 필요는 없잖아?"

기획사 대표가 생각하기에 최은희가 가장 사고를 안 칠 좋은 방법은 어떻게든 박동철과 결혼시키는 일이었다.

"그런데 왜 갑자기 결혼 이야기를 꺼내시죠?"

"제일그룹 스캔들도 있고, 명성그룹 셋째하고의 스캔들도 있고, 박태수 선수와의 스캔들은 아무도 안 믿으니 상관없지만 계속해서 스캔들이 뜨네."

최은희가 공연을 펑크 낼 때마다 스캔들이 돌았다.

"왜 애플 스캔들은 말씀 안 하세요?"

미소를 보이는 최은희다.

"그건 스캔들이 아니라 스토커고!"

세계적인 기업의 젊은 임원이 최은희를 스토킹 하는 초유의 사태도 있었다.

"그러니까 결혼하는 것이 어때?"

"해야죠. 까치 까치설날인데. 이번에는 꼭 해야죠."

최은희는 작심한 것 같다.

"그리고 박동철 검사도 유명인이라서 또 한 번 큰 이슈가 될 거야. 가장 깨끗한 정치인이 될 후보 1위라네."

"별것을 다 1위 하네요."

"그러게. 들리는 소문으로는 내년부터, 그러니까 이제는 올해네. 정치계에 입문한다는 소문도 있어."

"…그건 나도 모르는 소문이네요."

"정치계에서는 쫙 깔렸어."

"절대 우리 동철이는 그런 머리 아픈 거 할 사람이 아니거든요. 걔, 은근 무식해요."

최은희의 말에 연예 기획사 대표는 속으로 최은희를 욕했다. 그도 그럴 것이, 최연소로 사법고시를 합격하고 검사로 활동하는 박동철을 무식하다고 말하는 사람은 최은희밖에는 없을 테니까.

"…무식해?"

"예, 엄청 무식해요. 우리 동철이, 고등학교 때까지는 전교 꼴등이었죠. 아직도 모교에서는 똥철의 기적이라는 말이 급훈이에요."

"…뭐?"

"똥철이도 서울대 갔다. 하면 안 되는 것도 있지만 거의 안 되는 것은 없다. 이런 것도 급훈이고요. 호호호!"

"…하여튼 생활이 안정되어야 일도 잘 풀리는 거야. 그러니까 가합 청백전은 나가자.

결국 일본 가합 청백전에 나가자고 이러는 것이다.

"싫어요."

"왜? 출연료가 20억이래!"

"20억이 돈이에요?"

지나가는 사람들한테 돌 맞을 소리를 하고 있는 최은희였다.

물론 최은희에게 20억은 이제 푼돈일 수 있었다. 지금까지 배상한 공연 취소 위약금만 해도 2,000억이 넘을 테니까.

"은희 씨, 그러다가 정말 말년에 폐지 줍고 살 수 있어."

연예 기획사 대표가 농담 아닌 농담을 했다.

지금 당장 수백 억, 아니, 수천억의 재산이 있다고 해도 나중에도 수천억대의 부자일 거라고는 누구도 장담할 수 없으니까.

"돈이 문제가 아니라, 저 이제 일본 활동 접을 생각이에요."

"왜?

연예 기획사 대표는 울상이 됐다. 괜히 20억 더 벌려고 했다가 일본 시장 전체를 접을 판이다.

그리고 최은희는 지금까지 한번 한다고 하면 반드시 하는 여자였다.

"독도가 자기 땅이라잖아요. 그런 곳에 가서 오댕끼데스까~ 이러고 싶지 않아요. 그러니까 그냥 사요나라로 끝내죠."

"은희 씨, 일본 시장은 미국 다음으로 큰 시장이거드으으은!"

"하여튼 일본 시장 접을 겁니다. 손해 안 보시려면 어떻게든 그걸로 홍보하세요. 원래 그런 수습 잘하시잖아요. 저 때문에 훈련이 잘되셔서."

"…정말 접을 거야?"

"예, 접고 시집이나 가려고요. 제 꿈이 원래는 현모양처거든요. 그런데 이상하게 우리 동철이 때문에 연예인으로 사네요."

"설마 활동도 접겠다는 건 아니지?"

"은퇴 말씀이세요?"

최은희가 돌연 정색하며 연예 기획사 대표를 봤고, 연예 기획사 대표는 괜히 말을 꺼냈다는 생각이 들었다.

"우리 동철이가 하지 말라고 하면 안 하죠. 그리고 누가 알아요? 대표님 말씀대로 정치인 되면 대통령이라도 될지."

"그, 그런 소문이 있다고."

말까지 더듬는 연예기획사 대표였다.

"왜 그렇게 놀라세요. 제가 천년만년 노래만 부를 수는 없잖아요. 포스트 최은희를 찾으세요."

"그게 대한민국에서 쉽나?"

괜히 욱하는 연예 기획사 대표였다.

"그렇죠. 호호호! 저 같은 거 자주 안 나오죠."

"그러니까. 어떻게든 일본에서는 은퇴하려는 걸로 홍보할 테니까 은퇴 이야기는 없던 걸로."

"그러죠. 하여튼 독도는 대한민국 땅이라고 할 때까지 일본에서는 노래 안 부를 거예요. 음원도 절대 안 팔아요."

"…그런데 은희 씨!"

"왜요?"

"아마존에서 팔리는 건 어쩔 수 없지?"

"그렇죠. 그 대신 다음 앨범 테마는 독도는 우리 땅으로 할래요. 울릉도 동남쪽 뱃길 따라 200리~ 어때요?"

이 정도면 정말 막가자는 것이다.

그리고 전직 대통령이 말한 대통령 짓 못해먹겠다는 것처럼 연예 기획사 대표는 기획사 대표질 못해먹겠다는 생각이 들었다.

그래도 최은희였다. 기획사 이익 창출을 다각도로 하고 있고, 또 여러 곳에서 수익이 창출되고 있지만 여전히 기획사 매출의 90퍼센트 이상을 최은희가 벌어들이고 있었다.

* * *

마산 버스터미널 앞.

"아~ 고향 냄새!"

못 믿겠지만 5년 만에 마산에 왔다. 대학생 때는 사시를 준비하느라 못 왔으니 병장 말년 휴가 때 온 것이 마지막이라면 마지막이다. 그리고 서울에서 검사로 임용되어서 못 왔고 군산에서는 바빠서 못 왔다.

"억수로 춥네!"

"그라제, 오빠야~"

고향 표준말(?)에 내 귀가 힐링하는 것 같다.

"좋네."

오랜만에 오는 고향이라 그런지 모든 것이 다 정겨운 느낌이다.

따르릉~ 따르릉~

그때 핸드폰이 울렸다.

"…모르는 번호네."

이럴 경우에는 둘 중 하나다. 제보 전화거나 아니면 보이스 피싱이다.

"여보세요."

—박동철 씨죠?

내 이름을 알고 있다.

"그런데요."

—창원 검찰청 오태수 조사관입니다.

이럴 때는 확률이 반반이다.

진짜 창원 검찰청 오태수 수사관이 내게 전화를 했거나 아니면 보이스 피싱이거나.

하지만 말투가 딱딱한 것을 보니 100퍼센트 보이스 피싱일 것 같다. 보통 수사관은 검사에게 이렇게 딱딱하게 말하지 않는다.

"그런데요?"

—박동철 씨의 통장이 대포통장으로 사용되었다는 증거가 나왔습니다. 지금 당장 창원 검찰청으로 피의자 신분으로 출석하셔야겠습니다."

5년 만에 기분 좋게 고향에 왔는데 기분 잡쳤다.

그리고 검찰청에서는 수사관이 누군가에게 전화를 할 때 절대로 피의자 신분으로 출석을 요구하지 않는다.

정말 출석을 요구한다면 참고인 신분이라고 밝힌다. 그러니 이건 서울말 잘하는 조선족 짱깨다.

"정, 정말요?"

—무척이나 당황하셨죠?

무척이나 당황스럽다.

검사인 내게 이런 보이스 피싱 전화가 오다니!

"그, 그렇습니다. 전 통장을 누구한테 빌려준 적이 없습니다."

그리고 장난기까지 발동했다.

—억울할 수도 있습니다. 하지만 증거가 포착되었으니 꼭 출석하셔야 합니다.

"제가 사는 곳이 엄청 멀어서요."

—어딘데요?

그리고 또 검찰청이라면 참고인이나 피의자가 어디에 사는지 되묻지 않는다. 자진 출두하지 않으면 체포하면 그만이니까.

"…제가 사는 곳이 엄청 멀어요."

—어디냐고 물었습니다.

다시 위협적인 말투로 내게 물었다.

'어이가 없네.'

정말 기도 안 차고 웃긴다.

"어디라고 말하면 오시게요?"

—출석하지 않으면 바로 체포 영장 발부됩니다.

"아~ 그럽니까? 어떻게 하죠? 저는 죄가 없는데……."

다시 한 번 놀란 척을 했다.

—그리고 내일 당장 출석하셔야 합니다. 출석하기 싫으면 제가 지정해 드리는 박동철 씨의 가상 계좌에 모든 잔고를 입금해 두시면 저희가 조사를 통해 박동철 씨가 대포통장을 사용하지 않았다는 것을 확인하겠습니다.

이제 본론이 나왔다. 결국 피해자에게 겁을 줘서 가상 계좌에 돈을 넣게 만드는 것이 지금 전화를 한 보이스 피싱 사기범의 목적이었다. 그리고 돈을 넣으면 바로 그 순간 돈이 어디론가 빠져나간다. 원래 이런 전화를 받으면 바로 끊고 검찰청에 전화를 해 보면 자세하게 설명해 준다.

물론 보이스 피싱이 지능적으로 변해 가짜 검찰청 홈페이지를 만들고 영업(?)하는 놈들도 많으니 직접 114를 눌러서 114안내원에게 검찰청으로 연결해 달라고 하는 것이 제일 좋은 방법이다.

"아, 그런 방법이 있습니까?"

내가 속은 척을 하자 조선족 짱깨는 한 건 했다는 생각을 했는지 목소리가 좀 더 밝은 톤으로 바뀌었다.

—그렇습니다. 그게 아니면 바로 출석해서 증명하셔야 합니다. 제가 불러드리는 검찰청 홈페이지에 가보시면 박동철 씨의 사건번호가 떠 있을 겁니다. 잘 판단하십시오.

이 새끼들은 머리를 좀 쓰는 놈들이라는 생각이 들었다.

"어떻게 하죠? 집이 정말 멀고 여긴 인터넷도 안 되는데……."

—도대체 집이 어딘데 그럽니까? 주소 불러보십시오.

내가 계속 집이 멀다고 징징거리고 인터넷까지 안 된다고 하자 사기꾼이 짜증이 나는지 버럭 내게 주소를 물었다.

"꼭 알려드려야 합니까?"

—어딥니까? 지금 당장 체포해야겠습니다.

이제는 겁까지 준다.

"제 주소 받아 적을 준비는 되셨나요?"

이 정도로 하면 내가 자신을 가지고 노는 줄 알아야 하는데 보이스 피싱 하드웨어는 잘 갖춰놓고 소프트웨어가 달리는 놈인 모양이다

—됐소. 주소 부르시오.

"예, 울릉도……."

—울릉도!

사기를 치는 놈이 따라 말했다.

"동남쪽!"

—동남쪽?

"뱃길따리~"

—뱃길따리? 그런 곳도 있습니까?

"있는데요?"

—계속 불러봐.

정말 멍청한 놈인 것 같다.

—야, 이 부실한 새끼야! 지금 저 사쓰개가 너를 놀리는 거잖아! 니한테 지금 똥 나발을 불고 있잖아?

—어? 그렇습까?

—울릉도 동남쪽 뱃길 따라 200리 노래도 있잖아, 새끼야!"

보이스 피싱 실장이 들은 모양이다.

—전화 끊어. 전화비도 안 나온다.

—알겠습다.

뚝!

전화가 끊겼다.

"울릉도 동남쪽 뱃길 따라 200리~ 외로운 섬 하나 새들의 고향~ 하여튼 집에 가자!"

그래도 이번에는 설이라고 집에 왔다.

* * *

딩동! 딩동!

"놀라시겠지."

놀라게 해드리려고 못 온다고 했다.

—누구세요?

못 듣던 목소리다.

"…뭐지?"

철컥!

"…누구세요?"

문이 살짝 열렸고, 나도 놀라고 문을 열어준 젊은 여자도 놀랐다.

"누구세요?"

"누구세요?"

거의 동시에 누구냐고 물었다.

"예?"

도리어 젊은 여자가 내 물음에 더 황당한 표정을 지어 보인다.

"혹시……."

뭐라고 물어봐야 할지 모르겠다.

"집주인 찾으세요?"

"예."

"이사 가셨어요."

"예?"

아들한테 말도 안 하고 이사를 갔단다.

그리고 내 황당한 표정에 젊은 여자는 놀란 눈빛을 지었다.

'이 집 사드린 지 1년도 안 됐는데…….'

순간 불길한 생각이 들었다. 엄마의 도박이 도졌거나 사기를 당했거나 둘 중 하나일지도 모른다는 생각이 들었다.

하지만 아들이 검사인데 둘 중 하나라면 연락을 했을 것이다.

'뭐지?'

정말 당황스러운 순간이다.

"혹시 어디로 이사를 갔는지 아세요?"

"모르죠. 저희한테 전세 놓고 이사 가셨어요. 혹시 검사라는 그 아드님이세요?"

엄마나 아버지나 내 자랑을 좀 한 모양이다.

"예, 그렇습니다."

"엄청 자랑하시더라고요. 검사님을 아들로 두셨다고. 호호호!"

"아, 그렇군요. 그나저나 전세라고요?"

"예."

"전화 한번 해보세요."

"하하하! 그래야겠네요."

당황스럽지만 검사 아들 자랑까지 했다니 내가 걱정한 둘 중 하나일 리는 없다는 생각이 들었다.

'그럼 뭐지?'

하여튼 결론은 이사를 갔다는 것이다.

따르릉! 따르릉!

아버지한테 전화를 걸었다.

딸칵!

"아버지?"

—또 무슨 일이냐? 해가 서쪽에서 뜨겠네. 네가 하루에 전화를 두 번이나 하고.

그러고 보니 나랏일 한다고 자주 전화를 못 드렸다.

"이사하셨어요?"

—어떻게 알았냐?

아무렇지도 않게 아버지가 말했다.

"집에 왔다가 미아 될 뻔했네요."

—못 온다며?

"놀라게 해드리려고 했는데 제가 놀랐네요."

—하하하! 애도 아니고. 며느리가 하도 이사하라고 해서 했다.

은희는 우리 집에서 며느리로 통한다.

"어디로 이사하셨는데요?"

—반지동 한성빌라라고, 새로 지은 빌라다. 여기 엄청 넓어.

결국은 은희가 이사를 시킨 모양이다. 참 좋은 며느리다. 그리고 나는 졸지에 고향에서 미아가 될 뻔했다. 가끔 나이 많으신 부모님 해외여행 보내주고 이사하는 못된 자식들이 있다는 말은 인터넷을 통해 듣기는 했지만 내가 당해보니 너무나도 황당했다.

"한성빌라요?"

—그래, 302호다. 왔으면 얼른 와. 네 엄마가 이번 설에도 못 온다고 하니 엄청 실망하시더라.

"예, 바로 갈게요."

*　　　*　　　*

"…이런 빌라가 창원에도 있었나?"

입이 쩍 벌어질 판이다. 그리고 은희의 스케일에 다시 한 번 놀랐다. 그리고 더욱 놀라운 것은 빌라 앞에 엄청나게 많은 사람이 누군가를 기다리고 있다는 것이다.

그리고 그들 중 대부분이 청소년이었다.

"은느님 온 거 맞지?"

"왔다고 했어. 모든 공연 취소하고 고향으로 왔다고 하잖아."

"그럼 은느님을 실물로 볼 수 있는 거야?"

우리 은희의 팬인 모양이다.

'은희 가족도 여기 사나?'

한성빌라는 3층 건물이다. 그리고 은희의 성격상 불가능한 일도 아니다. 아무리 생각해도 양가 가족을 한 지붕 아래로 다 모은 것 같다. 내 입장에서 처가는 멀면 멀수록 좋고, 은희의 입장에서는 시댁이 멀면 멀수록 좋은데 그냥 모은 모양이다.

"…청담동에도 이런 고급스러운 빌라는 없겠다."

나도 모르게 중얼거리고 빌라 주변에 모여 있는 사람들을 헤치고 빌라 담벼락 앞에 섰다.

"잠시만요, 잠시만요!"

하지만 사람으로 장벽을 쌓은 듯 꿈쩍도 안 했다.

"밀지 마요! 아침부터 왔다고요!"

"알았습니다. 잠시만 지나갈게요."

나는 그렇게 은희의 팬들을 헤치고 겨우 빌라 입구에 섰다.

"아니, 이러시면 안 된다고 했는데!"

빌라 앞에 서니 경비원이 나를 막아섰다.

"예?"

경비원도 내가 은희 팬인 줄 아는 모양이다.

"공식 팬클럽 공지 사항 못 보셨어요?"

"…뭐요? 공지 사항이라고요?"

"저기 노란 선 넘지 않기로 한 거 모르세요?"

그러고 보니 꽤 많은 사람들이 노란 선 밖에서 기다리고 있다.

"모르겠는데요."

"팬 아니세요?"

"아닌데요."

내 말에 도리어 경비가 황당하단 표정을 지어 보였다.

"그럼 무슨 일로 오셨어요?"

"302호 찾아왔는데요."

"아, 검사 아드님 댁?"

3층짜리 빌라인데 경비가 있었다.

그것도 꽤나 젊어서 경호업체 직원이라고 해도 믿을 정도였다.

"그렇습니다."

"아, 그러시구나? 그런데 무슨 용무로 오셨죠?"

고급 빌라는 빌라 입구에서부터 들어가기도 어렵다는 말이 실감나는 순간이다.

"…제가 그 집 아들인데요?"

"아, 그러시구나! 그 검사님?"

"예."

"아이고, 실례가 많았습니다. 최은희 씨 팬들이 하도 몰려들어서요. 최은희 씨 생일은 물론이고, 추석이나 설이면 난리도 이런 난리가 없네요."

"아닙니다. 당연히 할 일 하시는 거죠."

"잠깐만 기다려 주세요. 확인 좀 해보고요."

"예."

그렇게 경비원은 사무실로 들어갔고, 아버지에게 연락을 한 모양이다.

"들어가시죠."

경비원이 내게 친절하게 말하자 기다리고 있던 사람들이 나를 시기하는 눈빛으로 봤다.

"저 남자는 뭔데 막 들어가!"

"그러게?"

"저기요! 저 사람은 뭔데 들어가요!"

은희의 팬 중 일부는 경비원에게 따지기까지 했다.

"302호 사시는 아드님이시랍니다."

"아~ 그렇구나. 엄청 부럽네."

"그런데 은느님 왔어요?"

"왔죠. 집에 계실 겁니다."

"집에 계신대! 와!"

집에 있다는 것만으로도 은희의 팬들은 기쁜 표정을 지었다.

하여튼 그렇게 1차 관문 아닌 관문을 통과해 건물 엘리베이터 앞에 섰다.

"…3층짜리 건물에 무슨 엘리베이터지?"

살짝 어이가 없다.

그렇게 나는 엘리베이터를 타고 집에 도착했다.

"왔어, 꼴통?"

나를 제일 먼저 맞이한 것은 누나다.

"다 큰 동생한테 꼴통이 뭐야?"

퍽!

"다 커도 너는 내가 똥오줌 받아 키운 동생이야, 인마!"

대한민국 검사의 뒤통수를 이렇게 쉽게 후려 깔 수 있는 존재는 우리 누나뿐일 것이다.

"왜 이사했어?"

"아주 잘나신 꼴통 짝지께서 이사를 시켰지."

골통 짝지는 은희를 말하는 것이다.

"그건 들어서 알고."

"2층은 사돈댁이고 3층은 우리가 산다."

"그럼 1층은?"

"나중에 너희가 산단다."

이미 은희는 모든 계획을 세워둔 모양이다. 뭐, 검사를 그만두면 창원에서 변호사를 할 생각이니 집 걱정은 안 해도 될 것 같다.

"너, 그냥 전화 없이 왔다가 미아 될 뻔했다며?"

"하하하! 그렇게 됐네."

"나도 퇴근하고 깜짝 놀랐다. 그리고 또 놀랄 거다. 이 집 엄청 넓어."

건물명은 한성빌라라고 되어 있지만 실상은 아주 고급스러운 다세대 주택이었고, 사는 사람은 은희네와 우리 집뿐이었다.

"…확실히 넓어 보여."

"그럼~ 엄청 넓어. 내 방에 거실도 있어."

방에 거실이 있다고?

상상도 못한 일들이 현실이 되고 있었다. 그만큼 은희는 세계적인 스타가 됐고, 엄청난 돈을 벌고 있었다. 물론 내가 숨겨놓은 재산에 비한다면 새 발의 피겠지만 말이다.

"정말?"

"그래, 방마다 거실이 있어."

"그럼 화장실도 있겠네?"

"집에서 길을 잃어버릴 수도 있어. 호호호!"

농담처럼 말하는데 농담처럼 들리지 않는다.

"어? 좋은 냄새가 나는데?"

"장한 검사님 오신다고 너 좋아하는 김치전 부치고 계신다."

아무리 이런 고급스러운 집에 살아도 먹는 것은 달라질 수 없는 모양이다.

"맛있겠네."

"왔어?"

그때 앞치마를 두른 은희가 현관 입구로 나왔다.

"어떻게 된 거야?"

"이사했지."

하여튼 그렇게 은희는 6개월 만에 보고, 가족은 2년 만에 상봉했다.

* * *

"뭘 그렇게 많이 구우세요?"

엄마는 김치전을 산처럼 쌓아놓고 있었다.

"우리만 입이 아니잖아."

"예?"

"엄마 손이 크잖아. 호호호!"

내가 보기에는 100명 정도는 먹을 수 있는 양이다.

"신경 쓰지 말고 먹어."

은희가 내 옆에 찰싹 달라붙어 김치전을 찢고 입에 넣어줬다.

"미아 될 뻔했다며? 호호호!"

"왜 이사한 거야?"

"사람들이 저렇게 진을 치고 있어서 과감하게 이사했지."

결국 은희는 나를 자유롭게 만나기 위해 이사한 것이다. 아니, 더 정확하게 말하면 이 빌라를 지은 거라고 해야 할 것이다.

"다 됐다, 은희야."

"예, 어머니. 이러지 않으셔도 되는데……."

"너 보려고 저렇게 새벽부터 기다렸는데 이 정도는 해야지."

산처럼 쌓아올린 김치전의 이유는 아들 먹이려는 것도 있지만 은희를 보려고 밖에 모인 팬들 때문이기도 했다는 것을 알았다.

"예."

"직접 갖다 주게?"

아마 그러면 난리가 날 것 같다.

"따로따로 담아야지."

이건 무슨 도시락 공장도 아니고 집에 오자마자 100장이 넘는 김치전을 일회용 접시에 하나하나 담는 일에 동참해야 했다. 물론 얼마 걸리는 일은 아니지만 말이다.

"다녀올게."

"괜히 난리 나는 거 아냐?"

"걱정 안 해도 돼. 내 팬 중에는 사생 팬이 없거든. 호호호!"

그 말이 맞는 것 같다. 노란 선을 넘어서는 팬이 없었으니까. 그렇게 은희는 누나와 함께 김치전을 들고 밖으로 나갔다.

"우리 아들, 어서 먹어."

"예."

"창원으로는 언제 와?"

사실 나는 군산지검에서 다시 서울지검으로 발령을 받았다. 그리고 더 놀라운 것은 조명득이 어떻게 했는지는 모르겠지만 조명득과 오 수사관, 그리고 마 수사관까지 같이 발령을 받았다.

현 수사관과 최 사무관은 그대로 남아 있고.

'아마 서버에 들어가 조작을 했겠지.'

검찰청도 서류 및 결재 체계로 움직인다. 그러니 해킹만 잘하면 수사관의 발령은 조작할 수 있을 것이다. 물론 같은 부서로 발령을 내는 멍청한 짓은 안 했고, 각각 다른 부서로 발령 냈다.

아마 몇 개월이 되기 전에 헤쳐모여 식으로 다시 팀이 모일 것이 분명했다. 오 수사관이 끝내 군산 형사 2부로 발령을 받아서 온 것처럼 말이다.

"저 사실 서울로 발령 났어요."

"그래?"

"예, 제 마음대로 잘 안 되거든요."

물론 아예 안 되는 것은 아니다. 하지만 괜히 부탁하거나 신청을 하고 싶지는 않았다. 그리고 어느 정도 군산 지역을 장악했다고 생각했기에 갑작스러운 발령이기도 했다.

"검사 생활 힘들지?"

"괜찮아요."

"다들 검사 생활이 힘들다고 해서. 범죄자도 많이 만나고……."

엄마는 위험한 직업이기도 한 검사 생활을 접고 변호사가 되기를 바라시는 것 같다.

"괜찮아요. 걱정 안 하셔도 되요."

"알았다. 많이 먹어, 우리 아들."

"예, 엄마!"

엄마를 보고 방끗 웃어 보였다. 그리고 한참 후에 은희와 누나가 돌아왔다.

"하여튼 은희 때문에 새록새록 놀라네."

"호호호! 죄송해요, 언니."

"뭐가 그렇게 놀랄 일이 많아?"

"나중에 알게 될 거다."

"참, 바깥사돈께도 인사드리러 가야지?"

누가 보면 정말 결혼한 사이인 줄 알겠다.

"예, 그런데 아버지는요?"

"바깥사돈이랑 바둑 두실 거다."

"예, 내려갔다 올게요."

"알았다."

하여튼 그렇게 은희네 집으로 가기 위해 현관 쪽으로 걸어갔다.

"뭐 하러 멀리 거기로 가?"

누나가 말을 하다가 은희가 방끗 웃는 모습을 보고는 더 이상 말하지 않았다.

'…뭐지?'

오늘은 참 이해가 안 되는 일이 많다.

* * *

방마다 거실이 있다는 누나의 말은 진짜였다.

이런 것을 사치라고 할 것이다. 하지만 자기가 벌어서 이러는 거니 뭐라고 할 수도 없었다.

"아이고, 우리 박 서방 왔나?"

나를 반갑게 맞이해 주시는 분은 은희의 어머니다.

그리고 누가 보면 이 빌라의 파출부 아줌마로 볼 것이다. 우리 엄마도 그렇고 사람은 변하지 않았는데 집만 변했다. 여기서 느끼는 것은 사람은 한 번에 변할 수 없다는 것이다. 그래서 졸부가 아무리 명품을 걸쳐도 졸부라는 거다. 물론 장모님이 되실 은희 어머니나 우리 엄마가 졸부 스타일이라는 소리는 아니다.

그냥 그렇다는 거다.

"예, 장모님! 잘 계셨어요?"

"사위랑 딸년 얼굴 보기 하도 어려워서 잘 못 지냈다."

장모님은 꽤나 직설적이다. 예전에 장인어른 보증 사건으로 장모님 성격을 정확하게 캐치했는데, 아마 직설적일 뿐만 아니라 화끈하시기까지 할 것이다.

"죄송합니다."

"나랏일 하느라 바쁘다는 거 다 아는데, 은희가 올해 이제 계란 한 판인데 언제 데리고 갈 건가?"

딸 가진 부모는 다 이러는 것 같다.

자기 딸이 세계적인 스타든 아니든 상관없이 말이다.

"그게……."

그게 내 마음대로 되는 일이 아니라 나도 모르게 은희의 눈치를 봤다.

"퍼뜩 데리고 가라. 손자도 보고 싶고."

"예, 알겠습니다. 장인어른께서는?"

"도낏자루를 썩히고 계시네. 안방 거실에서 바깥사돈 어른이랑 바둑 두신다."

"예."

그렇게 나는 장모님이 되실 은희 어머니께 한소리 듣고 안방 거실로 갔다.

"아버지, 저 왔어요."

아버지와 장인어른께서는 심각한 표정으로 바둑을 두고 계셨다. 대꾸도 안 하시는 것을 보니 아버지가 지고 계신 모양이다.

"아들 왔답니다."

"내 아들인가요? 대한민국의 아들이지. 거의 5년 만에 봅니다."

고개도 안 돌리고 바둑에 열중하시는 아버지다.

"그리고 결혼하면 내 아들도 아니고……."

"아버님, 저도 왔어요."

"우리 며느리 왔니?"

그제야 아버지는 고개를 돌려서 은희를 보며 방긋 웃으셨다.

"장인어른, 저 왔습니다."

"뉴스 보니까 나랏일은 우리 사위가 다 하더만."

국제인신매매 소탕에 관한 뉴스를 보신 모양이다.

"아닙니다. 담당 사건이 이슈가 되어서 그럽니다."

"그건 난 모르겠고."

장인어른께서 바둑돌을 놓고 나를 빤히 봤다.

"예?"

"저 개딸을 언제 데리고 갈 건가?"

은희가 한 성질 하는 것은 나도 알고 있지만 집에서 사용되는 호칭이 개딸이라는 것은 오늘 처음 알았다.

그리고 집에 와서 다시 언제 결혼할 거냐고 몇 번이고 들어야 했다. 이래서 싱글들이 추석이나 설날에 집에 가면 스트레스를 많이 받는 모양이다.

"아빠!"

은희가 버럭 소리를 질렀다.

"왜? 우리 개~ 딸~"

"동철이도 있는데…….

은희가 힐끗 내 눈치를 봤다.

"뭐, 모르는 사이도 아니고. 자네도 우리 은희가 성질 더럽다는 건 잘 알고 있지?"

"하하하! 아닙니다. 얼마나 사랑스러운데요."

"10년을 연애하고도 아직 콩깍지가 남아 있나?"

"영원할 것 같습니다."

"…나도 그럴 줄 알았지. 그렇지 않습니까?"

"그럼요. 결혼은 남자의 무덤이죠. 단수!"

아버지가 바둑돌을 놓고 단수를 외쳤다.

"어라?"

"대마가 작살이 나셨습니다, 사돈어른."

아버지가 한 방에 전세를 역전시키는 신의 한 수를 두고 신이 났다.

"바둑에 집중하십시오, 사돈어른. 아들 기운 받으니 안 보이던 수도 보이네요."

"그렇습니까? 으음……."

장인어른은 한참 고민하더니 쩝 소리를 내며 입맛을 다셨다.

"하이고, 졌습니다."

"하하하! 그래도 아들한테 기 받으니 머리가 팍팍 돌아가네요."

"대한민국의 아들이라면서요?"

"내가 대한민국한테 보낸 아들이지."

아버지도 그렇고 장인어른이 되실 은희 아버지도 그렇고 나에 대한 자부심이 대단하신 것 같다.

"하여튼 박 서방."

"예, 장인어른."

"데리고 가. 더 늦기 전에."

"예, 알겠습니다."

그렇게 몇 년 동안 못 뵌 어른들에게 얼굴을 보였다.

'이거 완전 면알식 수준이네.'

속된 말로 빡세다는 느낌이 들었다.

"딸!"

"왜요?"

"너, 저녁 어디서 먹을 거야?"

"당연히……."

은희가 살짝 내 팔짱을 끼었다.

"저러니 딸 키워봐야 소용이 없다는 소리를 하는 거야."

"에잉, 아들도 키워봐야 별 소용이 없습니다."

"그러네요."

오늘따라 아버지와 장인어른이 죽이 잘 맞는 것 같다.

*　　　*　　　*

결국 은희는 저녁 식사를 우리 집에서 했는데 이탈리아산 최고급 대리석 식탁에 김치찌개와 삼겹살 고추장 볶음으로 저녁을 먹었다.

먹는 것도 달라지지 않았다.

"대리석한테 미안하네요."

내 말에 누나가 나를 힐끗 봤다.

"뭐가?"

"이 대리석, 엄청 비싼 건데……."

"그래?"

누나가 몰랐다는 눈빛으로 나를 보다가 은희를 봤다.

"이거 비싼 거야?"

"예, 비쌀 거예요. 우리 집 거보다 더 좋은 걸로 해달라고 했거든요."

하는 짓이 완전 여우다.

저러니 엄마가 은희를 좋아하는 것이다.

"얘, 그런 소리 마라. 사돈어른이 들으면 서운해하셔."

"예, 어머니."

"하여튼 뭘 먹어도 잘 먹고 배부르게 먹으면 되는 거지."

"그렇지. 잘 먹었소."

아버지는 식사를 하는 둥 마는 둥 하고 엄마의 눈치를 보며 자리에서 일어났다.

"어디 가시게요?"

"아랫집에 복수전이 있어서……."

또 바둑을 두시겠다는 거다.

'장인어른이 힘드시겠네.'

내가 알고 있는 장인어른의 바둑 실력은 아마 2단 정도이다. 그리고 아버지는 6급 정도이니 장인어른이 아버지와 놀아주는 상황이다. 물론 아버지는 그 사실을 모르시겠지만 말이다.

"오늘은 몇 번이나 졌는데요?"

"그래도 세 번은 이겼어."

그렇다면 아마 일곱 번은 졌을 것이다.

"다녀오겠소."

아버지가 엄마의 눈치를 보며 말했다.

"그래도 쌤쌤이네요."

"뭐가?"

엄마의 말에 아버지가 되물었다.

"은희는 우리 집에 와 있고 당신은 아랫집에 매일 가니까."

산술적으로는 쌤쌤이다.

"하하하! 그런가?"

그렇게 아버지는 다시 바둑을 두러 아랫집으로 가셨다.

"과일은 제가 깎을게요."

은희가 또 여우 짓을 시작했다.

그렇게 행복한 까치설날은 지나가고 있었다. 물론 은희는 내 옆에 찰싹 달라붙어 있다.

"좀 떨어져라. 누구 애인 없는 사람 서러워서 살겠냐?"

나와 은희가 다정하게 붙어 있자 노처녀 히스테리가 시작되는 모양이다.

"…누나는 결혼을 왜 안 해?"

"소개나 시켜주고 그런 소리를 해라."

그러고 보니 이제 누나는 노처녀에 접어들고 있었다.

"그러게요. 호호호! 제가 소개시켜 드려요?"

"됐네요."

"그럼 내가 소개시켜 줄까?"

"너는 집에나 자주 와라. 꼴통!"

"알았다고요."

은희는 집에서 개딸로 불리고 나는 여전히 꼴통이었다.

하여튼 평범한 저녁은 참 오랜만이다. 그래서 행복했다. 그리고 밤이 됐고, 은희는 아랫집으로 내려가기 싫다는 눈빛을 보이다가 마지못해 집으로 돌아가면서 내게 속삭였다.

"방문 꼭 잠그고 자."

"뭐?"

"알았지?"

은희가 나를 보며 미소를 보였다. 그리고 그런 은희를 보며 누나는 처음으로 못마땅한 눈빛을 보였다. 아니, 못마땅한 눈빛이라기보다 부러움이 가득한 눈빛처럼 느껴졌다.

* * *

"쩝! 집 정말 넓네."

한 번도 들어와 보지 않은 내 방에 들어왔다. 내 방 역시 다른 방처럼 거실이 있고 화장실도 따로 있었다.

"…침대는 왜 이렇게 넓어?"

더블이 보통인데 퀸을 넘어 킹 사이즈보다 더 큰 것 같다.

"이것도 설마 수제로 만든 건가?"

주문 제작을 한 것 같다. 하여튼 씨름(?)을 해도 충분할 정도로 침대가 넓었다.

"아아아아~"

오랜만에 집에 오니 피곤했다. 아니, 편안하다고 해야 할 것 같다. 그리고 침대에 눕자 스르륵 잠이 몰려왔다.

지이이잉~

그때 핸드폰이 울렸다.

"…은희인가?"

핸드폰을 액정을 확인했다. 예상대로 은희였다.

"이 정도면 의부증 수준이라니까. 쩝!"

물론 싫지는 않았다. 사실 따지고 본다면 10년째 연애 중이지만 같이 있는 시간은 수십 일도 안 된다. 나는 사법고시 준비와 검사 생활로 바빴고, 은희는 다들 알다시피 세계적인 스타라 바빴다. 아마 은희가 공연 펑크 내고 내게 오지 않았다면 같이 지낸 수십 일이 수 일로 바뀌었을 것이다.

"하여튼 의지의 한국인이라니까."

딸칵!

—뭐 해, 내 자기?

"이제 자려고."

—잘 자~ 내 꿈 안 꾸면 알지?

"알았습니다. 내일 보자."

—으응. 자기, 잘 자~

세계적인 스타라 해도 둘이 있을 때는 천생 여자다.

"응! 우리 자기도 잘 자요. 사랑해요."

그렇게 마지막 통화를 하고 나는 잠을 청했다.

"…마치 엄청나게 큰 모텔에 온 기분이네."

침대 앞에 대형 스크린이 있고 침대 옆 테이블에는 리모컨이 있다. 그리고 리모컨으로 TV부터 조명까지 조정이 가능했다.

"이건가?"

꾹!

리모컨 버튼 하나를 누르자 불이 꺼졌다.

"역시 돈이 좋네."

그리고 어이가 없지만 정육점을 방불케 하는 야시시한 취침등이 자동으로 켜졌다.

"자자. 내일은 차례도 지내야 하니까."

그렇게 나는 잠을 청했다.

스르륵.

딱 잠이 들기 직전의 비몽사몽인 순간에 스르륵거리는 소리가 들려 잠에서 깨어났다. 아니, 내가 잠에서 깬 건지 꿈속인지 구분이 안 간다.

'뭐지?'

살짝 눈을 떴다.

"헉!"

그리고 내 눈앞에 보이는 요상한 물체를 보고 숨이 막혔다.

'저, 저건 뭐야?'

당황스러운 순간이다. 표현을 하자면 공포 영화 링이라는 영화에서 사다코가 우물에서 기어 나와 내게로 걸어오는 것처럼 한 여자가 긴 생머리를 앞으로 내리고 기어오고 있었다.

순간 나도 모르게 가위에 눌린 듯 몸이 움직이지 않았다.

'이, 이거 꿈인가?'

아마 꿈일 것이다. 그리고 악몽을 꾸고 있는 것이고, 재수 없게 사다코가 그 꿈에 나타난 것이다.

'미치겠네.'

몸이 움직이지 않았다.

그리고 점점 더 하얀 옷을 입은 사다코가 기어서 내게로 다가왔다.

*　　　*　　　*

은희의 방.

"아마 잠들었겠지? 놀라게 해줘야겠다."

은희는 섹시한 백색 슬립 가운을 입고 미소를 보이며 방 안에 설치되어 있는 나무 계단을 봤다.

"좀 더 섹시하게."

그리고 바로 질끈 묶은 머리를 풀자 긴 생머리가 허리까지 내려왔다. 더 놀라운 것은 백색의 슬립 가운 속에는 아무것도 입지 않고 있다는 것이다.

"흐응~ 내 모습에 내가 반하겠네. 너, 많이 섹시한데?"

은희는 자신의 섹시함에 도취된 듯 거울을 보며 혼잣말을 하곤 나무계단으로 걸어갔다.

스르륵.

그리고 나무 계단 위의 뚜껑 비슷한 것을 조심스럽게 열고 천천히 올라가 침대에 잠들어 있는 박동철을 봤다.

"…정말 자네."

미소를 지은 은희는 섹시한 고양이처럼 기어서 박동철에게 다가갔다. 맨 정신으로 그 모습을 봤다면 가히 관능적이라 말할 수 있겠으나 안타깝게도 막 잠에서 깬 박동철이 봤을 때는 공포 영화 링에 나오는 사다코처럼 보였다.

마침 취침 조명도 흐릿한 빨간색이었다.

"자기야~"

은희는 최대한 야릇한 목소리로 박동철을 불렀다.

비몽사몽인 상태에서 고개를 돌린 박동철이 자신을 보고 놀란 것까지 확인했다. 그런데 박동철이 손끝 하나 움직이지 않고 있는 모습에 은희는 박동철이 이 순간을 즐기고 있다고 생각했다.

그래서 그대로 엎드린 상태로 천천히 박동철을 향해 기어갔다. 물론 그런 자세로 기어가고 있으니 허리까지 오는 긴 생머리는 바닥을 질질 쓸고 있고, 얼굴을 가려 더욱 공포 분위기를 조성하고 있었다.

어떤 상황에서 본다면 그 어느 순간보다 관능적이고 황홀한 순간이겠지만, 또 다른 상황에서 본다면 공포 그 자체일 것이다. 물론 은희에게는 전자이고, 가위에 눌린 박동철에게는 후자일 것이다.

"으으으으~"

박동철이 알 수 없는 야릇한 신음 소리를 흘렸다. 하지만 은희는 박동철이 흥분해서 소리를 냈다고 생각했다.

*　　*　　*

'미, 미치겠네. 저, 저리 가! 제발 저리 가!'

악몽이 분명한데 가위는 여전히 풀리지 않았다.

다가오는 사다코의 모습이 현실처럼 너무나 리얼했다.

'어, 어디 갔지?'

그때 사다코의 모습이 내 시야에서 사라졌다.

척!

그러고는 사다코가 내 침대 위로 손을 뻗더니 내 허벅지를 스치듯 어루만졌다. 지금 내 눈에 보이는 것은 긴 생머리를 앞으로 내리고 내 목을 조르기 위해 다가오는 사다코의 모습이다.

"동철아~"

그런데 어딘가 익숙한 목소리가 들려왔다.

그리고 내게 접근하는 사다코가 입고 있는 옷이 원래 영화에서 사다코가 입고 있던 흰색 드레스가 아니라 슬립 가운이라는 것을 알게 됐고, 그 순간 스르륵 가위가 풀렸다.

"허어억!"

"동철아~"

은희의 목소리였다.

"놀랬잖아!"

나는 벌떡 일어나면서 소리를 질렀다.

"어? 왜?"

도리어 은희가 황당한 눈빛을 보였다.

'남자는 순발력이지.'

만약 여기서 얼버무리거나 당황해 사다코 이야기를 꺼낸다면 두고두고 욕을 먹을 것이다.

"너무 섹시해서 죽을 뻔했잖아."

"호호호! 그렇지, 내 자기야~"

하여튼 그렇게 사다코의 공포는 끝이 났고, 공포 영화로 시작한 내 깊은 밤은 포르노로 막을 내렸다.

그리고 나는 은희가 어떻게 내 방에 들어왔는지 보고 놀랐다.

내 방과 은희 방이 연결되어 있었다. 하여튼 그렇게 다사다난한 설날 연휴가 끝이 났고 나는 나대로, 은희는 은희대로 다시 각자의 일상으로 돌아갔다. 물론 집안의 합의로 결혼은 올해를 넘기지 않기로 했다.

'피임을 안 했으니까.'

어쩌면 올해를 넘기지 말아야 할 일이 생길지도 모른다.

우린 건강하니까.

제8장

구속시킬 구실부터 찾아야겠지?

"요즘은 개나 소나 다들 검찰에 고소를 하네."

인터넷이 발달해서 그런가? 인터넷의 발달을 통해 국민들이 정보를 수집하는 것이 자유롭고 간편해져서 그런지 요즘 들어 경찰이 아닌 검찰에 수사를 의뢰하는 고소장이 넘쳐났다.

심지어 고소장뿐만 아니라 고발장조차도 그랬다.

"그러게. 어제 사건도 검찰 수사를 요청했다지?"

"그러니까 개나 소나지."

두 수사관이 자기들끼리 이야기를 나누고 있는데 마음에 들지 않았다.

"국민들에게 개나 소나라니 이래도 됩니까?"

내 말에 두 수사관이 찰나지만 인상을 찡그렸다.

"죄송합니다, 검사님. 하도 검찰청에 직접 고소를 하고 민원을 넣는 경우가 많아서요."

똑똑!

그때 조명득이 노크를 하고 검사실로 들어왔다.

"안녕하십니까, 검사님? 군산지검에서 발령 받은 조명득 수사관입니다."

"왔습니까?"

"예, 검사님. 검사님과 저는 너무 인연이 긴 것 같습니다."

"그러게요."

짜고 치는 고스톱이다.

물론 짜고 치는 고스톱이라는 것을 다 알지만 말이다.

"예, 알겠습니다."

그때 여자 사무관이 전화를 끊고 나를 봤다.

"검사님."

"예, 차 사무관님."

최 사무관은 군산에 남기로 했다. 현 수사관의 고향이 목포였는데 부창부수라며 애인 따라 남았다. 그리고 마 수사관과 오 수사관은 서울로 발령을 받았는데, 마 수사관은 내가 그렇게도 오매불망하고 있는 강력부로, 오 수사관은 특수부로 발령을 받았다. 그리고 조 수사관은 나랑 같은 부서로 발령을 받았고.

"지검장님께서 찾으십니다."

차 사무관의 말에 두 수사관이 인상부터 찡그렸다.

"왜 그러시죠?"

"어제 사건, 혹시 검사님께 미루시는 게 아닌지 모르겠습니다."

쿵 하면 초가에서 호박 떨어지는 소리란다. 나도 혹시 그렇지 않을까 하는 생각이 들었다. 정말 두 수사관에게는 개나 소나라고 하지 말라고 했는데, 정말 모두가 검사를 힘들게 한다.

"항상 형사7부는 완전 뒤치다꺼리 담당 부서라니까."

살짝 피해의식이 있는 수사관인 것 같다.

"그런 겁니까?"

"…전통이라는 것이 있죠."

한 수사관이 내게 말했다. 그는 10년째 검찰 수사관을 하는 사람으로 특별하게 정의롭지도 않고 그렇다고 또 특별하게 알량한 권력을 남용하는 스타일도 아니다. 딱 그냥 공무원 스타일이다.

"그럼 그 전통을 이어가야겠네요. 그 대신 뒤치다꺼리는 안 할 참입니다. 그럼 저는 가보겠습니다."

나는 검사실을 나서기 위해 문 쪽으로 걸어갔고, 한 수사관이 다른 수사관을 봤다.

"딱 봐도 척이다. 인터넷 확인해 봐. 다른 뭐가 있는지."

아마 그 사건을 내가 물어올 거라고 생각하는 모양이다.

사실 인터넷을 뜨겁게 달군 그 사건의 피의자가 재벌가의 딸이 아니라면 검찰 수사까지 할 필요는 없을 것이다. 하지만 그 사건의 피의자는 평범한 사람이 아니었고, 피해자가 검찰에 고발하면서 해결해 달라고 민원을 넣은 것이다. 심지어 검찰뿐만이 아니라 청와대에도 민원을 넣었단다. 그래서 더 논란이 커진 사건이기도 했다.

'…그 집안하고 그 집안이 친한데. 쩝!'

정치인과 재벌. 정말 친한 사이다.

하여튼 서울지검 형사7부로 발령을 받았다.

2년 만에 서울 입성이다. 속된 말로 국제적인 사건을 해결한 검사인 내가 2년 동안 군산에서 썩고 있던 것은 정치권이 검찰청에 입김을 넣었기 때문이라는 것을 나는 잘 알고 있다.

'이제 좀 잠잠하네.'

총선 후보 등록이 끝났고 내가 어느 당에도 입당하지 않고 출마 선언도 하지 않자 내게 쏠려 있던 관심이 어느 정도 사라진 것 같았다. 물론 정치권에서는 출마하지 않은 것에 대해 의외의 반응을 보이고 있지만 말이다. 그리고 조명득이 가끔 가져다주는 증권가 찌라시에서는 내가 대권을 꿈꾸고 있고, 검찰총장 역임 후에 대권으로 노린다는 헛소문이 돌고 있었다.

'이 쓸데없는 인기는 어떻게 하냐?'

담당했던, 그리고 해결한 대부분의 사건이 이슈가 되어서 이러는 것 같다. 그리고 이 모든 것은 시간이 해결해 줄 것이다.

"그건 그렇고, 출근 첫날부터……."

보통 이런 경우는 다른 검사들이 담당하기 싫은 사건을 떠넘기기 위해 부르는 경우가 대부분이다. 그래서 내 휘하 수사관들이 아침부터 기분 나쁜 건지도 모르겠다.

내가 발령을 받고 오자마자 그런 사건이 터졌으니까.

그러니까 내가 담당하게 될 거라고 생각한 모양이다.

똑똑!

나는 정중하게 지검장실에 노크를 했다.

"들어오세요."

조심히 문을 열고 들어섰다.

"안녕하십니까, 지검장님? 부르셨습니까?"

"앉아."

다짜고짜 반말이다. 물론 검찰청이 상명하복이라 이러는 것은 당연한 일이지만 말이다. 그리고 사실 나는 시쳇말로 지검장 복이 많았다. 지금까지 내가 모신 두 지검장이 학교 선배셨고 모두가 나름 청렴하고 결백한 분들로 검찰의 독립을 중요하게 생각하신 분들이었으니까.

'이분은 좀 아니라고 들었는데…….'

대표적인 공안 검사 출신이다.

아니, 마지막 남은 공안 검사 출신이라고 하면 옳을 것이다. 하여튼 대한민국 모든 사람이 힘든 시기라 기억하는 과거를 좋은 시기라고 기억하는 몇 안 되는 분 중 하나라고 알고 있다.

'고검장에서 좌천 인사로 내려오신 분이라고 했지.'

검찰청에서도 파벌이 있다. 그리고 이런 경우면 보통 검사복을 벗고 변호사로 개업하는데, 울분과 분노를 꾹 참고 아직까지도 검사를 하고 있다.

뭔가 노림수가 있다는 생각이 들었다. 아마도 정치에 관심이 있을 것이다. 보통 공안 검사들이 정치권과 가깝다. 그러니 큰 사건 하나를 해결하고 이슈가 되어서 정치권에 입문하기 위해 참고 있을 수도 있었다. 그게 아니라면 검사의 특권을 버리지 못하고 남아 있는 것이든가.

"군산에서는 대단했지?"

아시면서 묻는다. 아니, 검사 중에 내가 군산에서 날렸다는 것을 모르는 검사가 없다. 아니, 검사뿐만 아니라 법조인이라면 모르는 사람이 없다고 해야 할 것이다. 특히 변변을 법정 구속시킨 일로 색안경을 끼고 보는 법조인이 많았다.

한마디로 모난 돌이 된 것이다.

하여튼 나는 법조계의 모난 돌이다. 아마 곧 어떤 식으로든 정질을 해서 나를 굴복시키려는 놈이 나올 것이다.

"아닙니다. 그냥 담당한 사건을 해결했을 뿐입니다."

"그래?"

내 말에 지검장이 나를 보며 피식 웃었다.

"그런데 왜 저를……."

"내가 왜 불렀을까?"

찜찜하다.

'설마 호박 떨어지는 소리인가?'

"그러게요."

"백화점 점원 폭행 사건을 아나?"

순간 곡소리가 목구멍까지 나올 뻔했다.

"인터넷에 떠들썩해서 보기는 한 것 같습니다."

"그 사건을 자네가 담당해 주면 좋겠어. 지방에 있다가 왔으니 뭐 걸리는 부분도 없을 거고."

지방에 있다가 왔던 서울에서 계속 근무했던 검사라면 상관이 없을 텐데 저런 소리를 한다. 분명 이 사건을 맡기려고 나를 부른 것이 아니라는 생각이 들었다.

뭔가 있었다. 하지만 이 지검장은 정계는 모르겠지만 재벌과의 유착은 없을 것 같다는 생각이 들었다. 재벌과 유착되어 있다면 이번 사건을 내게 맡길 수 없었다. 누가 뭐라고 해도 나는 끌로 파고 풀로 때리는 꼴통이자 풀 배팅이라는 것을 법조계 인사들은 다 아니까. 그러니 어떤 식으로든 재벌과 연결되어 있으면 절대 내게 사건을 맡기지 않으려 할 것이다. 그래서 형사부에서 돌고 도는 거겠지만 말이다.

“예, 알겠습니다.”

검찰청은 상명하복이다. 대한민국에서 까라면 까는 곳이 딱 두 군데 있는데, 그게 검찰청과 국방부다.

“잘 마무리하게.”

“예, 알겠습니다.”

“그런데 이번 총선에 출마 안 하나? …찌라시에 자네가 출마한다는 소리가 엄청나게 돌아서.”

내 생각처럼 정치에 관심이 있는 모양이다. 그리고 지검장님이 증권가 찌라시를 구독하고 있다는 말이다. 정치와 주식에 관심이 있는 것은 확실했다. 검사도 사람이고 재계에 연결 고리가 없다고 해서 정계와 주식에 관심이 없으라는 법은 없으니까. 또한 불법이 아니니 재테크를 할 자유도 있다. 크게 문제가 되는 일은 아니다.

“하하, 헛소문입니다. 증권가 찌라시는 대부분 헛소문이죠.”

“그래? 몽고식초 회사 아들이랑 동기라면서?”

“예?”

나도 모르는 것을 지검장이 내게 물었다. 몽고식초는 마산에 근거한 회사이다. 그리고 지금도 꽤 잘나가고 있고.

“잘 모르겠습니다. 워낙 졸업생이 많아서요.”

아마 몽고식초 아들이랑 내가 같은 학교 동문이라면 고등학교 동문일 가능성이 크다.

"요즘 검사 테마주로 한창 핫하잖아."

확실히 지검장님은 주식에 푹 빠져 있는 것 같다. 그리고 사실 정치권에서 내게 관심을 보일 때부터 검사 테마주로 몽고식초의 주가는 폭등을 이어나가고 있었다.

아마 100퍼센트 작전 세력이 개입되어 있을 것이다. 그래서 나는 검사 테마주인 몽고식초를 은밀하게 조사하고 있었다. 내가 개입되어 있으니 꼬투리 하나라도 잡히면 그냥 안 둘 참이다.

"검사 테마주라고요?"

알면서 모른 척하는 것이 좋을 것 같아 모르는 척했다.

"자네 관련 테마주인데 자네는 모르나?"

"예, 금시초문입니다."

"흠, 역시 작전 폭등주네."

"제가 내사를 해볼까요?"

"아니네."

살짝 눈빛이 떨린다. 이건 지검장이 몽고식초 주식을 보유하고 있다는 의미이다. 오늘도 연상으로 거래가 중단되었으니까.

"알겠습니다. 그런데 지검장님."

내가 지검장을 부르자 지검장이 나를 빤히 봤다.

"왜?"

"혹시 주식하십니까?"

내 말에 지검장의 눈이 반짝였다.

"요즘 주식 안 하는 사람도 있나?"

수사하기 편하려면 지검장과 친해지는 것이 좋겠다는 생각이 들었다.

'주식에 목을 매는 눈빛인데……'

저런 지검장이 왜 돈도 안 되는 검사를 하는지 도통 모르겠다. 지검장 출신으로 변호사 개업하면 전관예우로 몇 년 안에 수십억을 벌 수도 있는데 말이다.

"아하, 그러시군요."

"자네도 주식하나?"

검사라고 주식하지 말라는 법은 없다. 그리고 나는 대한민국 검사 중에서 주식을 가장 많이 하는 검사일 것이다. 그 돈으로 거대 조직으로 탈바꿈하고 있는 청명회를 운영하고 있고.

"아주 조금 합니다. 검사로 열심히 하려면 검은 돈의 유혹에서 벗어나야 하니까요."

"검은 돈의 유혹?"

"예."

내 말에 지검장이 고개를 끄덕였다.

"그렇지. 검사는 돈과 로비에 제일 취약하지. 그래서 자네에게 수사를 하라는 거네. 인터넷을 봐서 알겠지만 괘씸하잖아. 아직도 재벌 소리를 듣고 있지만, 아니, 실제로도 재벌이지. 하여튼 자신보다 없다고 타인에게 지랄을 한 것은 용서가 안 되잖아."

나는 지검장을 빤히 봤다.

법의 심판! 정의 구현!

이런 건 아닌 것 같다.

'혹시 한신그룹에 억하심정이 있나?'

내 느낌에 지검장은 개인적인 감정으로 내게 사건을 맡긴 것 같다. 다들 알다시피 한번 시작하면 끝로 파고 풀 배팅을 하니까.

“흠, 제가 어떻게 하면 되겠습니까?”

“법대로 해야지.”

“예, 알겠습니다. 법대로 하겠습니다.”

“한신해운은 망해야 해. 개미들만 죽이려고 감자를 하는 놈들이라니까.”

“…예?”

“그렇다는 거지. 족벌 경영에 이것저것 편법도 많이 쓰고…….”

“지검장님, 혹시… 한신해운 주식 사서 손해 보셨습니까?”

나는 조심스럽게 물었다.

“으음…….”

검사라고, 아니, 아이큐가 높고 머리가 좋다고, 또 주식에 대해 잘 안다고 주식으로 깡통 차지 말라는 법 없다. 눈 뜨고 당하는 곳이 주식 판이니까.

“크, 크흠, 개인감정이 있어서 그런 건 아닌데, 내가 한신해운 주식을 사서 감자만 20 대 1을 당했어. 하지만 절대 개인감정으로 이러는 것은 아니네. 국민 여론이 너무 안 좋잖아. 자기가 돈 벌었어? 어디 어린것이 백화점에서 지랄이야?”

“그런 애들을 보고 개딸이라고 하죠.”

피의자가 여자다. 생리 기간이어서 그랬는지 몰라도 백화점에서 눈깔이 뒤집어져 백화점 직원을 무릎 꿇리고 그 상태로 CCTV가 있는 것도 확인하지 않고 따귀를 수차례나 때렸다. 그걸 다른 고객이 핸드폰으로 찍어 인터넷에 올렸고, 바로 난리가 났다.

이게 사건의 요지이다.

“딱 맞는 표현이네. 개딸!”

결국 재벌 총수가 개가 되는 순간이다. 딸이 개딸이니까.

"흠, 하여튼 철저하게 수사하기 바라네."

"예, 알겠습니다."

억하심정이 발동되는 순간이다. 그리고 검사도 사람이라는 것을 알게 되었다.

"손해, 많이 보셨습니까?"

조금은 측은한 생각이 들었다. 수험생들이 가장 재수 없게 생각하는 말이 '공부가 제일 쉬웠어요'인 것처럼 나는 주식이 제일 쉽다.

"…많이 봤지. 내 주식 계좌는 갈치야, 갈치."

주식 용어로 고등어는 주식 계좌가 세 토막이 났다는 말이고 갈치는 그 이상이라는 의미다. 갈치는 여러 토막으로 몸통을 나누니까. 보통 주식 계좌가 1/5은 됐을 때 저런 표현을 쓴다.

그리고 일은 편하게 해야 한다는 생각이 들었다.

"지검장님! NTC 소프트, 괜찮답니다."

"뭐?"

다시 한 번 지검장의 눈이 반짝였다.

"게임 회사인데, 재미 좀 보실 겁니다. 증권거래소에 있는 제 대학 동기 놈이 적극 추천해 줬습니다."

정보는 돈이다. 물론 증권거래소에 있는 대학 동기라는 놈은 가상의 인물이다. 그리고 나만큼 주식에 대한 흐름에 대해서 잘 아는 사람도 없다. 누가 뭐라고 해도 나는 미래에서 온 회귀자니까. 그리고 돈이 되는 정보는 아는 사람끼리만 공유한다. 그래서 개인 투자자들이 주식으로 돈을 벌기가 쉽지 않다. 정보에서 밀리니까.

“1년만 투자하시면 망할 놈의 한신해운에서 손해 보신 거 복구하고도 남을 겁니다.”

“저, 정말?”

“예.”

“알았네. 고려해 볼게.”

아마 내가 나가면 바로 NTC소프트에 대해 인터넷 검색을 할 것이다. 하여튼 재벌 딸 백화점 폭행 사건은 내 담당이 됐다.

“그럼 저는 나가보겠습니다.”

“그러게나.”

“네, 수고하십시오.”

나는 자리에서 일어나 45도로 허리를 숙여 인사를 하고 밖으로 나왔다.

따르릉~ 따르릉~

그때 지검장실 전화벨이 울리는 소리가 들렸다.

* * *

“그룹 분위기도 안 좋은데 잘하는 짓이다!”

한신해운 회장이 버럭 소리를 질렀다.

그리고 그의 막내딸이면서 인터넷을 뜨겁게 달군 주인공 조세연이 고개를 푹 숙이고 있다.

“…죄송해요.”

“너는 닥치고 있어!”

한신그룹은 황제경영으로 구설수에 많이 오르내리는 그룹

이다.

특히 한신그룹 회장은 5퍼센트의 지분을 가지고 그룹 전체를 좌지우지하고 있고, 또 엄청나게 권위적으로 경영하는 회장이기도 했다.

"강 이사, 검찰청에는 잘 이야기했지?"

"그게……."

그룹의 법무이사인 강용훈은 변호사이면서 그룹 법무팀의 이사로 있다.

"그게 뭐?"

"…담당 검사가 박동철 검사라고, 꼴통으로 유명한 검사입니다."

"그래서?"

"끝로 파는 성격으로 유명합니다."

"이번 일에 끝로 팔 것이 뭐가 있다고 그래?"

"그렇죠. 따지고 보면 그렇긴 한데 어쩌면 구속 수사가 진행될지도 모릅니다."

"그런 일 막으라고 강 이사가 10억 넘는 연봉 받으면서 법무팀 이사로 있는 거잖아!"

"예, 회장님!"

"CCTV 없애고."

"그건 벌써 삭제했습니다."

"그리고 그 동영상 원본 주인 찾아서 원본 사고 인터넷에 동영상 못 돌게 조치하고."

대한민국에서 재벌이 통제하지 못하는 것은 없을 것이다. 하지만 딱 하나, 엄청나게 많은 정보가 무작위로 떠도는, 정보가 쓰레기 바다처럼 범람하는 인터넷을 통제하는 것은 결코 쉬운 일이 아니었다.

"최대한 노력하겠습니다."

"나가 봐요. 그러고 너도 나가!"

자신의 딸을 보고 버럭 소리를 지르는 회장이다.

"에잉, 저걸 왜 낳았는지 몰라."

회장의 말에 조세연이 지그시 입술을 깨물었다.

"그리고 너, 최대한 빨리 파리로 가!"

"예."

그렇게 조세연과 강용훈은 회장실로 나왔고, 기가 죽은 것 같던 조세연의 표정이 똥을 씹은 표정으로 변하며 인상을 찡그렸다.

"아가씨, 되도록이면 한동안 자중하시는 것이 좋습니다."

"자중하고 있잖아요! 아버지한테 당하는 거 못 보셨어요?"

"당분간 자택에서 나오지 마십시오."

"뭐라고요?"

"어제 피부 관리를 받으신 걸로 알고 있습니다."

"그런데요?"

"…여론이 안 좋습니다."

"언제는 저한테 여론이 좋은 적 있었어요?"

"아가씨, 지금은 특히 나쁩니다."

"아버지가 말씀하셨잖아요. 그런 일 막는 것이 강 이사님 소임이라고."

찰나지만 강용훈은 인상을 찡그렸다.

"…그렇죠. 그게 제가 할 일이죠. 하지만 저도, 아니, 회장님도 못 막는 것이 있습니다."

"그게 뭔데요?"

"인터넷입니다. 그리고 여론이고요."

"어차피 그것도 모레 파리로 가면 끝이거든요."

사고를 제법 많이 일으켜 봤는지 조세연은 대처 방법도 잘 알고 있었다. 대부분의 재벌이나 권력층은 자식이나 친족들이 사고를 치면 도피성으로 외국으로 보낸다.

그리고 시간이 지나서 잠잠해지면 돌아온다.

"그러니까요. 그때까지라도 자중하십시오."

"별꼴이야!"

조세연은 짜증을 내며 돌아섰고, 강용훈 이사의 표정이 어두워졌다.

'더러워서 정말!'

하지만 더러워도 어쩔 수 없었다. 연봉 10억을 주는 회사는 많지 않았고, 또 변호사로 사건을 수임해서 연봉 10억을 버는 것도 결코 쉽지 않은 일이니까. 그리고 비공식적으로 이것저것 들어오는 돈도 10억 이상이면서 법인카드와 외제 고급 자동차까지 제공받고 있기에 수입은 그대로 자신의 미래를 위해서 준비할 수 있으니 더러워도 참아야 했다.

그래서 돈이 무섭다는 것이다.

'그나저나 이거 뭐 된 것 같은데…….'

그는 박동철 검사의 이름을 떠올리며 인상을 찡그렸다.

"여보세요."

—장 지검장, 잘 있었나?

강용훈 이사였다.

"고검장에서 지검장으로 내려왔는데 잘 있는 걸로 보이나?"

강용훈과 지검장은 연수원 동기였다.

—이번 사건, 자네가 있는 지검에서 수사하게 되었다면서?

"그렇지. 이러니 전화가 오지. 나는 또 왜 전화했다고."

지검장이 퉁명스럽게 말했다.

—이번 사건, 알다시피…….

"그래, 모르는 국민이 없지. 인터넷에 쫙 깔렸으니까."

—그러니까 말이야. 단순 폭행 사건이네. 우리 법무팀이 합의 보면 끝나는 사건이잖아. 그래서 우리가 합의 볼 때까지만 시간을 좀 끌어주며 안 되겠나? 연수원 동기 좋다는 말도 있는데…….

"어쩌지?"

—왜?

"벌써 사건 배당을 했네."

—벌써? 담당 검사가 누군데?

강용훈 이사가 다급한 목소리로 물었다.

"박동철 검사라고 아나?"

—뭐, 박동철?

"법조계의 모난 돌로 통하는데, 아직 소문을 못 들었나 보군."

—호, 혹시 군산에서 변호사를 법정 구속하게 만든 그 꼴통은 아니겠지?

"맞네."

—이보게, 이번 사건은 크게 만들 사건이 아니네. 그리고 그렇게

까지 큰 사건도 아니고.

"맞아. 속전속결로 처리할 사건이지. 그래야 분노한 국민들이 불만을 품지 않지."

―무슨 억하심정으로 이러는 겐가?

강용훈 이사는 따지듯 말했다.

"억하심정이라니? 지검장이 국민에게 수사를 요청 받고 적당한 사람에게 할당했는데 무슨 억하심정이 있겠나? 흰소리를 할 거면 그냥 끊어."

지검장은 바로 전화를 끊었다.

"내 주식통장이 갈치야, 갈치!"

개인적 억하심정이 수사에 다시 한 번 반영되는 순간이다.

나는 검사실 문을 열고 슬쩍 검사실 안을 살폈다.

"검사님 오셨습니까?"

조 수사관이 내게 말하자 나머지 수사관들이 나를 봤다.

"죄송합니다."

"하, 결국 물어오셨군요."

한 수사관이 그럴 줄 알았다는 표정을 지어 보였다.

"군산에서 왔다고 바로 저한테 주시네요."

"다 그런 겁니다. 어떻게 할까요, 검사님? 피의자 소환해야겠죠?"

"물론이죠."

"검사님, 이번에도 끌로 파실 참이죠?"

조명득은 내 성격을 잘 알고 있다. 그리고 소문이라는 것이 엄청 빨라서 여기에 있는 모든 수사관도 잘 알고 있다.

"차 사무관. 조세연 피의자, 출국 금지 요청하세요."

"출국 금지요?"

차 사무관이 놀란 눈으로 나를 봤다.

"재벌들은 대부분 여론이 잠잠해질 때까지 숨어 있죠. 물 건너서."

안 하면 안 했지, 시작을 했으면 끝을 판다.

"알겠습니다."

아마 지금쯤이면 내가 이 사건을 담당했다는 소문이 쫙 났을 것이다. 그럼 영장 심사 판사도 내놓고 내 요청을 기각하지는 못할 것이다.

"그리고 바로 구속영장 신청하세요."

이번에는 한 수사관까지 놀란 눈으로 나를 봤다.

"듣던 대로 일사천리이시기는 한데 가능하겠습니까?"

"구속영장의 사유는 증거를 인멸하고 도주할 우려가 있는 피의자일 때 신청하잖습니까?"

"원론적으로는 그렇죠."

"지금이 딱 그 경우입니다. 바로 움직이십시오."

"출국 금지 요청은 모르겠는데 구속영장은 기각될 것 같습니다."

문동철 수사관이 내게 말했다.

"구속시킬 사유는 충분할 겁니다. 조 수사관!"

"예, 검사님."

"저랑 백화점에 가봅시다. CCTV가 동영상이 있는지 없는지 확인하러 가보자고요."

"없으면요?"

"증거를 인멸한 거죠."

"증거를 인멸했다는 증거도 없잖습니까?"

"그럼 언론플레이 가는 거죠."

내 말에 수사관들과 사무관의 입이 쩍 벌어졌다. 아마 이런 식으로 수사하는 검사는 지금까지 직접 보지 못했을 것이다. 그냥 소문만 들었을 테고, 그 소문의 주인공이 바로 나다

"정말 언론에 공개하실 참입니까?"

문 수사관이 걱정스러운 눈빛으로 내게 물었다.

"요즘 인터넷이 하도 발전해서 대충 흘려도 쫙 퍼져요."

나는 수사관들을 보며 씩 웃었다.

"바로 움직이자고요. 국민들, 화가 잔뜩 나 있잖습니까? 그런 화를 풀어주는 것도 공직자가 할 일입니다."

"예, 검사님!"

그렇게 조세연에 대한 출국 금지 신청 서류가 법원으로 날아갔고, 구속영장도 신청됐다. 물론 기각이 될지도 모르지만 말이다.

* * *

"…없다고요?"

나도 그렇고 조명득도 예상을 했지만, 참 재벌까지 돼가지고 눈 가리고 아웅 하는 짓이 귀엽기까지 하다.

"…죄송합니다. 기계적 오류인 것 같습니다. 어제의 동영상만 삭제됐습니다."

"기계적인 오류요?"

"죄송합니다."

보안실 실장이 내게 애매한 표정으로 죄송하다고 말했다.

"정말 죄송하기는 한 겁니까? 이게 오류가 나서 삭제된 거면 크게 문제되지 않겠지만, 만일 고의적인 삭제라면 문제가 커집니다. 증거인멸이잖아요."

내 말에 보안실장이 인상을 찡그렸다. 그리고 나는 이 보안실에 있는 보안요원들의 선악의 수치를 확인했다.

'비슷비슷하네.'

"인터넷에 다 떠 있습니다. 그런데 고의적으로 삭제할 필요가 있겠습니까?"

"그렇죠."

"하여튼 확인서 하나 쓰십시오."

"예?"

"기계적인 오류로 삭제되었다는 확인서 말입니다. 물론 증거물이 되지도 않고 책임도 질 필요는 없을 겁니다."

내 말에 실장은 알았다는 듯 고개를 끄덕이며 대답했다.

"예."

제9장

법은 만인에게 공평해야 한다

"이게 눈 가리고 아웅 하는 것도 아니고, 기계적인 오류에 의해서 삭제되었답니다."

나는 분명 증거 영상을 삭제할 거라 예상했다. 그다음으로는 동영상을 촬영한 사람을 찾아서 원본을 돈을 주고 사고, 핸드폰에서 지우게 할 것이다. 그리고 포털 사이트를 압박해서 검색되지 않게 할 것이다. 그렇기 때문에 이렇게 움직이는 것이다.

"고의적으로 삭제했다는 증거도 없지 않나? 그리고 검사가 이렇게 직접 와서……."

"판사님, 바쁘시잖습니까. 그래서 제가 직접 왔습니다아아앙! 구속영장 주십시오, 형님!"

아부다. 아니, 이번 영장 판사는 나랑 연수원 동기이고, 나보다 열 살이나 많아 이럴 수 있었다.

"야! 여기 법원이야!"

공과 사는 구분하자는 말이다.

"제가 형님 연수원 성적 올리는 데 얼마나 지대한 공을 세웠는지 아시죠? 형수님도 잘 계시고."

"…또 그 타령이네. 그리고 이번 사건은 끌로 팔 사건도 아니거든. 합의를 보면 땡이야!"

사실 지금까지 내가 청구한 구속영장이 잘 나온 것은 다 이런 이유가 있었다. 폭력 사건이니 틀린 말도 아니다.

"합의 보기 전까지 최선을 다합니다. 발부해 줄 거죠?"

"에휴, 내가 널 어떻게 이기냐? 알았다."

* * *

"검사님 예상대로네요."

각종 포털에서 동영상이 빠르게 사라지고 있었다. 이렇게 쓸 돈이면 그냥 피해자랑 합의를 보면 더 좋을 것 같다.

'못 써도 10억은 썼겠네.'

요즘 들어서 드는 생각인데 재벌들의 뇌 구조가 어떤지 의심스럽다. 아니, 그냥 뇌를 꺼내서 확인해 보고 싶다는 생각도 가끔 든다.

"그러게요. 이제는 몇 개 없네요."

물론 아직 완벽하게 사라진 것은 아니다. 그리고 나는 조명득에게 눈치를 줬다. 그리고 조명득은 이 동영상을 확산시키라는 뜻을 알아채고는 알겠다는 눈빛을 내게 보냈다.

“저거, 싸대기 제대로 때릴 줄 아네요.”

어이가 없는 순간이다. 동영상 속의 주인공은 얼핏 봐도 20대 중반이다. 그런데 무릎을 꿇리고 따귀를 때리는 각도가 정말 예술이라고 표현해도 될 정도로 자연스러웠다.

“…그러네요.”

“피해자 충격이 크겠어요.”

“그러니까 고소했겠죠.”

문 수사관이 말했다.

하지만 나는 고소를 한 여자의 진심도 살짝 의심스럽다.

‘어쩌면 로또라고 생각했을지도 몰라.’

원래 그렇다. 미래의 나였다면 나도 그런 생각을 했을 테니까.

“피해자는 언제 오죠?”

“참고인 조사로 오늘 올 겁니다.”

내가 사건을 담당한 지 하루가 지났다.

그리고 바로 구속영장이 발부됐다.

“구속영장이 나왔으니 잡으러 가야죠.”

“검사님이 직접 가실 생각입니까?”

“그냥 내주지는 않을 것 같네요.”

아마 어디에 있는지 모른다고 할 공산이 크다.

그러니 내가 직접 가야 일을 해결할 수 있었다.

“피의자 조사는 몇 시입니까?”

“세 시간 남았습니다.”

“그럼 제가 직접 다녀오겠습니다.”

또 이슈가 되겠다는 생각이 들었다. 자꾸만 이슈가 되는 사건과 연결된다.

*　　*　　*

“총재님, 이번에는 재벌 2세 사건을 담당했다고 합니다.”

계파 의원의 말에 여당 총재가 인상을 찡그렸다.

“그 사람, 야당으로 출마한다고 하고서 왜 출마를 안 했답니까?”

“그러게 말입니다. 그냥 정치에 관심이 없는 것 같습니다.”

“관심이 없다? 그런데 정치권만 이렇게 목을 매고 있다? 여당도 그렇고, 야당도 그렇고?”

“이슈가 되잖습니까?”

“그렇기는 하네요. 저번 달에 내가 중국 주석을 만났잖습니까?”

“예, 총재님.”

“비공식적으로 박동철 검사 잘 지내냐고 묻더라고요.”

“…그 정도입니까?”

“제 느낌으로는 박동철 검사가 중국 가면 국빈 대접을 받을 것 같습니다. 원래 중국 사람들이 은혜와 원한은 절대 안 잊죠.”

“그러니까요.”

“하여튼 본인은 관심이 없는데 다른 곳에서 난리네요. 이러면 꼭 대통령이 되던데…….”

여당 총재가 농담처럼 말했지만 말을 한 자신도, 그리고 듣고 있는 계파 의원도 절대 농담처럼 느껴지지 않았다.

“…어떻게든 우리 당으로 입당시켜야 할 것 같습니다.”

“이제는 천천히 시간을 두고 고려해 봅시다.”

"예, 총재님."
또 한 번 정치권이 박동철 검사에게 관심을 보였다.
여전히 평검사인 박동철에게 이렇게 관심을 보이는 것은 어떤 면에서는 인터넷의 힘이 컸고, 또 그에 따른 거품과 같은 것인지도 모른다. 하지만 분명한 것은 중국 주석이 박동철에게 고마움을 느끼고 있다는 사실이다.

*　　　*　　　*

"조세연 피의자, 전화를 안 받습니다."
조명득이 내게 말했다.
"왜 둘이 있는데 존댓말이냐? 그리고 나라고 해도 안 받겠다."
"그럼 이제 어쩔 건데?"
"정면 돌파."
우리는 한신그룹 회장의 자택으로 향하고 있다.
"다 왔다. 어디 정면 돌파해보세요."
"하지, 뭐!"
끼이익!
나는 한신그룹 회장의 자택 앞에서 차를 세우고 내렸다.
"허, 정말 으리으리하다. 니는 이런 집에서 살면 좋겠냐?"
조명득이 내게 물었다.
갑자기 지난 설날에 내 침대로 걸어온 사다코가 떠올랐다.
"…집이 너무 넓으면 귀신 나온다."
"그건 뭔 소리고?"

"그런 것이 있다."

딩동! 딩동!

나는 초인종을 누르고 잠시 기다렸다.

—누구세요?

"검찰입니다.

순간 더는 말이 없었다. 그리고 30초 정도가 지났다.

—무슨 일인데요?

"조세연 씨 구속영장이 발부됐습니다. 체포하려고 왔습니다. 문 여십시오."

다시 30초 정도가 흘렀고, 문이 열렸다.

"회장도 있지?"

"있다고 들었다."

"그럼 가자."

"차 좀 가지고 와."

비서에게 차를 가지고 오라고 말하고 회장은 나를 보며 불쾌한 표정을 숨기지 않았다. 분명 회장은 지금까지 자신의 표정을 숨길 필요 없이 살았을 것이다.

"박동철 검사라고요?"

"예, 제 이름을 알아주시니 영광입니다."

"그러게요. 못난 딸을 둬서 검사 이름을 다 기억하네. 그런데 구속영장을 가지고 왔다고?"

"예, 여기 있습니다."

나는 그의 눈앞에 조세연에 대한 구속영장을 내밀었다.

"조세연 씨 어디에 있습니까? 집에 있는 걸로 아는데."

"집에 없는데?"

"정말 없습니까?"

"없습니다."

이 순간 한신해운 회장의 선악의 저울 수치 변화는 없었다.

'…정말 없나 보네.'

아마 외국으로 튀려고 움직인 것 같다.

"구속영장까지 발부된 이 시점에서 피의자의 행방을 알 수가 없다면 저희는 어쩔 수 없이 지명수배를 때려야 합니다."

"뭐?"

한신그룹 회장이 똥을 씹은 표정으로 변해 나를 노려봤다.

"지명수배자 명단에 올릴 수밖에 없다고 말씀드렸습니다."

"이봐, 검사!"

이제는 대놓고 반말이다.

"예, 피의자 아버님."

내 말에 한신그룹 회장의 이마에 핏대가 섰다.

"뭐, 뭐라고?"

"말씀하십시오, 피의자 아버님."

나는 다시 한 번 피의자라는 말을 강조해 그를 불렀다.

"이게 구속될 사유야?"

그러자 그가 내게 버럭 소리를 질렀다.

"증거인멸의 소지가 있고 도주의 우려가 있으니 사유는 충분합니다."

"뭐라고? 이 사람이 정말!"

그때 문을 열고 변호사쯤으로 보이는 사람이 급히 들어섰다.

"왜 이제 온 건가!"

얼마나 아랫사람들에게 소리를 지르며 살았는지 회장의 목청 하나는 아주 좋았다.

"죄송합니다, 회장님!"

"구속영장이 발부됐다네. 자네는 이런 일이 일어날 동안 뭐 하고 다닌 건가!"

"…죄송합니다."

다시 한 번의 질책에 변호사는 인상을 찡그리며 나를 노려봤다. 그리고 그의 눈빛에는 '너는 역시 꼴통이구나' 하는 의미가 담겨 있는 것 같다.

따르릉! 따르릉!

그때 내 핸드폰이 울렸다.

"피의자 아버님!"

이왕 이죽거리려면 끝까지 이죽거려야 한다.

그리고 그는 이런 것을 난생처음 접했을 것이다.

"좋습니다. 왜 그러십니까, 검사님?"

따르릉! 따르릉!

계속해서 핸드폰이 울렸지만 전화를 받지 않고 대치했다.

"전화부터 받으시죠, 검사님. 참 바쁜 일 하시는데."

이것만 봐도 다혈질이라는 것을 알 수 있다.

"저랑 내기를 하시겠습니까?"

"무슨 내기?"

그룹 회장이 어이가 없다는 눈빛으로 나를 보며 물었다.

"이 전화가 인천국제공항 출입국관리실이라는 것에 저는 제 검사직을 걸겠습니다. 아마 피의자께서 제가 생각한 것처럼 도주의 의도가 있는 것 같습니다."

"그, 그게……."

"싫으십니까?"

저 눈빛을 통해 출국 금지를 하지 않았다면 닭 쫓던 개 지붕 보고 짖는 꼴이 되었을 거라는 생각이 들었다.

"으음……."

"싫으시면 할 수 없고요."

나는 여전히 울리는 핸드폰의 통화 버튼을 울렸다.

"여보세요."

—동철 씨, 뭐 해요?

참 오랜만에 스토커(?)의 목소리를 들으니 반갑기도 하고 애매하기도 했다.

'내기에 응했으면 큰일 날 뻔했네.'

*　　　*　　　*

"빨리 좀 해!"

인천국제공항 출국 데스크에서 선글라스를 낀 조세연이 다짜고짜 여권을 확인하고 있는 공항 직원에게 짜증을 부렸다.

"죄송합니다, 고객님. 잠시만 기다려 주십시오."

"아, 짜증 나!"

조세연은 연신 짜증을 부렸고, 직원은 조세연이 출국 금지 명단에 있는 것을 확인하고 인상을 찡그렸다.

"죄송합니다, 고객님."

"뭐가 죄송한데?"

"고객님의 이름이 출국 금지 명단에 있습니다."

조세연은 화가 나는지 선글라스를 벗고 공항 직원을 노려봤다.

"뭐? 지금 뭐라고 했어?"

"출국 금지 명단에 포함되어 있어서 출국할 수가 없습니다."

"이게 미쳤나? 야! 꿇… 에이!"

조세연은 다시 선글라스를 끼고 인상을 찡그리며 여권을 빼앗듯 확 낚아채 돌아섰다.

"어머, 저 사람 봐! 조세연인가 봐!"

"조세연이 재판도 안 받고 도망치려다가 일이 잘못된 모양이야."

"아, 대한민국은 정말 노답이네. 재판을 받아야 할 여자가 외국으로 도망치려고 해?"

"그게 무슨 대한민국이 노답이야? 출국 금지됐다고 하잖아. 이런 적 없었는데 속 시원하다. 이번에는 제대로 응징할 모양이다."

"그러네."

여기저기서 핸드폰 카메라가 터졌고, 조세연은 인상을 찡그리며 급하게 인천국제공항을 빠져나왔다.

"왜 요즘 되는 일이 없어? 몸도 아파 죽겠는데!"

아직 생리가 안 끝난 모양이다.

*　　　*　　　*

"나중에 따로 전화드리겠습니다."

뚝!

나는 다짜고짜 전화를 끊었다. 뭐 스토커니까 상관없다. 물론 꽤나 친한 스토커지만 말이다. 그리고 회장은 여전히 나를 노려보고 있다.

"공항으로 가셨네요."

물론 뻥이다. 하지만 아마 공항으로 향했을 것이다. 이미 피해자와 합의 보기 위해 접촉했다는 것을 나는 알고 있으니까. 보통 이런 경우에는 합의를 보는 경우가 많다. 하지만 무슨 영문인지 피해자는 합의를 보지 않고 검찰 출두 요청에 응했다.

'아마 돈을 많이 받으려고 하겠지.'

재벌만 욕할 건 없다. 재벌도 사람이니까 욱할 수 있다. 그리고 일반인이 갑질을 당했다고 계속 을이 되라는 법도 없다. 이런 경우에는 어느 순간 인생 최초로 갑이 될 수도 있으니까. 하지만 나는 합의를 보기 전까지 최선을 다할 생각이다.

그게 대한민국 검사가 해야 할 일이니까.

"으음……."

회장이 길게 한숨을 내쉬었다.

"검사님."

그리고 나를 부르는 목소리가 변했다.

"예, 회장님."

나를 좋게 부르면 나도 좋게 대답한다.

"어떻게든 합의를 볼 테니까 우리 이러지 맙시다."

"그러면 최대한 빨리 보십시오. 저는 그동안 제가 해야 할 일을 하겠습니다."

"왜, 재벌 일가를 휘어잡아서 스타라도 되고 싶으십니까?"

이 이죽거림도 화가 나서 하는 소리는 아닌 것 같다. 정말 궁금해서 내게 묻는 것 같다.

'저 눈빛은 뭐지?'

피의자 아버님이라고 할 때부터 회장의 눈빛이 변했다.

난 저런 눈빛에 나는 익숙하다.

'설마 나를 사위 삼고 싶은가?'

나도 모르게 그런 생각이 들었다. 하지만 나는 한국자동차의 딸을 스토커로 생각하는 남자다. 그리고 은희가 있는데 한눈팔면 안 된다. 조강지처 버리고 잘되는 놈 못 봤으니까.

"이렇게까지 하시는 이유가 뭡니까?"

"저는 그저 제가 해야 할 일을 하는 겁니다."

"그럴 수도 있겠군요. 그런데 검사님."

회장이 나를 빤히 보며 말을 이었다.

"제 딸년이 저지른 일이 일반인이 저질렀다면 어떻게 처리되었을까요? 법은 만인에게 공평해야 하는 거 아닙니까?"

"법은 아는 만큼 그 사람에게 도움을 주죠. 그리고 회장님의 변호사님은 많이 아실 것 같습니다. 그리고 솔직하게 재벌이시기에 불이익을 당하는 것도 없지 않습니다. 하지만 저는 결과만 봅니다. 출국시킬 의도가 있으셨잖습니까?"

"…부인하지 않겠소."

따르릉~ 따르릉~

그때 핸드폰 소리가 들렸고, 젊은 비서가 조심스럽게 핸드폰을 가지고 와서 회장에게 내밀었다.

"회장님."

회장이 핸드폰을 보고 인상을 찡그렸다.

'조세연이네.'

딸칵!

회장이 전화를 받았다.

"너, 어디야!"

—아버지, 저 출국 금지됐어요!

조세연이 화가 난 모양이다. 핸드폰 통화음이 내게까지 들린다.

"너, 지금 당장 서울지검으로 출두해!"

—뭐라고요?

조세연이 놀라서 그런지 더욱 목소리가 터졌다.

"알았어? 지금 당장 자진 출두해! 우리 집안에 지명수배자까지 나오는 꼴을 나는 못 보겠다!"

지명수배자 명단과 포스터에 한신해운 회장이 압박을 느낀 모양이다. 그리고 사실 나는 조세연이 잠적한다면 보란 듯 바로 지명수배 포스터를 의뢰할 생각이다. 아마 그게 만들어지면 몇 년 후엔 꽤나 비싼 가격으로 팔릴 것이다. 이런저런 특이한 것을 수집하는 사람들이 많으니까. 물론 부착된 지명수배 포스터를 뜯어서 훼손하는 일도 죄가 되겠지만 말이다.

—아, 아버지…….

"어서 자진 출석해! 따지고 보면 일방 폭행이잖아! 알았어?"

—알, 알았어요.

말까지 더듬는 것을 보니 조세연이 받은 충격이 큰 것 같다.

"아이고, 머리야!"

회장이 전화를 끊고 인상을 찡그렸다.

"회장님, 약 드릴까요?"

젊은 비서가 눈치를 보며 말했다.

"됐네."

"예, 회장님."

그렇게 젊은 비서가 물러났고, 다시 회장이 나를 봤다.

"검사님은 재벌한테 억하심정이 없습니까?"

억하심정이 있다면 나보다는 지검장님이 있을 것이다. 회장이 말한 것처럼 법은 최대한 만인에게 평등해야 한다. 어떤 면에서 지금 그룹 회장과 조세연은 역차별을 당하고 있는 것인지도 모른다. 물론 국외 출국이라는 것을 예상하고 움직였지만 말이다.

"없습니다."

"없으시다?"

"그렇습니다. 없습니다. 따지고 본다면 역차별을 당하고 계시다고 할 수도 있습니다."

"역차별?"

내가 마치 자신의 편을 들어주는 것처럼 말하자 눈빛이 변했다.

"…사실 억울한 마음이 있습니다."

"그게 딱 재벌들의 현주소입니다."

"현주소?"

"항상 국민은 재벌들을 불신하죠. 왜 대한민국은 존경받는 부자가 없을까요? 그리고 회장님이 이루신 것이 회장님이 노력해서 이룬 것이 아닌데 누리는 것은 회장님과 일가만 누리죠. 그래서 국민이 색안경을 끼고 보는 겁니다.”

“젊은 검사님께 내가 훈계를 다 듣습니다.”

“제 개인적인 의견입니다.”

“검사님!”

회장의 눈빛이 초롱초롱하게 빛났다.

“예, 회장님!”

“사귀는 사람 있습니까?”

“있습니다.”

누구라고 밝힐 필요는 없지만 없다고 하면 안 될 것 같았다. 그리고 사실 한국 자동차 일가에서도 내게 흑심을 보이고 있다. 그에 비하면 한신해운은 그룹 규모가 엄청나게 작다.

‘어디서 나를!’

사실 눈에 차지도 않는다. 그리고 은희가 알면 난리 날 일이고.

“그렇군요. 결혼하실 겁니까?”

“엉뚱한 질문이신 것 같습니다.”

“궁금해서요.”

“개인적인 사항이라 궁금해하지 않으셨으면 좋겠습니다.”

“나는 사업가입니다. 물론 사람에게도 투자를 하죠.”

“그러십니까?”

“내가 로펌을 아주 크게 하나 설립해 드리죠. 저한테 정말 통제가 안 되는 막내딸이 있는데 옆에 두신다면 그 로펌의 주인이 되실 수도 있을 겁니다.”

이건 거래이면서도 매수다. 그리고 나를 아주 좋게 봤다는 증거이기도 하다. 옆에 있는 변호사는 놀란 표정을 숨기지 못했다.

"사양하겠습니다."

"…단 1초의 망설임도 없군요."

"많이 가지면 더 많은 것을 지켜야 하고, 하기 싫은 일도 해야 합니다. 그래서 제가 변호사를 하지 않고 검사로 지내는 겁니다."

"알겠습니다. 공정한 수사 부탁드립니다."

"예, 그러죠. 저는 최대한 열심히 국민의 불만과 불평이 담겨 있는 분노를 풀어줄 참입니다. 그러니 알아서 최대한 빠르게 합의를 보십시오. 따질 것도 없이 이번 사건은 그저 단순 폭력이니까요."

"알겠소."

회장이 고개를 끄덕였다.

"검사님은 참 괴짜시군요."

"그런 편입니다. 그럼 이만……."

나는 자리에서 일어나 묵례를 하고 저택을 빠져나왔다.

"야~ 너는 이제 그룹 회장도 눈독을 들이네."

"…은희가 알면 난리난다."

"맨입으로?"

"오돌뼈 쏠게."

"야~ 3급 공무원께서 겨우?"

사실 평검사를 5급으로 아는 사람이 많다. 행정고시를 합격하면 5급 사무관부터 시작하니까. 하지만 검사는 급수로 따지면 3급이다. 직책의 중요도가 높기 때문에 급수가 높다. 일반 공무원 중 구청장 정도가 3급인 것을 생각하면 굉장히 높은 편이다.

"싫어?"

"아니, 좋지. 오늘 저녁에?"

"조사 끝나고 퇴근해서 한잔하자."

"그러지, 뭐. 그런데 역차별, 진심이가?"

조명득이 나를 보며 물었다.

"진심이다. 따지고 보면 이번 사건은 단순 폭행이잖아."

"…의외네."

"법은 만인에게 평등한 거다. 그리고 누구라도 법을 어기면 처벌을 받아야 하고, 지금까지 재벌이나 힘이 있는 권력자들은 너무 처벌을 안 받았어. 이러니 이제는 역차별을 당하는 거다."

"듣고 보니 그렇기도 하네. 그래도 따귀를 때리는 수준이 예술이던데?"

"부족한 것 없이 살았으니까."

"완전 또라이 수준이다."

"들었잖아. 오냐오냐 큰 막내딸이라고."

"그러네. 쩝!"

역차별? 그건 내 진심이다. 하지만 국민이 역차별을 하게 만든 것은 모두 재벌과 권력자들의 잘못이다.

지금까지는 아무리 나쁜 죄를 지어도 경제 발전을 위해, 또 특별사면 등 지랄 같은 것으로 국민들을 화나게 했으니까.

그리고 보니 대한민국은 사면도 많고 특사도 많은 나라이다.

재벌은 경제 발전을 위해서 사면을 받아야 하고, 정치인은 국민 대통합을 위해서 사면을 받아야 한단다.

하지만 내가 생각하기에는 그냥 개소리다. 지금 대한민국이 이룬 것은 재벌과 정치인들만 노력해서 이룬 것이 아니니까.

'올해도 사면 엄청나게 하겠네.'

하여튼 무슨 구실만 있으면 사면을 단행한다. 광복절 특사, 개천절 특사, 대통령 특별 사면, 기타 등등, 기타 등등.

그러니 안 변하는 것이다.

*　　*　　*

"여기지?"

딱 봐도 가출 양아치로 보이는 놈들이 손에 각목과 파이프를 들고 모텔 앞에 서서 모텔을 노려봤다.

"여기 맞아."

"히히히! 이거 돈 되네. 너는 천재다."

"이제 알았어? 내가 돈 된다고 했잖아. 늙으면 원래 어린것을 밝히게 되어 있어."

"맞아. 깔치는 어린것이 좋지. 조건 만남을 시키는 것보다 이게 더 돈이 되네."

"슬슬 가자. 벌써 옷 벗겠다."

"그래. 404호였지?"

양아치 하나가 시계를 봤고, 놈들의 두목처럼 보이는 놈이 모텔로 들어섰다. 그렇게 어린 티가 나는 청년들이 모텔 404호를 급습했고, 모텔 룸 안에는 머리가 벗겨진 남자가 팬티 바람으로 어린 애의 옷을 벗기려고 낑낑거리고 있었다.

"벗으라고!"

"싫, 싫어요.

스르륵!

그때 조심스럽게 문이 열렸다.

사실 모텔 문은 안에서 잠겨 있었지만 양아치들의 두목은 이런 문 정도는 쉽게 딸 수 있었다. 교도소나 소년원에서 자력갱생을 해서 새사람이 되는 확률보다 다른 범죄 기술을 배우는 경우가 더 많았고, 양아치들의 두목도 후자에 속했다.

"이런 시발 놈아! 내 동생한테 무슨 짓을 하는 거야!"

"뭐, 뭐야!"

"너, 죽을 줄 알아!"

양아치 하나가 버럭 소리를 질렀고, 그 순간 대머리 남자에게 옷이 벗겨지기 일보 직전의 여자애가 왈칵 눈물을 흘렸다.

한패 같으면서도 한패가 아닌 것 같은 느낌이다.

퍼퍼퍽!

"끄아악!"

"이 시발 새끼가 미쳐서 내 동생을 따먹으려고 했단 말이지?"

"으으윽!"

양아치들은 모질게도 중년의 남자를 밟았고, 그렇게 20분 정도 죽을 만큼 맞은 중년의 남자가 발가벗겨진 채로 벌벌 떨었다.

"살, 살려줘."

"딸 같은 애 따먹으려니까 좋냐?"

"나, 나는 그냥……."

"그냥 뭐? 시발! 너 같은 새끼는 콩밥을 먹어야 해! 야! 이 새끼, 이 상태로 그대로 경찰서 끌고 가서 콩밥 먹여!"

"알았어. 이런 개새끼는 콩밥을 먹어봐야 정신을 차리지."

"사, 살려주십시오!"

중년의 남자는 발가벗겨진 상태에서 양아치의 두목의 다리를 잡고 매달렸다.

"살려줄까?"

양아치의 두목이 비릿하게 웃었다.

"살려주십시오. 제가… 제가 잘못했습니다."

이제 중년의 남자에게 체면 따위는 중요하지 않았다. 그리고 하도 맞아서인지 자신이 당했다는 생각도 하지 못했다.

"돈을 드리겠습니다. 돈 드릴게요. 그러니까 제발……"

"돈?"

"예, 돈 드리겠습니다."

아들뻘 정도 되는 애들에게 이제는 존댓말까지 했다.

"얼마나 줄 건데?"

"얼마나 드리면 됩니까? 지갑에……"

"꺼내보세요."

"예."

바로 남자가 바지에서 지갑을 꺼내자 양아치의 두목이 지갑을 낚아챘다.

"한 50만 원 정도 되네. 이걸로는 안 돼. 재가 그래도 아다거든."

"예?"

"그리고 미성년자고."

이제야 중년의 남자는 자신이 당했다는 생각이 들었다. 하지만 어쩔 수가 없었다. 우선은 이 자리를 어떻게든 피해야 했고, 이번 일을 어떻게든 마무리해야 한다는 생각이 들었다.

"딱 오백만 주세요. 그럼 우리는 다시 볼 일이 없을 겁니다."

"오, 오백이요?"

"오백도 없이 저런 애를 따 드시려고 했어요?"

퍽!

양아치 두목이 다시 한 번 중년 남자의 가슴을 발로 짓밟았다.

"으악!"

비명과 함께 남자가 고꾸라졌다. 그런데 더 이상의 미동이 없었다.

"저거 엄청나게 엄살이 심하네. 일으켜!"

"알았어."

양아치 하나가 쓰러진 남자에게 다가갔다.

"일어나! 일어나라고!"

양아치 하나가 쓰러진 남자를 깨웠지만 남자는 아무런 미동도 없었다.

"규, 규성아! 뭐, 뭔가가 이상해!"

"뭐?"

"주, 죽은 것 같아."

그 순간 뒤에 있던 여자애가 기겁한 표정으로 놀라 비명을 지를 뻔했는지 자신의 입을 틀어막았다.

"이런 시발!"

규성이라는 놈이 무릎을 꿇고 쓰러진 남자를 확인했다.

"시발, 뭐 됐다. 저놈… 죽었다."

"저, 정말 죽은 거야? 이제 우리 어떻게 해?"

양아치들이 잔뜩 겁을 먹은 표정으로 인상을 찡그리고 있는 규성을 봤다.

"넌 좀 가만히 좀 있어봐. 야!"

그때 규성이 잔뜩 겁을 먹은 양아치 하나를 불렀다.

"으, 응."

"너, 가서 가방 아주 큰 걸로 하나 구해 와."

"아주 큰 거?"

"이거 치워야 하잖아! 시발, 왠지 일이 졸라 잘 풀린다고 했다."

그렇게 남자는 죽었고, 이 양아치들의 두목격인 규성은 인상을 찡그렸다.

"어떻게 해요. 흑흑흑!"

그때 여자애가 겁을 먹고 울기 시작했다.

"야, 장미희, 울지 마라. 나도 머리 아파 죽겠거든."

"흑흑흑!"

울지 말라고 해서 안 울 상황이 아니기에 장미희는 손으로 입을 막고 울었다.

"울지 말라고!"

규성이 버럭 소리를 질렀다.

* * *

검찰 조사실에서 피해자인 장미란이 차분한 눈빛으로 앉아 있고, 나는 장미란의 머리 위에 떠 있는 선악의 저울을 봤다.

'역시 내 예상대로네.'

한 번 당한 갑질을 통해 을에서 갑으로 변신하고자 하는 마음이 선악의 수치로 그대로 나타나 있었다.

'이번 사건, 오래가겠네.'

아무것도 없는 장미란은 이번 사건을 통해 팔자를 고칠 모양이다. 하지만 뭐라고 할 수는 없었다. 이게 피해자인 장미란의 입장에서는 로또라면 로또일 테니까.

"이 동영상, 사실이죠?"

"예, 검사님! 동영상은 거짓말을 안 하죠."

차분하게 말하는 장미란이다. 그런데 동영상을 다시 보니 의문이 생겼다.

'…각도가 너무 좋아.'

아무리 조세연이 흥분을 한 상태라고 해도 이렇게 화질이 좋게 찍는 것을 모를 수 없을 것 같다.

'자꾸 이상한 생각이 드네.'

하지만 내 엉뚱한 생각이 현실이 되려면 장미란이 조세연의 성격을 누구보다 잘 알고 있어야 한다는 가정이 필요했다.

"합의를 종용 받으셨다고요?"

"예. 하지만 합의를 볼 생각은 없어요."

그럴 것 같다. 길게 끌면 끌수록 자신한테 유리할 테니까. 나는 이제부터 공정한 시선으로 보기로 했다. 조세연이 재벌의 딸이 아닌 피의자로, 또한 장미란 역시 그냥 피해자로 볼 참이다. 그리고 간단한 사건이니 간단하게 끝을 내고 싶다.

'자꾸만 이슈가 되는 사건은 좀 그렇잖아.'

이런 사건은 빨리 끝내는 것이 좋다.

이래서 일반적인 형사 사건이 싫다. 그냥 조폭은 때려잡으면 이런 생각을 할 필요가 없다.

"제가 아무리 백화점에서 일한다고 해도 제게도 자존감이라는 것이 있잖아요."

아주 마음을 단단히 먹은 것 같다.

"그렇죠. 알겠습니다. 그리고 이런 동영상이 찍혀서 다행입니다. 아주 떨림도 없이 화질이 좋네요."

"그런가요? 저는 자꾸 트라우마가 생겨서 못 봤는데."

트라우마가 있다고 말하는데, 동영상을 볼 때 아무런 변화도 느끼지 못했다. 아니, 동영상을 볼 때 선악의 저울 악의 수치가 악으로 더 상승했다. 그래서 자꾸 의심이 간다.

"그러실 겁니다. 충격이 크실 겁니다."

"저, 사실 정신과 치료도 받고 있어요."

"알겠습니다. 그 자료도 제출 받았습니다."

장미란의 말이 철저하게 뽕을 뽑으려는 것처럼 느껴졌다. 보통 평범한 사람은 이렇게 못하는데 말이다.

"검사님, 꼭 그 나쁜 여자를 처벌해 주세요."

"예, 알겠습니다."

제법 간단하게 피해자 조사를 끝냈다. 뭐 사실 더 조사할 것도 없었다. 동영상에 그대로 다 나와 있으니까.

너무 리얼하게 나와 있다는 것이 의심스럽지만 말이다.

'꼭 몰래카메라 같단 말이야!'

자꾸 딴 생각이 든다. 황수성 사건을 해결한 후부터 생긴 버릇이다. 사건의 본질을 정확하게 보자. 그리고 사건 속에서 숨겨진 또 다른 진실을 보자고 그 사건 이후로 다짐했으니까.

그리고 재벌 딸이라고 역차별을 당하는 것도 분명 있다. 물론 그 알량한 돈으로 갑질을 한 것은 인간의 존엄성을 무시하는, 기본권 침해라는 죄를 저지른 것은 명백하지만 말이다.

"하여튼 고생하셨습니다."

"예, 검사님."

그 후 조사실에서 나온 나는 검사실로 향했다.

"조 수사관, 이 동영상, 판독 좀 가능할까요?"

"예?"

조명득이 내가 무슨 말을 하는지 몰라 되물었다.

"의구심이 드는 것이 있어서."

"어떤 면에서 말입니까?"

"아무리 조세연이 흥분했다고는 하지만 이렇게 핸드폰으로 동영상 찍는 것을 보지 못한 것도 좀 이상하고요, 원래 핸드폰으로 동영상을 찍으면 소리도 녹음이 되잖아요. 그런데 소리가 없어요."

내 말에 조명득의 눈동자가 반짝였다.

"오, 그러고 보니 그렇습니다. 분명 핸드폰으로 찍은 거면 소리가 있어야 하는데 없네요."

문 수사관이 내 말을 듣고 동조했다.

"소리를 아주 낮춰서 찍을 수도 있잖습니까?"

한 수사관이 내게 말했지만 그 역시 뭔가 이상하다는 표정이다.

"그럼 잡음이라도 있어야 하지 않겠습니까?"

"뭘 생각하는 겁니까, 검사님?"

"한 수사관님. 몰래카메라면 이럴 수 있죠?"

"음성 지원이 안 되는 몰래카메라라면 이럴 수 있죠."

"제가 의심스러운 것은 각도가 너무 좋아요. 흔들림도 없고요."

"그것도 그러네요."

나는 검사실로 와서 수사관들과 다시 동영상을 돌려 봤다.

"각도가 엄청나죠?"

"예, 각도가 조세연이 흥분한 모습을 그대로 담고 있습니다."

"그러니까요. 마치 영화 촬영의 한 장면 같지 않나요?"

"영화요?"

내 말에 조사관들이 고개를 갸우뚱거렸다.

"느낌이 그렇다는 겁니다."

"하여튼 동영상을 최대한 빨리 판독해 보겠습니다."

조명득이 일어나면서 내게 말했다.

"예, 수고 좀 해주시고요, 어떤 기기로 촬영됐는지 확인할 수 있으면 그것도 확인해 주십시오."

"알겠습니다. 그런데 그게 판독이 가능할까요?"

조명득이 내게 거의 불가능하다는 투로 말했다.

"촬영 관련 전문가들은 알겠죠. 그것도 안 되면 핸드폰 제조사에 협조 요청을 해보시던지?"

"그게 가능할까요?"

물론 내가 생각해도 그건 아예 불가능할 것 같다.

"힘들겠죠?"

"예. 하여튼 알아보겠습니다."

* * *

"…미치겠네."

모텔 안, 양아치들이 담배를 피우는 규성의 눈치를 살폈다.

"규, 규성아! 그냥 우리 자, 자수할까?"

그때, 양아치 하나가 규성에게 자수하자는 말을 했고, 그 말을 들은 규성의 눈동자가 차갑게 변했다.

"살인죄야! 그럼 몇 년을 사는지 알아?"

"사, 살인죄……. 그럼 어떻게 하려고?"

"가만히 좀 있어. 어떻게 할 건지 생각하고 있잖아."

그때 모텔 문이 조심스럽게 열렸고, 모텔 안에 있는 양아치들이 순간 굳었다.

"규성아!"

가방을 구하러 간 양아치가 돌아왔다. 사실 이들은 일명 가출 패밀리로 불리는 가출 청소년들이었다. 물론 규성의 나이는 스무 살이 넘었기에 성인이고, 나머지는 아직 미성년자였다.

심지어 꽃뱀 역할을 맡은 장미희는 열여섯 살이었다. 장미희는 원래부터 이 가출패밀리의 일원이 아니라 인터넷 채팅으로 만난 사이인데, 이들이 잠자리를 제공할 수 있는 가출패밀리라고 해서 합류했다. 물론 합류하는 순간 매춘과 이런 범죄를 강요 당했지만 말이다.

양아치는 꽤나 큰 가방을 구해왔고, 가방의 크기를 본 규성은 계속해서 지시를 내렸다.

"어떻게든 쑤셔 넣어."

"알았다."

그렇게 양아치들은는 죽은 중년의 남자를 가방에 쑤셔 넣었다.

두두둑! 두둑!

쑤셔 넣어도 잘 안 들어가는 부분은 뼈를 부러뜨려 꺾어 넣었다. 그렇게 겨우 가방 안에 죽은 시체를 넣고 나자 규성을 비롯한 가출패밀리들은 땀으로 범벅이 됐다. 장미희는 그 모습 자체가 무서워 벌벌 떨고만 있었다.

"이제 어떻게 해?"

다른 놈들은 여전히 겁을 먹고 있지만 규성은 어느 순간 차갑게 진정되어 있었다.

"일단 모텔에 설치되어 있는 CCTV부터 없애야 해."

"어떻게 없애?"

"훔쳐야지. 완전범죄를 위해서."

완전범죄 운운할 수 있다는 것은 규성이 소년원에 제법 들락날락거렸다는 증거이다.

"정말 안 걸릴까?"

"시체만 없으면 절대 걸릴 일 없어. 우리 중에 떠벌리고 다니는 놈이 없다면."

그때 규성의 눈에 장미희가 들어왔다.

'…저년이 있지.'

살짝 인상을 찡그리는 규성이다. 하지만 여기서는 어떻게 할 수가 없었다.

"미쳤다고 이런 일을 떠벌려?"

"그러니까. 조심스럽게 나가자."

"알았어."

"이제 어떻게 할 건데?"

"산에 가서 묻어야지. 아무도 모르게."

규성은 살인을 하고 시체 은닉까지 계획하고 있었다.
"그런 방법이 있었네. 시발!"
양아치들도 규성의 말에 동의했다.
"가자! 미희야."
여전히 겁을 먹고 있는 장미희에게 규성이 손을 내밀었다.
"으, 응, 오, 오빠."
"아무 일도 없을 거야. 그러니까 가자."
"알았어."
장미희는 자리에서 일어나다가 다리 힘이 풀렸는지 휘청거렸고, 그 순간 규성이 장미희를 안고 머리를 쓰다듬었다.
"아무 일도 없을 거야."
그렇게 규성의 가출패밀리는 모텔을 빠져나갔고, 모텔 카운터의 직원은 규성의 가출패밀리가 이 모텔에 들어올 때부터 잠들어 있었다.

* * *

이번에는 피의자 조사가 있다. 피의자인 조세연은 아직도 자신이 무슨 죄를 지었고 또 어떤 상황에 처해 있는지 모르고 있었다. 그저 이곳에 와 있다는 것에만 불만이 가득할 뿐이다.
그리고 구치소 죄수복이 마음에 들지 않는지 잔뜩 얼굴을 찌푸리고 있었다. 물론 조사가 끝난 후에 입힐 수도 있었다. 하지만 나는 조세연을 압박하기 위해 의도적으로 입혔다.
"억울하세요?"

의자에 앉으며 내가 조세연에게 물었다.

"아니, 제가 왜 구속되어야 하죠?"

조세연은 다짜고짜 내게 따졌다.

"공항을 통해서 출국하려고 했죠?"

"합의를 본다고 해서 나가려는 거였어요."

"아직 합의가 안 되었고, 피의자 신분인데 출국하려는 것은 분명 도주에 해당됩니다."

"제가 왜 도주를 해요?"

"남들이 보기에는 그렇게 보인다는 겁니다."

조세연이 역차별을 당하고 있다는 생각이 들었는데 저런 꼴을 하고도 불만 가득한 눈빛으로 여전히 반성하는 모습이 보이지 않자 괘씸하다는 생각이 들었다.

'후우, 죄는 미워해도 사람은 미워하지 말자.'

철없이 자라서 저러는 것이다. 그리고 아무런 제재도 받지 않고 하고 싶은 일 마음대로 다 하면서 살아서 더 저러는 것이다. 이건 어떤 면에서 조세연의 잘못이 아니라 저렇게 따를 키운 부모의 잘못이라는 생각이 들었다. 이래서 가정교육이 중요했다.

"조세연 씨, 배울 만큼 배우신 분이 왜 그러셨어요?"

조세연은 외국 명문대학을 나왔다.

물론 재벌가의 아들과 딸들이 다 그렇지만 조세연 또한 경영 수업 차원에서 명문대를 다녔을 것이다. 그리고 집중적으로 일대일 과외를 받았으니 준수한 성적이 나왔을 것이다.

그래서 이 세상은 신분 상승이 결코 쉽지 않았다. 속된 말로 할아버지가 엄청난 재산을 모으고 아버지가 명예 있는 직업을 가져야 하며, 아들까지 3대가 성공해야 계급 상승을 할 수 있다는 말도 나오는 세상으로 변했다.

다시 말해 혼자서 잘해서는 아무것도 안 된다는 말이다.

그래서 개천에서 용이 나는 경우는 이제 없다. 아니, 개천이 말라서 없어졌다. 물론 나 같은 경우는 특별한 경우이다.

"그게 이번 사건과 무슨 연관이 있어요?"

맞는 말이다. 이번 사건과 큰 연관이 있는 것은 아니다.

"좀 딱한 면이 있어서 그럽니다. 오해가 있었다면 미안합니다."

"제가 딱해요?"

조세연이 나를 째려봤다.

'귀신 간 빼 먹겠네.'

참 어이가 없는 순간이다.

여전히 겁나는 것이 없는 여자인 것 같다.

"왜 그때 흥분을 참지 못하고 그러셨어요?"

"동영상으로 다 보셨잖아요."

"목소리가 안 들리더라고요. 순독으로 조세연 씨가 흥분해서 소리치고 욕하는 것은 어느 정도 파악됐는데, 피해자인 장미란 씨는 옆모습만 보여서 어떤 대화가 오갔는지 확인이 안 되더라고요."

내 말에 조세연이 따를 뚫어지게 봤다.

마치 정말 자신은 억울하다고 말하는 것 같은 표정이다.

"제가 조금이라도 억울하다고 생각하세요?"

"상황에 따라서는."

"이번 상황이 조금이라도 이상하다고 생각하세요?"

"진술을 하시면 확인해 보죠."

“정말이세요?”

“법은 만인에게 평등합니다. 그리고 모든 피의자에게 억울함이 없이 조사를 하는 것이 법의 원칙입니다. 물론 지금 상황에서는 조세연 씨가 엄청나게 불리하고, 제가 하는 진술은 증거로 채택되기 때문에 재판에서 불리하게 작용할 수가 있습니다.”

의구심이 드는 것은 풀어야 한다. 그렇다고 해서 내가 조세연에게 호의적인 마음일 가지고 있는 것은 결코 아니다.

이 모든 것은 결국 재벌의 딸로 태어나 백화점에서 갑질 폭행을 한 조세연의 잘못이니까.

『법보다 주먹!』 8권에 계속…

법보다
주먹!

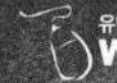